MADE IN TRENTON

TADZIO KOELB

MADE IN TRENTON

Traduit de l'anglais (États-Unis)
par Marguerite Capelle

BUCHET • CHASTEL

Titre original : *Trenton Makes*

ISBN : 978-2-283-03135-3

L'homme est quelque chose qui doit être surmonté. Qu'avez-vous fait pour le surmonter ?

Friedrich NIETZSCHE,
Ainsi parlait Zarathoustra

PREMIÈRE PARTIE

1946-1952

– Le nouveau devrait venir avec nous, avait dit Jacks de sa voix de stentor, au timbre aussi monocorde qu'un battement de mains, son large poitrail gonflé et prêt à déborder de toute son inépuisable innocence.

Bien sûr, Kunstler avait son plan en tête depuis le début, mais d'une certaine manière c'était Jacks qui avait servi de déclencheur, parce que Jacks avait dit qu'il devrait venir au dancing, et que Kunstler était venu. C'était aussi Jacks qui avait présenté Kunstler à la fille, la taxi girl, celle qui s'appelait Inez Clay.

– J'ai dansé avec elle, déclara Jacks, désignant l'une après l'autre les filles qui passaient aux bras de leurs clients. Et elle. Et elle, j'ai dansé avec plein de fois.

– Ça en fait des pépettes, Jacks. On dirait que t'as dansé avec toutes les filles de Trenton. Pas étonnant que tu sois obligé de te rouler tes clopes toi-même – le faible chuintement métallique de la voix de Kunstler était presque inaudible avec la musique, et Jacks dut se pencher pour l'entendre demander : Et celle-ci ?

– Oh, cette fille-là ? Ouais, j'ai dansé avec elle. Les gars disent qu'elle a des problèmes. Elle a l'air un peu alcoolo, à ce qu'on dit.

Kunstler alluma une cigarette et dit :

– Si ça en a l'air, c'est qu'ça l'est.

– Hein ?

– Si ça en a l'air, c'est qu'ça l'est. Quelqu'un qui a l'air d'un voleur, c'est un voleur. Quelqu'un qui a l'air d'un fouteur de merde, c'est un fouteur de merde... Et quelqu'un qui a l'air d'un alcoolo, c'est un alcoolo, un point c'est tout. Si ça en a l'air, c'est qu'ça l'est, y a pas de différence.

– Ouais, ben en tout cas c'est pas le genre à coucher à droite et à gauche, j'crois pas. Elle boit un peu, c'est tout – il baissa la voix et ajouta : En fait les autres filles la traitent de gouine, des fois, parce qu'elles se disent qu'elle aime p'têt' pas les hommes, vu qu'elle aime pas ça quand les types... la tripotent de trop, quoi. Tu vois c'que j'veux dire.

– Oh, tripoter. Bien sûr, je vois, fit Kunstler, qui au contraire ne la toucha pas, ou du moins pas tout de suite, à part pour lui serrer la main quand Jacks les présenta, s'adressant à elle en l'appelant « mademoiselle Clay », et plus tard pour poser une main bien haut dans son dos quand ils allèrent danser.

Au lieu de ça, il lui offrit des verres et lui donna des tickets qu'elle déchirait, se détournant pour en glisser un bout dans son bas, et tendant l'autre sans un regard, semblait-il, à un préposé aux tickets qui surgissait et s'évanouissait dans la foule si naturellement qu'il semblait se résumer à une main tendue, à un geste, comme si les cloisons en fibres de bois décorées de guirlandes tricolores étaient dotées de bras. Puis Kunstler lui paya un nouveau verre à chaque pause de l'orchestre, et pendant qu'elle buvait ils discutaient – de quoi, les autres n'en avaient pas la moindre idée, mais elle riait beaucoup, et même quand elle dansa avec d'autres clients on aurait dit qu'Abe

Kunstler et elle se débrouillaient quand même pour que leurs regards se croisent.

La fille était petite : c'est ce qui retint l'attention de Kunstler. Il n'avait pas envie de danser avec une femme plus grande, pas question d'être le petit mec qui se retrouve le nez collé entre une paire de seins, pour qu'on se moque de lui, et il fut donc soulagé de la voir, menue sans être androgyne, sa robe de rayonne épousant ses formes. Il la regarda sourire à un gars de l'usine qui portait encore un de ces costumes en laine bon marché de l'époque de la guerre, puis l'entraîner sur la piste bondée, le laisser la coller de trop près et tenter de glisser progressivement sa main vers le bas de son dos. Il remarqua aussi le mouvement de recul presque imperceptible avec lequel elle déjoua les mains de l'homme quand la chanson s'acheva, pas un refus mais une façon de s'évaporer qui revenait à fermer la porte. Elle était comme l'eau, naturellement fluctuante, insaisissable. Quand ils s'étaient retrouvés pour la première fois sur la piste de danse, Kunstler lui avait tendu sa main droite, et elle avait ri. Il retira sa main.

– Ne te fâche pas, dit-elle.

Il secoua la tête.

– Ça ne te dérange pas si on va…, commença-t-il – et elle attendit, puis opina en chuchotant :

– Loin de tes amis ? Pas de problème.

Elle l'entraîna un peu à l'écart, de l'autre côté de la salle.

– À présent, regarde bien, dit-elle en se lançant dans une démonstration, tournant autour de lui comme autour d'un axe, lui montrant comment bouger ses bras. Position ouverte, comme ça, et maintenant position fermée. Tu vois ? C'est comme ça qu'on fait pour guider avec les bras. Et il faut faire comme ça pour guider avec le corps.

– Bon, bon, d'accord, répondit-il. Je ne vais pas me rappeler tout ça.

– Ne t'inquiète pas, on se fiche de comment ça s'appelle, tout ce qui compte c'est ce que tu fais. Tu vas y arriver, c'est pas compliqué. Celle-ci n'est pas trop rapide, ce sera facile, dit-elle comme ils se préparaient à rejoindre la piste.

À cet instant, Kunstler réalisait déjà qu'ils formaient un joli couple, que la douceur de la fille s'assortissait bien à son corps anguleux.

– Encore quelques baisers, dit la fille Inez.

Abe eut un mouvement de recul.

– Pardon, quoi ?

– La chanson. *Encore quelques baisers.* Je l'aime bien. Pas toi ?

– Si, si, répondit-il, elle est épatante – mais il était totalement concentré sur son bras gauche levé, sa main droite posée sur son dos, l'image en miroir, le monde à l'envers, et puis ce fut fini, et quand le corps de la fille s'évanouit il lui resta une sensation qu'il aurait été incapable de décrire.

À la fin de la soirée, Kunstler attendit, prêt à offrir son aide à la fille quand, un peu ivre, elle trébucha dans les escaliers devant l'entrée. Elle lui proposa de l'accompagner dans un bar.

– Ici au dancing, ils coupent l'alcool avec de l'eau, tu sais. Et j'ai envie d'écouter de la vraie musique. Ce groupe est minable. Tout est minable ici. C'est extra la musique, tu ne trouves pas ? Je veux dire la vraie musique, la bonne musique. Pas les trucs qu'on joue ici.

Il lui paya un martini dry et la regarda emporter avec précaution le petit verre rempli à ras bord jusqu'à un box, où elle s'assit en retirant ses chaussures pour se masser des deux mains la plante des pieds.

– On n'a pas une minute de répit dans ce genre de trou à rats. Ne serait-ce que pour pouvoir penser, t'as sacrément intérêt à te tirer de là. Ils t'usent jusqu'à la corde. Tu sais que quand on n'est pas avec un type on est censées danser les unes avec les autres ? Comme si j'avais envie de passer une minute de plus que nécessaire avec une de ces filles.

Ils restèrent assis en silence pendant une minute, et Kunstler ne bougeait pas, ne parlait pas, se contentant de la regarder dans la pénombre du bar avec un visage qui semblait coulé dans la fonte. Inez finit par dire :

– Dis donc, j'ai remarqué qu'il y a surtout plein d'Irlandais là où tu bosses. T'es catholique ?

– Qui, moi ? Oh, bon sang, j'en sais rien. Peut-être. Je ne suis plus ce que je suis, peu importe ce que c'est.

– Pas du genre à aller à l'église, tu veux dire ? Moi non plus – elle hocha la tête pour appuyer ses mots et but une gorgée, avant de dodeliner de nouveau comme si sa tête roulait sur les vagues d'un océan. Je suis épiscopalienne. Enfin je suppose que ce que je veux dire, c'est que ma mère l'était.

Puis elle se mit à causer, un torrent presque irrépressible de souvenirs de familles d'accueil où elle avait connu certaines choses trop tôt et trop souvent, et d'autres pas assez. La fille avait quinze ans quand elle avait accepté son premier ticket pour danser avec un conscrit à l'allure juvénile, dans un dancing des environs de Mountain Home. Tous deux s'étaient montrés appliqués, timides. À l'époque, elle ne buvait que du coca avec des liqueurs amères, mais bien sûr c'était un dancing, et à vrai dire on n'y vendait que deux choses : la première, c'était l'illusion, un simulacre d'intimité, de gaieté et d'insouciance. L'autre, c'était l'alcool, qui enjolivait le décor dans lequel l'illusion pouvait agir.

– Au bout d'un moment, le soda me faisait mal à l'estomac, lui raconta-t-elle. Tu te rends compte que le premier cocktail que j'ai bu, c'était pour ma santé ? Je savais garder les cuisses serrées aussi, à l'époque. Oh, et puis c'est la vie. Qu'est-ce qu'on y peut, hein ? – c'était à Mountain Home qu'elle avait rencontré le jeune pianiste gominé qu'elle avait suivi dans l'Est. On l'appelait Péniche, raconta la fille, à cause qu'il avait des grands pieds, vraiment énormes. Sans blaguer. Il avait du mal à trouver des chaussures à sa taille. Un type, un batteur, a dit un jour que Péniche avait tort, qu'il aurait pu s'acheter n'importe quelle paire de godasses, peu importe la taille, et chausser la boîte dans laquelle elles étaient vendues, tout bêtement. C'est drôle, hein ? demanda-t-elle, sans rire.

Elle lui parla aussi de la chanteuse qu'ils avaient rencontrée lors d'un spectacle au dancing de Millville, une fille qui n'était pas du genre à avoir plein d'ampoules sous ses bas, une fille avec qui Péniche finit par partir, emportant avec lui tout l'argent de la chambre de motel, y compris tous les nickels durement gagnés qui représentaient sa part sur le prix de ses danses, cinquante pour cent.

– C'était à moi autant qu'à lui, tu sais. J'ai dû repartir de zéro, et, tu peux me croire, c'est pas facile de faire des économies à cinq cents la danse. Quelqu'un les a vus monter dans un taxi, et puis voilà. C'est comme ça que j'ai su qu'ils étaient partis – elle leva les yeux vers Kunstler, se pressa contre lui et demanda : Tu crois que c'est parce que j'aime mieux faire des câlins, plutôt que les autres trucs ? C'est pas que j'ai pas envie d'être plus comme ça, plus comme il aurait voulu que je sois. Plus comme tous les hommes voudraient, j'imagine ? Mais les choses sont ce qu'elles sont, faut croire. Ça t'est déjà arrivé de manger trop de glace quand t'étais gamin ? Y avait un homme, un ami de ma mère, c'était comme ça avec lui. Le pire, c'est qu'il me forçait à l'appeler oncle Andrew.

Quand enfin elle s'abandonna aux vapeurs du gin et se tut, Kunstler la ramena doucement jusqu'à sa pension, où il s'assura que son logeur dormait et ne risquait pas de le voir monter les escaliers avec la fille dans ses bras.

Jacks leur avait dit : « Le nouveau devrait venir avec nous », et c'est précisément à ce moment-là que tous réalisèrent – y compris ceux qui auraient pu vouloir protester – que Kunstler se tenait juste là, comme toujours le premier habillé, silencieux mais à portée de main, un œil clos pour se protéger de la fumée de sa cigarette. Traîner, ils appelaient ça. Il était là avec sa cravate nouée serré, adossé à la porte de son casier, et il leur adressa un signe en inclinant son visage osseux comme si on lui avait fait un compliment. Peut-être n'avait-il pas conscience que tous ces gars encore en maillot de corps ou le col déboutonné, avec leurs chaussures posées sur les bancs à côté d'eux et leurs chaussettes au poing, ces gars-là conviendraient plus tard que le premier à avoir émis l'idée c'était lui, le petit homme.

– Y a p't'êt' une bouche tout là-haut où Jacks a sa tête, fit Blackie, mais pour ce qui est du cerveau… l'est plutôt au ras des pâquerettes, si vous voyez ce que je veux dire.

– T'es juste furax parce qu'il ne marche pas dans tes blagues débiles, répondit Ahern – et il était vrai que l'attitude blasée de Kunstler leur avait mis les nerfs en pelote.

Il se débarrassait des noyaux d'olive, bouts de sandwich, os de poulet et autres détritus de divers déjeuners qu'ils s'amusaient à planquer dans les poches de son bleu de travail avec une telle nonchalance qu'on aurait pu croire qu'il avait lui-même coutume d'y conserver ce genre de trucs. Blackie et deux autres gars de la filière en avaient particulièrement voulu à Kunstler de s'être mis en travers de leur chemin, parfois, alors qu'ils essayaient de jouer des tours à Jacks. Tous se moquaient du géant. Ils le traitaient de radin parce qu'il se roulait toujours ses clopes lui-même – alors que bien sûr nul n'avait besoin de poser la question pour savoir qu'il ne gagnait pas grand-chose, vu qu'il s'occupait juste de l'entretien – et se fichaient de lui parce que le plus loin où on l'avait envoyé pendant la guerre, c'était en Caroline du Nord : comme s'il avait demandé à y être affecté, ou qu'il n'avait d'ailleurs sollicité quoi que ce soit d'autre de toute sa vie.

Et pourtant, si Blackie était tellement remonté, ce n'était pas tant à cause de ce que Kunstler avait fait que de la façon dont il l'avait fait. Tout ce qui le concernait dépassait les bornes, d'une manière ou d'une autre, et, sans qu'il représente jamais la moindre menace, il y avait tout de même chez lui un je ne sais quoi de sinistre, comme une superstition que l'on sait ridicule mais que l'on craint quand même : les chats noirs, ou être treize à table, un parapluie ouvert à l'intérieur. C'est la première fois que ç'avait été le plus bizarre : aux alentours du Nouvel An, Blackie, Simmons et Breen étaient rentrés d'un week-end au ski, encore tous survoltés et hors d'haleine. Ils bavardaient et plaisantaient en s'apostrophant par-dessus la plainte rythmée du câble, qui se dévidait de bobine en cabestan et de cabestan en bobine. À l'heure du déjeuner, ils s'étaient subitement tus pour observer Jacks se diriger vers les casiers et fouiller dans sa veste à la recherche de feuilles à rouler. C'est seulement parce que leur attitude était inhabituelle – ils étaient tous massés, aux aguets – que celui-ci eut l'idée de vérifier avant de se préparer une cigarette. Quand il finit par comprendre, il leva une feuille sous la lumière électrique crue et vit que quelqu'un y avait dessiné un long pénis noueux, qu'il était sur le point de se mettre dans la bouche.

– Comment tu les préfères ? lui demanda l'un des gars. Les couilles ou le gland en premier ?

– Souviens-toi qu'il faut que tu lèches pour que ça colle bien, fit Blackie.

Jacks froissa précipitamment la mince bande de papier et la fourra dans la poche de son bleu de travail, hochant la tête à la cantonade avec un sourire en coin, en disant : « O.K., O.K. » de sa voix puissante et monocorde. Il prit une autre feuille – sauf que ça faisait aussi partie du gag, car à l'instant où il allait verser son tabac il se rendit compte qu'elle était pareille. En fait, il découvrit en sortant ses feuilles une par une qu'elles étaient toutes fichues : ils avaient fait le même dessin sur chaque, et les avaient soigneusement replacées dans leur étui. Blackie et les autres riaient désormais à gorge déployée.

– Ça nous a pris tout le week-end, fit Breen, tu peux remercier tous les membres de l'équipe – il insista sur le mot *membre*, ce qui les fit de nouveau éclater de rire.

– Comment je fais pour m'en griller une ?

– Ben, va falloir te servir de ta grosse tête… ou de ta grande bouche !

– Hin, hin. Allez, file-moi une clope.

– Désolé Jackson, je crois qu'on est tous à sec.

C'était alors que Kunstler avait soudain fait son apparition, se détachant du mur auquel il était adossé. Il prit la petite pochette en carton des mains de Jacks et resta un moment à la contempler, faisant défiler les feuilles entre ses doigts avec le peu d'intérêt et d'empressement manifeste de quelqu'un qui feuillette un livre en langue étrangère.

– C'est marrant, lâcha le petit homme de ce sifflement haut perché, rauque et métallique, une voix qui donnait toujours l'impression de sortir d'une machine rouillée – puis il reprit, les feuilles toujours à la main, avec ce même air totalement dénué d'humour, ce même vernis de flegme : Hé, j'en ai une bonne pour vous. C'est trois gars, ils vont au ski, mais c'est juste des pauvres types de l'usine, comme nous, ils n'ont pas d'oseille. Alors ils se partagent une chambre, tous les trois. Il se trouve qu'il n'y a qu'un lit, mais c'est pas grave, ils peuvent le partager aussi. Pas de souci. Et le matin, celui de gauche dit : « C'est dingue, j'ai rêvé qu'un type était en train de me branler », et le type de droite dit : « Hé ! j'ai fait le même rêve. »

Tout en parlant, Kunstler laissa les feuilles s'éparpiller sur le sol comme des flocons de neige et offrit à Jacks une cigarette toute faite qu'il tira de la poche de son bleu de travail. Il poursuivit tandis que ce dernier se penchait vers lui, avide d'entendre la suite, et que les autres ruminaient déjà leur colère.

– Donc le type qui est au milieu dit : « Vous êtes cinglés, vous deux. Moi, j'ai simplement rêvé que j'étais en train de skier » – sans le moindre sourire, il frotta une allumette contre le mur et la leva, l'approchant à peine de la cigarette inclinée de Jacks.

– Nom de Dieu, ce salopard est complètement dingue, fit Blackie quand il devint évident que Kunstler allait laisser l'allumette brûler tout entière jusqu'à ses doigts.

Jacks riait tellement fort qu'il n'avait rien remarqué.

– Hé, raconte-nous-en une autre, fit Jacks, sa cigarette toujours éteinte à la main.

– Plus tard, peut-être, répondit Kunstler – il lâcha l'allumette consumée et s'en alla.

Quand le sifflet avait retenti, Kunstler, l'ongle du pouce boursouflé et noirci d'une atroce douleur à cause de l'allumette, était posté à la sortie, les mains enfouies dans ses poches, et il ne bougea pas d'un pouce et ne leva même pas les yeux quand les autres passèrent devant lui. Il attendait Jacks comme un homme attend son bus, il attendait que Jacks lance « hé, ça te dit d'aller boire un coup ? » pour que lui, Kunstler, puisse s'allumer une cigarette et lui en offrir une, réaffirmant ainsi leur monnaie d'échange personnelle avant de répondre « pourquoi pas », et de le suivre jusqu'à un bar. Ils allèrent dans un endroit pas trop loin de l'usine, un étroit corridor lambrissé de bois sombre et de plaques d'étain que l'on avait repeintes jusqu'à ce que les motifs en relief aient pratiquement disparu. Il n'y avait pas de tabourets. Les gars restaient debout à boire, et, s'ils étaient trop fatigués pour rester debout, ils rentraient chez eux. C'était bondé à la sortie du travail, et au comptoir ils attendirent le barman un bon moment. Jacks n'arrêtait pas de se tordre le cou pour voir s'il n'y avait pas d'autres gens qu'ils connaissaient.

– « J'ai rêvé que j'étais en train de skier », dit Jacks. Elle est bonne celle-là. Il m'a fallu un moment. J'parie que t'en connais des tas comme ça, p'têt' bien.

– P'têt' bien. J'les connais toutes, enfin certaines. Je sais pas. Quelques-unes.

– J'parie que Blackie était bien remonté parce que c'est toi qui as fait marrer tout le monde, alors qu'il croyait pouvoir m'asticoter tranquillement.

– Enfin bon, il était en train de s'enfoncer de toute façon. Je l'ai poussé un peu parce que j'en avais l'occasion, c'est tout.

– De quoi tu parles ?

– Rien, laisse tomber.

– Hé, commande-moi un whiskey, lui demanda Jacks, avant de s'éloigner de quelques pas pour jeter un coup d'œil à la ronde.

Quand le barman arriva, Kunstler leva deux doigts et dit :

– Whiskey.

– Eau, soda ? demanda le barman.

Kunstler était déconcerté, mais il fixa l'homme sans ciller par-dessus le comptoir. Il sortit la main de sa poche et la posa avec précaution sur le rebord en bois éraflé du bar, tenant un dollar tout prêt entre l'index et le pouce, mais le barman se contenta de répéter plus fort en martelant les mots.

– Monsieur, pur, eau ou soda ? – et d'attendre.

– C'est ça, fit Kunstler sans la moindre expression – mais il constata que le barman ne bougeait toujours pas et finit donc par ajouter : Soda.

Le barman s'en alla. Quand leurs cocktails arrivèrent, Jacks revint au bar et paya en jetant un billet sur le comptoir. Kunstler balança alors son dollar lui aussi, de sorte qu'il atterrit presque sur le premier. Les billets disparurent instantanément dans la main du barman et furent remplacés par des pièces. Levant leurs verres, Kunstler et Jacks s'adossèrent au bar recouvert de zinc, et regardèrent la lumière grise de l'hiver qui filtrait par la porte à demi vitrée. Le visage empourpré du géant tressaillait et se balançait au son de la radio, mais Kunstler gardait pratiquement la tête immobile. Seuls ses yeux pivotèrent quand l'autre se mit à boire, avec de petits mouvements brusques et furtifs ; et quand Jacks eut avalé une gorgée sans se plaindre ni faire la grimace, continuant simplement à dodeliner en rythme, Kunstler but et se répéta intérieurement : « Soda. Whiskey soda. Soda. » Il paya les deux tournées suivantes.

– Hé, t'arrêtes pas de me payer des verres. Merci, dit Jacks.

– Bon sang, ça peut jamais faire de mal d'être copain avec le costaud de service, répondit Kunstler.

– Ça, pour sûr que je suis costaud, répondit Jacks avec son beuglement sans intonation – et il se redressa en bombant le torse. Kunstler éclata de rire – un rire flûté, grêle et un peu éméché –, mais s'interrompit instantanément.

Ce n'était pas la première fois que Kunstler avait trop bu, mais ça faisait longtemps – trop longtemps, décida-t-il, puisque, comme tout le reste, c'était un savoir-faire ; et puis c'était différent avant, quand ce n'était pas encore lui, et qu'il y avait quelqu'un d'autre pour prendre la barre du navire en perdition, et puis pour partager la douleur, après. Quand il se réveilla, la pendule floue affichait presque cinq heures quinze. Vu comme il se sentait, il n'était pas sûr de l'avoir remontée. D'ailleurs, la seule raison pour laquelle il était certain de s'être mis au lit, c'est que c'était là qu'il s'était réveillé. Une atroce panique s'empara de lui un instant : il essaya de se souvenir de ce qu'il avait fait. Avait-il dit quelque chose qu'il n'aurait pas dû ? Il portait toujours sa chemise. Cela le rassura un peu. Son pouce brûlé l'élançait.

La clé dans la serrure de la salle de bains sur le palier avait été tournée avec autant de précaution que d'habitude, mais à part ça c'était vraiment la course : il jeta son rasoir, son bol et son blaireau dans la cuvette jaunie et ouvrit le robinet pendant qu'il s'habillait, pour que tout soit bien mouillé. Il fit mousser juste assez de crème à raser dans le bol pour en coller un peu du bout du doigt derrière son oreille gauche. Alors qu'il s'apprêtait à tourner de nouveau la clé pour s'en aller, il réalisa qu'il avait commis une erreur. Avec ses mains, il mouilla également la serviette – au centre, et en faisant attention à ne pas trop en rajouter. La cohérence et les détails : voilà ce qui le maintenait en sécurité. Un homme qui vient de se raser laisse toujours les mêmes indices – un blaireau plein de mousse, un rasoir humide ; il laisse une serviette mouillée sur la patère, aussi sûr qu'une voiture laisse des traces dans la neige en roulant. Kunstler laissa la porte claquer derrière lui et descendit les marches quatre à quatre.

Dans sa rue, il se contenta de marcher – vite, mais pas trop, parce que se presser, il le savait, risquerait de susciter l'attention, les réminiscences et les questions – jusqu'à ce qu'il tourne un coin de rue et que la pension soit hors de vue. Alors il courut entre les petites maisons tassées, bardées d'aluminium. Il courut tout du long jusqu'à la piste herbeuse qui longeait la voie de chemin de fer, et, après avoir vérifié que personne n'était là pour l'observer dans la lumière du jour qui se levait, il gravit le petit talus en courant et continua sur le remblai. Il se couvrit les genoux de boue en trébuchant, et l'espace d'un instant il crut avoir accroché sa veste au rebord de la barrière sous laquelle il s'était faufilé. Il ne s'attarda pas, cependant, car c'était la seule chance qu'il avait avant de commencer le travail, et ça allait arriver dans un instant, et l'instant d'après ça aurait disparu, même s'il avait l'impression que le moment où ce bruit emplissait sa poitrine durait une éternité. Il savait que la cohérence était tout, il l'avait appris ce jour où il était resté pétrifié à cause d'une porte entrebâillée sur les toilettes pour hommes d'un café-restaurant, appris que rien ne pouvait être oublié, ni une journée, ni une heure, ni même seulement une minute, parce que le monde était un œil qui ne clignait jamais. Il devait être le même en toute chose : invariable dans sa voix comme dans sa façon de marcher ou ses vêtements. *Rien ne peut changer.* Le son lui parvenait déjà quand il se laissa glisser jusqu'aux rails où l'herbe semblait trembler d'anticipation devant le souffle qui approchait. Il se courba, posa les mains sur ses genoux pour reprendre haleine après cette course folle. Alors, avec toute la régularité rageuse et tonitruante propre aux bruits et aux mouvements des machines, le Pennsy passa à toute allure, noyant toute chose ; et pendant que c'était là et que toute cette tempête fracassante l'enveloppait, il hurla de toutes ses forces, les bras raidis par l'effort le long de ses flancs, perdu dans le divin bruit mécanique, jusqu'à ce que les muscles de son visage et de sa gorge le brûlent, se crispent et refusent de hurler davantage. Puis le train disparut, et le souffle et la passion avec lui ; ne restaient à leur place que le vide et le silence. Il retrouva son chapeau dix mètres plus loin. Plus tard il vomit sa première tasse de café, et elle sentait l'alcool.

Il avait d'abord fait d'autres boulots – de menues tâches subalternes, ne nécessitant aucune formation particulière et sans aucun intérêt. Il avait testé, essayé, mais surtout il avait appris des hommes : les serveurs grecs et les commis de couleur, les clients qui mangeaient tous les jours, assis sur les tabourets recouverts de vinyle devant les comptoirs en plastique, sans dire un mot ni ôter leur chapeau, qui racontaient des blagues salaces et buvaient leur café la bouche pleine, qui rejetaient leur cravate par-dessus l'épaule pour avaler leur soupe et se promenaient avec un journal dans une poche de leur costume. Leurs titres de noblesse, c'étaient les croûtes de savon à barbe séché, la brillantine, leur brusquerie et cette façon de se gratter sans cesse l'entrejambe. Il les observait, prudemment mais de près, en particulier ceux qui arrivaient parfois encore vêtus de leur uniforme, de retour de France ou des Philippines, ou de tout autre endroit où la guerre avait pu les conduire, et qui mangeaient, buvaient et dansaient leurs dernières semaines de solde à coup de pièces de dix cents, avec l'irrépressible gaieté d'hommes que l'idée de rentrer chez eux en vie prenait au dépourvu.

Malgré les craintes qui le faisaient trembler, personne ne lui avait alors demandé quoi que ce soit d'autre que son nom. Quand il l'avait dit pour la première fois à voix haute, il avait senti la panique transpercer sa poitrine, un abîme sans limites. Cela faisait des jours qu'il passait tout son temps à se le répéter pour lui-même, sans rien dire d'autre, à personne, comme une prière à un dieu disparu qu'il s'était mis à réciter dès l'instant où il avait vu l'annonce manuscrite dans la vitrine du café-restaurant – *On recrute* – et qu'il répétait à l'infini, comme une incantation, tentant frénétiquement de repousser le moment fatidique. C'était la faim qui l'avait ramené au resto comme sous la menace d'un couteau. Il fut presque déçu de retrouver l'affichette toujours dans la vitrine : cela signifiait qu'il avait été maudit par la chance, et qu'il allait devoir mettre son plan à exécution, aller jusqu'au bout. Il n'allait pas échapper si facilement à l'accident qui l'avait défini.

Il finit par ajouter des éléments au nom, par développer la brève chronique contenue dans les mots *Abe Kunstler*. Ce qu'il révélait n'était qu'un squelette, le plus dépouillé qui soit, mais cela suffit avec le temps pour esquisser l'histoire d'un homme. Il dit à un de ses patrons qu'il avait servi dans l'armée et pris part aux combats. Il raconta à un autre qu'il avait été prisonnier de guerre. Un jour, avec l'excitation d'un inventeur qui peut enfin mettre en marche la machine sur laquelle il travaille depuis longtemps, il apporta la touche finale, sa part à lui, ce qui faisait de lui la personne qu'il était, la vérité qui le distinguait de ce qui n'était par ailleurs qu'un nom et tout ce qui va avec : la blessure, la preuve charnelle de sa personne, l'élément qui attestait de son passé et garantissait son avenir : il avait été mutilé pendant la guerre. Il le disait exactement comme ça : *Mutilé. J'ai été mutilé pendant la guerre.*

Entre-temps il y avait eu l'homme au calot et au tablier d'un blanc sale qui avait dit : « C'est un nom boche, pas vrai ? La famille de ma grand-mère était boche. Pas que je le parle ni rien, hein », et qui l'avait laissé travailler en cuisine dans un nuage de vapeur et de graisse qui se déposait partout. Kunstler y lavait la lourde vaisselle dans de grandes bassines en zinc, et la tendait par piles entières au garçon de couleur qui l'essuyait, et qui devait avoir au moins dix ans de plus que lui. L'homme au tablier avec la grand-mère boche lui permettait aussi de manger sur place, le plat du jour et un café, un repas par jour. Ce n'était pas l'usine, mais c'était bien suffisant pour un début, et il travailla dur sans jamais demander de jour de repos ni d'avance sur sa semaine. Il resta jusqu'à cet après-midi où quelqu'un raconta une blague salace, et où il rit avec les autres hommes. Le gloussement grêle résonna comme une terrifiante interpellation surgie du passé. En l'entendant, il fit la seule chose qui lui vint à l'esprit, exactement ce qu'il aurait fait s'il avait vu ou cru voir apparaître sur un visage la moindre lueur indiquant qu'il était reconnu, n'importe quoi qui menacerait de réduire en cendres la façade encore mal dégrossie qu'il était en train de bâtir : il se dirigea tout droit vers la porte, abandonnant son tablier en route, sans dire un mot à qui que ce soit ni regarder personne, et ne revint jamais.

D'autres emplois semblables suivirent, que lui confiaient des hommes semblables vêtus de semblables uniformes souillés, avec des voix, des visages et des vies semblables, qui le traitaient avec la même bienveillance sévère et uniforme, impersonnelle et invariable. Ils employaient les mêmes cuistots de snacks, qui demandaient à Kunstler avec le même ton moqueur pourquoi il n'avait pas de petite amie. L'un d'eux alla jusqu'à lui payer le permis pour qu'il puisse faire des livraisons. À chaque fois il restait, sans la moindre intention de partir, jusqu'à ce qu'une sorte de panique l'envahisse, qu'il s'agisse de l'angoisse suscitée par le sentiment insidieux de quiétude ou de confort qui le gagnait, ou de quelque chose de plus immédiat, comme ce rire qu'il n'aurait jamais dû lâcher. Alors il partait, sans dire un mot, sans récupérer sa dernière paie, exactement comme la première fois, oubliant ces endroits presque à la minute où il les quittait et ne pensant qu'au prochain.

Il y avait aussi eu ces ados du coin, qui se moquaient de sa voix haut perchée et le traitaient de mignon, et qui un jour dans la rue lui jetèrent des cailloux dans le dos alors qu'il s'éloignait, jusqu'au moment où il finit par faire volte-face. Pour une raison qu'il aurait été incapable de nommer ou de comprendre mais qu'il savait pourtant être juste, il ramassa alors une pleine poignée de la terre meuble du bas-côté et se la jeta lui-même au visage, et puis une autre, sans cesser de hurler, un long cri étranglé et inarticulé, jusqu'à ce que les garçons terrorisés et choqués le traitent de dingue et s'enfuient, le laissant terrifié et la gorge à vif, mais sachant désormais quel son produisait sa nouvelle voix.

Il avait toujours conscience qu'il ne pourrait jamais les affronter, bien sûr, ni ces garçons ni tous les autres qui leur ressemblaient, et ce quelle que soit la provocation : pour lui il ne pouvait y avoir ni police, ni fouille, ni nuit en cabane, ni toilettes ni douches communes, tout comme il ne pouvait y avoir ni piscines, ni hôpitaux, ni examens médicaux, ni confidences, ni rires spontanés – une trop longue liste de choses entreposées dans une pièce dont la porte menaçait à tout instant de s'ouvrir à la volée sur un désastre de révélations.

*

* *

À dix-sept kilomètres de là, on fabriquait des câbles et du fil d'acier. C'était trop loin pour que les gars de l'usine viennent manger là où il travaillait, mais parfois, quand il avait un après-midi de repos, Kunstler s'y rendait en bus puis parcourait à pied la route déserte des entrepôts, et s'arrêtait au portail pour les observer. Ce n'était pas comme l'usine qu'il avait connue. L'atelier n'était pas aussi vaste, et il avait l'impression qu'on n'y fabriquait rien de plus gros que des câbles d'ascenseur, rien qui puisse faire tenir un pont, sans aucun doute, mais peu importe, ça lui allait : les filières pour l'acier, c'était pareil partout. Il se disait qu'il ne tarderait plus à retrouver l'atelier. Il irait les voir quand il serait prêt, et son corps lui disait désormais qu'il le serait très bientôt, que la prochaine fois qu'il abandonnerait un emploi, c'est ici qu'il viendrait. Il serait prêt, ou pas : il ne pouvait attendre éternellement.

Mais d'abord il y avait eu le jour où l'une des serveuses lui avait demandé s'il ne voulait pas l'inviter à sortir, peut-être le week-end prochain, peut-être pour aller voir un film. Et c'est ainsi qu'il y eut le vendeur aux épaisses lunettes, en bras de chemise et gilet couvert de pellicules, qui, alors que Kunstler, ses économies en poche, hésitait sur le seuil d'une boutique miteuse, annonça : « Promotions du jour ! Costume rayé en gabardine de laine peignée mélangée à treize quatre-vingt-quinze. » Il lui dit combien de pièces étaient comprises dans le costume en satin de laine, car il était vendu avec un pantalon supplémentaire et existait en bleu moyen ou marron moyen, promotion à onze quatre-vingt-quinze en tergal anglais qui ne déteignait pas et ne se froissait jamais, et il lui parla de la veste sport décontractée en velours côtelé et du pantalon pied-de-poule en gabardine de laine peignée mélangée à onze cinquante l'ensemble. Il continua jusqu'à ce que Kunstler soit noyé dans les mots, incapable de les convertir en images, comme si ce n'était que des notes de musique.

– C'est le moment de faire vos emplettes, dit le vendeur. La boutique est toute à vous – et devant l'hésitation de Kunstler il ajouta : Les affaires ne marchent pas très bien en semaine, pour être honnête. Si vous achetez un costume aujourd'hui, eh bien… vous savez quoi ? je rajoute la cravate.

Les verres des épaisses lunettes du vendeur étaient scindés en deux, et ses yeux ainsi compartimentés ressemblaient au jaune sombre échappé de deux coquilles d'œuf noir, ou à des poissons en train de nager dans leur bocal. Le soleil se reflétait dedans, projeté en pleine figure de Kunstler qui se retrouva aveuglé un instant en pénétrant dans la pénombre boisée de la boutique. Quand l'obscurité duveteuse laissa enfin éclore les contours de l'espace, il se tenait au milieu d'un petit tapis, face à un miroir.

– Les bras sur les côtés, s'il vous plaît, dit le vendeur. Détendus – il attrapa un mètre ruban passé autour de son cou et le déroula sur le bras de Kunstler, puis le pressa le long de son dos. Kunstler se crispa. Première fois qu'on prend vos mesures ? demanda le vendeur.

– Eh bien, oui.

– Ça ne fera pas du tout mal, je vous le promets, reprit l'homme. Je crois bien que j'ai dû prendre les mesures de la moitié des messieurs de cette ville. Ou tout du moins la moitié de ceux qui ont plus de trente ans aujourd'hui, pour être plus précis. Les temps changent… tout change. Les grands magasins, vous savez. Bamberger est partout maintenant, Epstein aussi. C'est dur de faire face. Ils n'offrent pas le même service qu'ici, bien sûr, mais on dirait que plus personne n'a le temps de nos jours. Les bras en l'air, s'il vous plaît.

Kunstler leva les bras avant de sursauter quand le mètre ruban s'enroula autour de sa poitrine, mais le vendeur se contenta d'opiner en inclinant brièvement la tête avant de continuer sa besogne. En alerte mais pas inquiet curieusement, Kunstler observa l'homme coller ses épaisses lunettes contre les mensurations noir et jaune, puis sur le morceau de papier où il les reportait à l'aide d'un bout de crayon.

Après avoir mesuré le cou de Kunstler, l'homme s'interrompit et pinça les lèvres.

– Eh bien, du trente-six, fit-il en soulevant sa monture d'écaille de tortue pour revérifier la mesure avec son pouce, en pressant son œil nu tout contre le mètre ruban. Trente-six, trente-six. On n'en a pas beaucoup en stock, pour être honnête, remarqua-t-il. D'ailleurs personne n'en a dans le coin, ça m'étonnerait. À moins que, à moins que. À moins que…

Il emporta le mot avec lui dans l'arrière-boutique, laissant s'installer un agréable silence de cathédrale. Kunstler baissa lentement les bras. Cela lui plaisait, réalisa-t-il, cela lui plaisait de regarder les portants et les étagères, cette impression d'avoir sa place ici, dans tout ça. Puis le vendeur réapparut avec une petite pile de chemises pliées, pour la plupart bleu clair ou jaune.

– Autrefois on avait des vêtements pour garçons… enfin. Pour hommes plus jeunes. Les gens voulaient quelque chose de plus habillé pour les confirmations, les mariages, ce genre de choses, vous voyez. Voilà ce qu'il nous reste. Ce sont des coupes un peu démodées, pour être honnête, étant donné qu'on n'a plus beaucoup de demande, mais je pense qu'on trouvera quelque chose qui vous ira et je peux vous faire un bon prix. Ça ne fait qu'encombrer la réserve, vous voyez ? Le propriétaire trouvera ça aussi bien qu'on fasse un peu de place – il les posa en tas sur le comptoir. J'ai aussi ramené des cravates. J'ai peur que celles-ci ne traînent comme si on vous avait passé la corde au cou – il fourra un jeu de cravates dans la main de Kunstler et lui demanda : À gauche ou à droite ?

Kunstler jeta un bref coup d'œil au binocle en cul de bouteille avec les yeux-poissons qui roulaient derrière, impassibles, puis aux lignes et aux boucles formées par le tas de cravates, avant de répondre sans véritable conviction : « À droite. » Le vendeur mit péniblement un genou à terre. Kunstler fit un bond quand il pressa le mètre au creux de sa jambe gauche, mais encore une fois le vendeur l'ignora, entretenant un bourdonnement constant de bavardage sur les dernières tendances et la clientèle qui changeait tout en prenant ses mesures, avant de se remettre debout avec effort. Tandis qu'il causait, Kunstler contempla ses cheveux gris gominés et saupoudrés de pellicules blanches, comme s'il observait une chaîne de montagnes du sommet d'un nuage. Le vendeur reprit :

– Pour le costume je pense qu'on peut s'en sortir avec un quarante-quatre. Je n'en ai pas beaucoup, pour ne rien vous cacher, mais vous aurez plus de choix que pour les chemises. Sinon vous pouvez aller dans un grand magasin, à Atlantic Mills peut-être, mais, si vous me permettez, à mon avis vous devrez vous contenter de ce qu'il y a au rayon pour garçons. Quoi qu'il en soit, c'est à vous de voir. Vous voulez que je sorte les quarante-quatre ?

Plus tard, dans la pureté lisse du miroir, avec la chemise crème et le costume gris, la cravate imprimée, les longues pattes de col, Kunstler trouva une présence sans ambiguïté, plus puissante encore que la preuve apportée par son corps déloyal – pas juste un masque, lui sembla-t-il, mais de la substance. Envolé ce sentiment étouffant d'une matière impropre, l'impression que la vêture refusait d'épouser la structure, ce maudit manque de cohérence de l'étoffe qui le corsetait. Au lieu de cela il vit un homme véritable, avec toute l'arrogance, méprisable et admirable, et la puissance physique d'un homme – une image qui ne se contenterait pas de rester une image.

Le vendeur était toujours en train de causer.

– Ça tombe plutôt bien, je trouve, pas vous ? Il faut faire des revers aux jambes bien sûr, raccourcir un tout petit peu les manches, et ce sera parfait, vraiment. Vous voulez que je fasse les retouches ?

– Je crois que je vais le faire… Je veux dire, je vais demander à ma logeuse de s'en occuper pour moi.

– Les retouches sont gratuites, vous savez.

– Non, mais je crois que ça lui fera plaisir de le faire, et comme ça je n'aurai pas besoin de trouver le temps de repasser.

– Comme vous voulez. Vous avez de la route ? Je vais vous l'emballer. Oh, et ne craignez pas les faux plis, vous verrez : c'est à peine si ce costume se froissera. Mettez-le sur cintre une journée : tout se remettra en place en un rien de temps.

Kunstler décida au dernier moment de troquer sa casquette souple contre un feutre Dunlap qui n'était pas vraiment de la bonne couleur, mais qui se trouvait être à sa taille.

– Croyez-moi, dit le vendeur. Quoi qu'en disent les publicités, même un excellent chapeau change d'allure après avoir essuyé quelques intempéries, et quant à celui-ci, ma foi… ça arrivera peut-être même un peu plus tôt que ça – il lui tendit une profonde boîte en carton remplie de papier de soie et de chiffons, nouée avec de la ficelle blanc et rouge.

Kunstler garda le chapeau, tenant le bord d'une main de crainte qu'il n'y ait la moindre brise, et fourra sa casquette dans la poche de sa veste. Il lui restait assez d'argent pour s'entraîner à acheter des tickets pour le cinéma. Aucun des titres ne lui disait rien, alors il demanda un billet pour la prochaine séance, peu importe ce que c'était. Le premier film était un western, le second une comédie musicale, avec entre les deux les actualités et les dessins animés ; ils lui semblèrent aussi lointains et insaisissables l'un que l'autre, des poses impossibles à distinguer qui se succédaient derrière une vitre argentée, des vapeurs colorées sur fond de voix sous-marines comme une rumeur dans le lointain, des échos qui se répondaient. Pendant près de quatre heures il resta assis à fixer le néant, puis rentra chez lui à la pension où il faufila les revers du costume, s'émerveilla de sa beauté et songea à la façon dont il allait envelopper son corps, aussi proche et tenace qu'une ombre.

Il n'y avait pas d'eau chaude à la pension, alors avant son rendez-vous il arrêta de travailler un peu plus tôt pour faire un brin de toilette dans les W.-C. du resto. Vêtu de son seul caleçon, pieds nus à l'air frais de la pièce carrelée, il observa dans le miroir les côtes saillantes et les protubérances cireuses et jaunies de l'épaule et du coude, étudia la contraction et la mécanique du muscle, de l'os et du tendon, presque avec une curiosité distante, comme un inconnu qui passerait par là, tout en se récurant le cou et les aisselles avec ses ongles qu'il avait fait mousser sur le pain de savon rose craquelé.

Il n'avait qu'à moitié remis ses bandages quand il remarqua dans la pièce qui se reflétait derrière son propre visage inversé la porte ouverte – à peine ouverte, d'un rien : mais il savait que même à peine c'était trop. Il ne vit personne, mais la porte était ouverte alors qu'elle ne l'était pas auparavant, qu'elle n'aurait pas dû l'être ; par cet interstice s'engouffrèrent d'un seul coup toutes ses craintes et, étranglé par l'angoisse, il la referma d'un geste brutal. Avec tout le bruit en provenance de la cuisine qu'on nettoyait avant la nuit, impossible d'entendre si quelqu'un se trouvait là, en train d'attendre ou de s'éloigner, mais il y avait eu cette porte qui n'était pas fermée. L'avait-il jamais fermée ? Se pouvait-il qu'elle se soit ouverte toute seule ? Il était sûr qu'elle était fermée, au départ. Est-ce qu'elle ne l'était pas ? *Je n'ai pas été prudent*, pensa-t-il. *Je n'ai pas fait attention.* Il avait du mal à ne pas imaginer un œil, un visage choqué. *Quelqu'un m'a vu*, pensa-t-il ensuite, *et tout est déjà fini, perdu.* Il se mit à transpirer. Une image s'imposa dans son esprit, celle de policiers avec les gyrophares de leurs voitures allumés, et pendant un instant il aurait voulu porter un autre nom que le sien. Tandis qu'il terminait ses bandages, serrant plus fort que jamais comme s'ils avaient le pouvoir de le protéger, il s'assit sur les toilettes pour bloquer la porte en la poussant avec son pied. Puis il enfila ses nouveaux vêtements, le costume qui si peu de temps auparavant avait semblé l'incarnation même de son triomphe et se révélait peut-être à présent la cause de son absolue destruction. Il s'agenouilla dos à la porte pour emballer ses vieux vêtements dans la boîte du costume. Il pouvait sentir le rythme des battements de son cœur.

Après avoir respiré un grand coup, il se tourna vers la porte close qui séparait les toilettes de l'endroit où les autres – le cuisinier et la fille du comptoir, le commis, le propriétaire, les clients installés sur les tabourets en vinyle ou dans les box, et qui à cet instant précis attendaient quelque chose, leur plat ou une révélation – savaient ou ne savaient pas. Il était à l'abri ou découvert, vivant ou mort. Il posa la main sur la poignée de la porte et, tenant le paquet serré dans l'autre, il resta comme ça un moment à réfléchir à ce qui l'attendait ensuite, à ce qui pouvait se trouver de l'autre côté : il imagina des policiers en train d'arriver, une tentative de fuite désespérée. Quand le souffle lui revint, il serra la mâchoire et tourna le bouton de la porte.

Ne trouvant personne dans le couloir, il prit une décision. Il n'irait pas vers le devant du resto, où l'attendait soit une serveuse prête pour une soirée au cinéma, soit une salle pleine de colère, de dégoût et de récriminations, de poings prêts à cogner, et peut-être même pire. Au lieu de cela, il se dirigea droit vers la porte du fond et la ruelle de derrière, où l'on jetait les ordures. Il déposa la boîte du costume dans une poubelle. Puis il prit le chemin de sa pension, d'un pas décidé mais sans se précipiter. Il ne regarda pas en arrière, ni autour de lui, ni même vraiment devant lui : il avança dans une sorte de brouillard qui se fondit progressivement dans la pénombre du soir. Il n'avait pas de sac et plaça son nécessaire de rasage et ses sous-vêtements dans l'une des taies d'oreiller de la logeuse. Il fit un nœud bien serré, fourra la taie sous son bras, et s'en alla.

Il coucha ce soir-là sur un banc de la station de bus, s'attendant à voir apparaître quelqu'un, le messager annonciateur de sa supercherie, telle qu'elle était apparue par la porte ouverte des toilettes, et il essaya d'accepter l'idée qu'on allait bientôt s'emparer de lui et le détruire ; mais cela n'arriva pas. Personne ne vint, à part quelques vendeurs avec leurs valises d'échantillons et un gardien qui fit le ménage autour de lui comme s'il n'était pas là. Le matin, il prit le bus pour l'usine et, avec la même concentration incantatoire qu'auparavant, il s'entraîna encore, toute l'histoire cette fois, l'encapsulation de la personne qu'il était et serait désormais pour toujours : « Mon nom est Abe Kunstler. J'ai été soldat et prisonnier de guerre. Je sais faire du fil d'acier et j'ai été mutilé pendant la guerre. »

Quand ils lui offrirent le poste, il se dit : *Malgré toutes mes erreurs j'ai réussi je ne sais comment à arriver jusqu'ici, et maintenant je suis enfin chez moi.* Il était certain que son plan devait répondre à une sorte de destin.

– Ce salopard est dingue, se plaignit Blackie auprès d'Ahern.

– Je vais te dire un truc. T'as voulu faire une farce, et apparemment ça lui a pas plu. Il a raconté une blague, qu'apparemment t'as pas appréciée non plus. Pour autant que je sache, c'est pas plus compliqué que ça.

– Allez, quoi. Il te revient pas plus qu'à moi, ce petit con.

– T'as sûrement raison, répondit Ahern. Il me revient pas. Mais ça me fait surtout dire que j'aimerais bien savoir pourquoi, parce que ça n'a foutrement rien à voir avec ses blagues salaces, ou le paquet de feuilles à rouler que t'as salopées.

C'est après l'incident des feuilles que quelqu'un décida d'aller cafter auprès du chef d'atelier, un geste considéré comme impensable, car sortir ainsi du rang revenait à trahir des liens aussi sacrés à leurs yeux que s'ils avaient prêté serment. La balance affirma qu'on aurait dit que Kunstler était toujours habillé quand les autres ouvraient à peine leurs casiers.

– On débauche à peine qu'il se pointe avec sa cravate de tapette toute nouée, son chapeau déjà sur le crâne et une clope au bec. Certains gars pensent qu'il se change dans les chiottes.

– Eh ben, il est peut-être timide, et alors ? demanda le chef d'atelier.

– Ben, après il reste là à nous regarder.

– Vous regarder, c'est pas ce qu'on appelle un crime, répondit le chef d'atelier. Moi-même, je le fais seulement parce que je suis payé pour. J'espère que tu piges, hein, que tu le prendras pas de travers.

– Je rigole pas ! Tu sais de quoi je cause. Il sèche le boulot. Il quitte l'atelier plus tôt, alors que nous autres on est encore tous au turbin.

– Alors que vous autres vous êtes encore tous à jacasser, tu veux dire. C'est pas Kunstler qui perd du temps, ici. C'est le premier à l'atelier tous les matins, j'te signale. Il pointe toujours pile à l'heure, j'te signale. Jamais en retard au retour de la pause.

– Tu m'signales.

– Dis donc, tu piges vite, toi. Tu crois peut-être que je ne vérifie pas la pointeuse ? Eh ben, tu te fourres le doigt dans l'œil, camarade. Pointe-toi ici avec vingt minutes d'avance tous les jours, et toi aussi tu pourras te tenir prêt à débaucher à la minute où le sifflet retentit. Et tu pourras même te changer dans les chiottes, si ça te chante.

Ils se dirent que le chef aimait bien Kunstler parce qu'il n'avait pas tellement besoin d'être formé : le petit homme avait débarqué tout droit de la rue, habillé comme il l'était toujours quand il ne portait pas son bleu de travail, avec ses vêtements bon marché mais trop neufs, sa cravate trop tape-à-l'œil et son col aux pointes trop longues, une cigarette à la bouche en permanence, l'œil clos pour se protéger de la fumée, et il avait annoncé de cette voix semblable à un raclement de rouille qu'il savait faire du fil d'acier.

– T'as l'air un peu jeune, fit le chef – ce à quoi Kunstler se contenta de hausser les épaules.

– Peut-être, répondit-il. Mais je sais quand même faire du fil d'acier.

Le chef escorta le petit homme jusqu'à une machine et l'invita à en faire le tour. Butler travaillait dessus, mais le chef lui adressa un signe de tête et l'homme lui tendit ses gants, qu'il remit à Kunstler. Ce dernier les accepta distraitement et entreprit de répandre la poudre dans les boîtes à savon. Puis il alluma une nouvelle cigarette tirée de sa poche et attendit silencieusement que la bobine se vide. Quand la nouvelle bobine arriva, il se tourna vers le chef et demanda : « Acier traité ? », et celui-ci acquiesça d'un signe de tête, mais Kunstler vérifia quand même le fil avec son pouce avant de le suspendre et de faciliter son passage dans la première boîte à savon et la buse correspondante, puis autour du cabestan, à travers le second bloc et de nouveau tout autour de la machine. Il rendit les gants au chef puis resta une minute près du touret d'arrivée pour voir s'il n'y avait pas de soudures apparentes, les mains dans les poches de son pardessus, la cigarette au coin de la bouche.

– Tu fais le cordage des câbles ? demanda le chef.

Kunstler laissa tomber son mégot par terre et le piétina avant de répondre en secouant la tête.

– Pas mon truc. Je fais juste l'étirage du fil.

– Les tiges ? Les barres ?

– P'têt' que je pourrais, je suppose, mais pas vraiment. C'que je connais, c'est le fil d'acier.

– Tu travailles où en ce moment ?

– Nulle part. J'étais dans l'armée. P'têt' bien que je leur ai menti sur mon âge. Ça fait un petit moment que je suis sorti.

– Et depuis ?

Ils regardèrent le fil parcourir les blocs jusqu'au touret un petit moment, puis Kunstler haussa de nouveau les épaules.

– Pas grand-chose, répondit-il, en gros.

Puis il raconta qu'il avait été au camp de prisonniers, et qu'il y avait eu un accident, et qu'il avait été blessé. *Mutilé* fut le mot qu'il utilisa. Le chef hocha la tête.

– O.K., fit-il.

Le lendemain Kunstler était là avant tout le monde, prêt à travailler, et c'est d'ailleurs tout ce qu'il faisait, s'abstenant de parler et même de jeter le moindre regard aux autres, se contentant d'un signe de la main à l'homme qui s'occupait du chariot quand il était temps d'enrouler le fil métallique achevé sur le tambour. Ils n'avaient pas de bleu de travail assez petit pour lui au début, alors il en mit un vieux dont on avait coupé les manches et les jambes, avec un écusson portant le nom O'Brien. Il scotcha les poignets et les chevilles pour que ceux-ci ne se prennent pas dans les rouages.

– Les types de l'étage l'aiment bien parce que c'est rien qu'une machine de plus, voilà tout, lâcha Foley. C'est pour ça qu'ils le laissent débarquer ici déjà tout pomponné pour nous mater tous pendant qu'on s'habille.

– Le *dernier cri*[1], fit Augie, qui avait servi à Paris.

– Ça, et tout son baratin comme quoi il a été prisonnier de guerre, reprit Blackie. Je te parie qu'il a son ordre de mobilisation dans la poche, avec ses plaques d'identité de l'armée et le numéro de boîte postale de son commandant.

– Il dort sûrement avec sa médaille de service sous l'oreiller.

– Tu l'as déjà entendu quand il en parle ? Il dit : « J'ai été mutilé pendant la guerre. » Tous les autres disent qu'ils se sont pris une balle, un coup de lame ou qu'ils ont sauté sur une bombe. Un truc normal qu'ils peuvent appeler par son

1. En français dans le texte original.

foutu nom. Mais Abe Kunstler ? Oh non, pas lui. Lui il se fait mutiler.

Blackie était en train de s'échauffer, un peu trop, du moins aux yeux de Butler qui à ces mots se leva et demanda :

– Y en a parmi vous qui ont été faits prisonniers et embarqués en Allemagne ? Il était dans un camp, on l'a découpé en morceaux comme si c'était un fruit, il paraît qu'il a dit au contremaître, alors en ce qui me concerne le mec peut bien appeler ça se faire mutiler ou avoir un bobo ou n'importe quoi d'autre si ça lui chante, bon sang.

Tout le monde se tut, parce qu'ils savaient tous qu'en 1944 Butler avait passé sept jours enfermé dans un wagon à bétail rempli de merde entre la Belgique et la Pologne, avec cinquante autres gars. Tous n'avaient pas survécu au voyage, mais il n'était pas toujours facile de s'en rendre compte, parce qu'ils étaient tellement serrés les uns contre les autres que les morts ne tombaient pas forcément mais continuaient à osciller de concert, comme s'ils feignaient d'être vivants. Tous avaient entendu dire qu'il était encore réveillé par des cauchemars, même si chacun avait la courtoisie de ne pas se souvenir de qui il le tenait. Et puis Bobby, le jeune type qui manœuvrait le bobinoir, raconta qu'il était arrivé plus tôt une fois et avait trouvé Kunstler en train d'enfiler sa tenue, et qu'il avait aperçu, clairement visible sous son maillot de corps, le bandage beige à bordures bleues qui ceignait ses côtes. Kunstler n'avait rien dit en terminant de boutonner son bleu de travail, pas un mot, et s'était contenté de regarder Bobby qui, saisi de honte, de terreur ou de quelque chose d'autre qu'il aurait été bien en peine de nommer, avait détourné les yeux.

– J'ai presque eu l'impression qu'il me mettait au défi de faire un commentaire, raconta le jeune homme.

Alors Butler, toujours debout, les yeux baissés sur ses mains et sur le chiffon à graisse qu'il s'était mis à tripoter, déclara :

– Il pourrait se balader ici en exhibant cette cicatrice tout le temps, vous faire voir un truc choquant qui fiche vraiment les jetons. Au lieu de ça, il s'isole simplement pour s'habiller, tout seul, quoi. Vous devriez lui lâcher la grappe une minute, lui foutre un peu la paix. Nous foutre la paix à tous, bon Dieu de merde.

Cela mit un terme à l'épisode, même si d'une certaine façon c'était déjà réglé depuis longtemps, puisque comme le disait Blackie : « Sacré truc, hein, le jour où Kunstler a retiré l'épine de la grosse patte de Jackson. » Jacks représentait déjà et de façon définitive la courroie de transmission de Kunstler avec le reste de l'atelier, le levier avec lequel il força la coquille hermétique de leur communauté : parce que même si les autres jouaient des tours au géant, le considéraient comme une sorte d'homme à tout faire, et se permettaient même de l'appeler *ce pauvre idiot de Jacks* sans toujours se soucier de vérifier s'il était à portée de voix, ils ressentaient à son égard le genre de sentiment de propriété instinctif qui naît parfois quand on connaît quelqu'un depuis trop longtemps pour considérer ça comme un choix. Et bientôt Kunstler leur inspira des sentiments similaires, ils se mirent à considérer qu'il était à eux, seuls habilités à le dénigrer, même s'il est probable qu'aucun ne s'en rendit jamais compte, et certain que personne n'aurait été prêt à l'admettre, à supposer que ce soit le cas. C'est pourquoi près d'un an après qu'il se fut pointé pour la première fois ils l'appelaient toujours le nouveau, quel que soit le nombre d'autres types arrivés depuis, et c'est aussi pour cela que, quand Jacks avait dit : « Le nouveau devrait venir avec nous », peu importe ce que tous les autres croyaient vouloir, personne ne discuta, et finalement il y alla, le nouveau, Abe Kunstler, les accompagner au dancing.

*

* *

Dévêtue et ivre sur l'étroit lit de Kunstler, sous l'ampoule sans abat-jour, la fille était un bassin clair et onctueux fouetté par l'air frais, et, tandis qu'ils s'embrassaient, il écuma sa surface frémissante avec sa petite main tavelée par l'usine et regarda le bout de ses seins se contracter et se dresser. Une fois affranchie des artifices de ses vêtements, c'était plus que jamais une fille, et la jeunesse lisse de son corps râblé et tout en rondeur comme celui d'un chaton était presque choquante. Elle lui caressa le visage et ils restèrent ainsi un moment : Kunstler assis au bord du lit, la fille Inez sombrant progressivement dans un demi-sommeil, et sous la main d'Abe qui s'activait, un désordre de draps sales.

– Les câlins, c'est ce que je préfère, avoua-t-elle de nouveau, mais je n'ai rien contre le reste quand j'ai un verre dans le nez.

Il lui en avait servi beaucoup, des verres, mais pourtant il ne se montrait pas entreprenant. Il la regarda dans les yeux et ralentit chacun de ses gestes, prenant un long moment avant de démêler enfin, avec un doigt humecté de salive, les poils entremêlés qui formaient une barrière entre ses jambes.

C'était le miroir faussé de son imagination qui prenait vie, un moment qu'il s'était représenté et qui ressemblait tout à fait à cela dans ses pensées, mais qui désormais en se réalisant prenait une ampleur dangereuse, échappant à tout contrôle : car bien sûr il n'avait pas rêvé assez loin, et, quand elle tenta maladroitement d'ouvrir sa chemise, Kunstler pris par surprise se dégagea si brutalement qu'il glissa par terre, et son dos heurta le mur avec une telle violence qu'il en eut presque le souffle coupé. La panique et la confusion tirèrent la fille de son crépuscule, et elle sembla subitement prendre conscience de sa nudité, ramassant d'un bras ce qu'elle pouvait de draps entre ses jambes, tout en enveloppant ses seins de l'autre.

Elle balaya la pièce du regard comme pour retrouver ses repères, et il lui fallut un moment avant de demander :

– Qu'est-ce qui ne va pas ? C'est quoi le problème ? – il ne répondit pas, et elle répéta sa question encore et encore, d'une voix de plus en plus aiguë : Qu'est-ce qui ne va pas ? Qu'est-ce qu'il y a ?

– Attends, attends une seconde, répondit Kunstler.

– Je ne comprends pas ce qui se passe, je ne comprends pas.

– Attends, je te dis, dit-il en frappant le sol du plat de la main – et elle sursauta. Regarde, O.K. ? Regarde, mais attends.

Alors, lentement, il souleva son maillot de corps pour découvrir un large morceau de bande médicale enroulée serré, les bords bleus entrecroisés, une épingle à nourrice brillante sous l'aisselle. Il ne lui révéla d'abord que ce qu'il avait dit aux autres à l'usine, quand Jacks l'avait taquiné parce qu'il était toujours le premier au vestiaire : une explication laconique, pétrie de réticence et presque de courroux, une barrière grillagée de susceptibilité hostile, tout juste l'aveu qu'il y avait quelque chose de différent, qu'il avait été blessé – même si *mutilé* était le mot qu'il avait employé pour en parler au contremaître : *J'ai été mutilé pendant la guerre.* « Pas au combat, avait-il précisé. Dans un camp de prisonniers de guerre, en Allemagne. » Son expression et son ton les mettaient tous au défi de ne pas se satisfaire de cette explication.

Il n'avait de toute façon rien de plus à leur dire. Il n'y avait rien à raconter : il y avait seulement la blessure.

Mais à présent, assis par terre face à la fille nue qui tentait de se protéger en s'enveloppant de son propre bras, lui apparut d'un seul coup toute l'histoire de son malheur, avec tous les détails à la fois étranges et évidents qui lui échappaient jusqu'alors. Et même s'il semblait s'adresser à elle, c'est pour lui-même qu'il parla, parce que parler c'était explorer cette histoire, en cerner les contours : il raconta tout avec un sentiment d'urgence de plus en plus pressant, et presque une forme de satisfaction aussi, il évoqua le camp où on avait emmené les soldats, leur détresse, sa blessure, et soudain les mots qui lui venaient prirent sa conscience en otage. Des événements confus et indistincts gagnèrent en clarté et en consistance d'être racontés, et il revécut la date première de son être, la campagne étrange semblable au paysage d'un rêve, le corps démembré par une bombe retrouvé dans une clairière au milieu des bouleaux, et ensuite la panique, la tentative de fuite avortée, la capture. Puis les détails qu'il avait raflés, comme entrevus par le trou d'une serrure : il y avait des nègres au camp, par dizaines, plus que l'homme n'en avait jamais vu réunis en un même lieu jusqu'alors, et les plus noirs qu'il ait jamais vus aussi, avec leurs yeux striés de veines comme un choc permanent dans la nuit de leurs visages. Ils parlaient français et avaient des noms français, et en cela au moins ils étaient mieux lotis que l'homme, dont le nom allemand suscitait la méfiance. Il y avait des Russes, aussi, de l'autre côté d'une double ligne de clôtures, traités plus mal que tous les autres, qui avaient à peine un demi-seau de patates à se partager pour manger et vivaient sous leurs tentes, sur le sol froid : des représailles anticipées en prévision de la vengeance atroce mais attendue qui serait et fut la leur quand les rouges débarquèrent, et que ce fut au tour des gardes du camp de tenter de s'enfuir, terrorisés. Kunstler entendit de nouveau, mais pour la première fois de sa propre voix, les noms oubliés que l'homme avait ramenés d'Allemagne : *Stalag III-A et Luckenwalde. Brandebourg. Markendorf.*

Les hommes renfermés dans ces noms n'étaient plus des soldats. « Ce n'étaient même plus vraiment des hommes », lui raconta Kunstler. Ce n'était plus que des corps qui se débattaient, s'atrophiaient, la personne à l'intérieur chassée, disparue, réfugiée ailleurs peut-être pour ne jamais revenir. Aux yeux des Allemands, ils valaient sans doute encore moins que ça : ils étaient des ennemis et des prisonniers, c'est-à-dire guère plus que des outils, à supposer qu'ils puissent représenter autre chose qu'un simple fardeau, et pour justifier leur droit à une forme charnelle on les faisait donc travailler. Il y avait des usines à l'extérieur du camp, chacune avec ses machines à faire fonctionner, ses feux à entretenir, ses caisses à soulever, empiler, puis soulever de nouveau. Les gardes escortaient les prisonniers des camps vers des bâtiments situés dans tout le Brandebourg, à bord de camions bâchés couverts de givre.

Kunstler savait que l'endroit avait été fertile, avec ses arbres en rangs serrés à la lisière des villages et des champs, massifs et vénérables, un paysage robuste empreint de cette vigueur des choses qui survivent à l'hiver – mais tout cela avait disparu. Au lieu de cela, dans son esprit, il se voyait lui, avec la dizaine d'autres sans visages et leurs gardes réduits à des silhouettes, sur une plateforme semi-ouverte, en train de traverser une plaine d'un brun-gris poussiéreux, endroit éternellement flétri et désolé, caduc, âpre, où le vent balayait des kilomètres interminables de routes et de voies ferrées. Il s'imagina que depuis le camion ils avaient regardé passer les trains chargés des objets qu'ils avaient confectionnés de leurs mains sans âme dans les usines, pour leurs geôliers, des choses par ailleurs inoffensives, des choses par ailleurs normales : des boutons, des poignées de porte en métal, des ampoules, des objets qu'on pourrait trouver et qu'on trouvait sûrement ici même, à cet instant, dans le bâtiment où ils étaient : la fille sur le lit, à moitié nue dans son drap et qui relâchait peu à peu l'étreinte de son bras, lui par terre, avec ses bandages exposés. Ces objets étaient partout, en fait : dans tous les bâtiments auxquels il pouvait penser, les usines, les magasins et les bars, et même s'il les savait anodins, leur apparition dans son rêve de poussière et de bitume provoqua en lui un tel sentiment de dégoût que ça aurait aussi bien pu être les organes et les membres des morts.

L'usine aussi, il l'imaginait différente de l'allure qu'elle devait avoir, il le savait : non pas un de ces hauts hangars à étage, comme ceux qui abritaient les énormes bobines de câble métallique, mais un bâtiment bas et long en briques orange, avec un toit de tuiles et, s'élevant en son centre, une tour de garde carrée en dessous de laquelle passait la voie ferrée. Dans son esprit elle était aussi figée qu'une photo, de sorte qu'il avait beau tenter de s'en approcher mentalement en suivant les rails qui semblaient l'appeler, jamais elle ne paraissait grossir.

Les prisonniers, affaiblis, transis et contraints d'utiliser des machines qu'ils ne connaissaient pas, aux ordres de chefs qu'ils ne comprenaient pas, se blessaient souvent et se tuaient même parfois dans cette marche forcée hébétée qui les obligeait à fabriquer et construire, mais, enfermés ici au beau milieu de l'Allemagne, qu'auraient-ils pu faire d'autre ? Pas de fuite, pas d'évasion possible, et si d'aventure quelqu'un tentait de filer les représailles retombaient sur tous ceux qui restaient. Ceux qui étaient incapables de travailler étaient parfois battus pour les punir de leur faim et de leur épuisement, alors ils forçaient leurs corps vides et déshumanisés à avancer, ces corps que leurs âmes affolées avaient désertés comme des canards s'envolent à un coup de fusil, et ils s'efforçaient en travaillant de ne pas penser aux caisses qui se remplissaient de ces membres fantômes qu'étaient les ampoules, les boutons, les rivets ou les ressorts. Pour fabriquer ces objets, ils perdaient leurs doigts et leurs yeux, se brûlaient la peau, broyaient les os de leurs pieds.

L'accident de Kunstler, raconta-t-il à la fille d'une voix douce, impliquait un fourneau dont la porte contenait à grand-peine la fureur, un bûcher funéraire en devenir enveloppé d'un linceul vaporeux de poussière de charbon et de chaleur, et il était désormais difforme du sternum jusqu'aux cuisses, diminué et dénaturé pour satisfaire les besoins de la machine. En évoquant son corps et le fourneau, il pensa au sang, au cortège docile du liquide s'écoulant d'une plaie, *le lac sombre et lent*, le temps que ça avait mis à sécher. Il entendit le bruit meurtrier du choc sur l'os, et pour chasser ce bruit de son esprit il décrivit de nouveau la pièce : la trappe traversée par un rai de lumière du jour, qui menait à la route mais pas à la liberté, le monde brûlant derrière la porte de la chaudière, et lui-même condensé jusqu'à n'être plus rien d'autre que ses accidents : une chose spectrale, vide.

Du fond de ce souvenir, il l'entendit, elle, Inez, la fille nue et laiteuse, la petite flaque de peau pâle et d'alcool : elle pleurait sur son sort, ce que lui-même n'avait jamais fait, et disait quelque chose – des paroles d'apaisement galvaudées, le genre de mots que lui-même ne se permettrait jamais de penser ou de dire, le genre de mots qu'il haïssait, mais dont il savait qu'ils avaient forcément leur place quelque part.

– Ça fait partie de toi, dit-elle. Ça fait partie de ce qui fait de toi celui que tu es.

Sans bouger d'où il se trouvait, par terre et toujours adossé au mur, il accepta la main qu'elle lui tendait. Quand la respiration de la fille se calma enfin, il se leva et étendit la couverture sur elle avec précaution, et son manteau par-dessus, puis il la regarda dormir dans la lumière du matin.

Kunstler s'écarta sans faire de bruit du corps qui respirait bruyamment, et éteignit la lampe posée sur le sol à côté du lit. Une fois dans la salle de bains sur le palier, il tourna la clé avec précaution dans la serrure puis fit pivoter la poignée de la porte pour s'assurer qu'elle était bien fermée. *Ça fait partie de toi*, c'est ainsi que la fille Inez avait évoqué sa défiguration entre ses larmes, mais la vue des bandages qui ceignaient sa poitrine l'avait bouleversée, et pendant un moment il laissa ces mots attiser sa rage : jamais il n'accepterait de pitié, se dit-il, de personne. Et pourtant, quand dans la salle de bains verrouillée Kunstler ôta sa chemise et déroula ses bandages, quitta son pantalon et son caleçon puis la coquille, quand debout, entièrement nu, il baissa gravement les yeux sur son corps – désormais lui, et non plus celle qui fut jadis, mais toujours pourvu des seins asservis et oubliés, et entre ses jambes le sillon duveteux et son saignement abhorré qu'il fallait dissimuler –, il ressentit une douleur et pensa : *Ce n'était pas un mensonge : c'est moi, vraiment moi, qui ai été mutilé pendant la guerre.* Sur ses doigts il y avait l'odeur de la fille, intime et distante, connue mais étrangère, la frontière bizarre entre soi et l'autre, mais aussi entre le passé et le présent, l'odeur de la blessure qui lui avait été infligée, de ce qu'il avait de plus intime, de plus personnel, cette partie de lui qu'il ne partageait pas et ne pouvait partager, à conserver parmi ces points du corps qui battent et qui pulsent et qu'on ne peut exposer au grand jour sans mourir. *Oui*, pensa-t-il, *j'ai été mutilé pendant la guerre.*

Nu dans la salle de bains fermée à clé, étourdi par l'odeur de la fille et le désir incandescent qui s'était furtivement échappé du lit, il s'assit sur le rebord ourlé de la baignoire. Il se couvrit le visage de sa main odorante ; l'autre, il la posa sur son corps, un pèlerinage auprès de son ancien moi qui ne lui plaisait guère, mais qui était aussi essentiel, naturel d'une certaine manière à l'homme qu'il était devenu.

Pas encore lui mais elle, celle qui fut jadis, pensa : Je n'ai jamais voulu ça. *Le transfert de pouvoir, de nature, le supplanter ainsi, même au moment où il s'effondrait : tout cela n'était pas sa place avant que l'homme son mari ne la lui offre, ne la lui taille à partir de ce qui avait été la sienne, et elle accepta, découvrit qu'il y avait là non seulement une ouverture mais un appel, un vide gémissant du désir d'être comblé. Alors quand il leva la main, elle comprit qu'il était aussi en train de désigner la fin imminente, que le coup qu'elle aurait jadis considéré de son devoir naturel de recevoir était aujourd'hui une invite, et elle sut que le libérer serait un acte de compassion. Ainsi, quand la faiblesse même de l'homme son mari l'interpella sous la forme d'une gifle mollassonne en travers du visage, elle était prête à y répondre avec toute la formidable puissance du câble d'acier et de la tôle métallique dont on faisait les avions. Elle le frappa sans attendre, cogna dur au-dessus de l'œil avec son poing fermé, et la puissance du coup le fit chanceler, tous deux décontenancés par le choc atroce de l'os cognant contre l'os, mais il n'y avait pas de retour en arrière possible. Il tendit le bras mais ne rencontra que la lampe nue pendue à son cordon tissé au-dessus de la table, et les ombres autour d'eux plongèrent d'un coup et se mirent à tanguer. Dans la pièce qui basculait il lança sa main vers elle et la manqua ; elle le frappa de nouveau, avec désormais toute la puissance de son corps frustré d'ouvrière, heureux d'être délivré de son oisiveté et de son inactivité forcées, la puissance qu'elle avait acquise et gagnée dans cette guerre que lui perdait. Alors, confronté de nouveau à cette force qui avait triomphé de lui un jour et n'avait jamais cessé de le faire depuis lors, il s'effondra là dans la minuscule cuisine et se cogna d'abord la tête sur le coin de la table sous le pendule de lumière tournoyante qui donnait le vertige, puis ne se redressa que pour glisser en arrière sur le rebord dur de l'évier dans un craquement sonore, et son sang faible et pâle répondit à l'appel des coups, un cortège docile qui baigna son corps en train de trépasser. L'homme son mari tomba au sol, et elle l'y suivit. Entre les pieds de la table et les ombres en rotation elle observa l'os épais et opaque tandis qu'il quittait son corps en s'échappant par ses fractures, des fractures infligées par le temps, la malchance, et finalement par sa main à elle, aussi puissante qu'une machine. Elle percevait désormais ce qu'elle avait compris depuis toujours, mais jamais de manière aussi physique et tangible, aussi facile à exprimer en mots : qu'il était impossible de rien prendre sans que quelque chose quelque part ne soit aussi donné en échange.*

Tout cela elle l'accepta comme faisant partie de la vie que par la seule force du hasard, si dépourvu de sens soit-il, il lui revenait d'accepter tout comme il fallait accepter de respirer pour que l'existence se poursuive, tout comme elle avait accepté les gifles de ses sœurs et les contorsions incompréhensibles des garçons dans la ruelle, et tout comme plus tard elle accepterait que le corps de l'homme son mari s'enfonce en elle comme d'autres avant lui, avec cette sensation pénible sèche brutale et aveugle – la moindre parcelle de lui semblait alors avoir l'odeur du gin, et sa saveur aussi, mêlées à la sueur, à la poussière de charbon et à la puanteur que celle-ci dégageait en se consumant, et, derrière tout cela, ce très léger goût d'urine. Elle savait que dans leurs messes basses d'autres femmes critiquaient ce qu'elle fit de son plein gré, jugeant cela contre nature, mais elle voyait plus loin qu'elles, par-delà la nature jusqu'aux clairières que l'homme y avait défrichées pour se forger une place, la place à laquelle elle croyait que son visage ingrat et ses grosses mains lui donnaient accès, ces espaces secrets que les autres ne pouvaient partager parce qu'elles ne les voyaient pas.

Elle savait donc ce que les autres n'auraient jamais été capables de percevoir, moins encore de comprendre : que la main levée de l'homme son mari avait été un signe d'assentiment, de choix, un jalon pointant la direction de l'avenir et un interrupteur pour le mettre en marche, l'aveu qu'il allait perdre sa place, devrait la perdre pour s'épargner davantage d'humiliations quand cette dernière tentative de restauration aurait échoué. L'homme avait au moins reconnu la pertinence du départ imminent, savait que quelque chose avait mûri, et qu'il soit ainsi prêt les liait l'un à l'autre, non par les liens de l'amour mais par ceux qui unissent un visage à son reflet : une reconnaissance et un attachement involontaires mais néanmoins indéfectibles. C'était son choix à lui, croyait-elle, mais ils appelleraient ça un crime, du genre à réveiller le formidable géant de paperasse de l'ordre et de la civilisation. Elle imagina les gestes démesurés de la créature les scrutant avec attention, vit son œil jaune et terne grand ouvert : de cette menace, au moins, même si c'était la toute dernière fois, elle pouvait le protéger.

Pour y réfléchir elle n'avait nul besoin de bouger ou de changer de position : elle resta assise exactement là où elle se trouvait, face à lui de l'autre côté de la pièce, et laissa le jour revenir par la haute fenêtre sale depuis la ruelle, pousser les ombres des pieds de la table à travers le sol humide, désormais poisseux des traces d'une vie expirée, le lac sombre et lent de son être mortel, et puis disparaître de nouveau.

Pendant qu'elle restait ainsi prostrée, elle rêva à plusieurs reprises. Une fois, elle marchait dans Trenton, mais c'était devenu une étrange campagne, inconnue sans être effrayante, qu'elle devinait se situer quelque part près du front : c'était la guerre autour d'elle, elle le savait, même si elle ne pouvait ni la voir ni l'entendre. En se tournant vers une clairière entre les arbres d'une forêt de bouleaux, elle découvrit les morceaux de l'homme son mari, démantelé. Elle entreprit de les réassembler, mais avant d'avoir pu réunir les morceaux le rêve se brisa, sa beauté volatilisée, et elle était de nouveau éveillée, contemplant face à elle, de l'autre côté de la pièce, la vacuité brisée et sans relief, l'enveloppe inanimée de l'homme son mari, les entailles noires de ses yeux flottant sur son visage.

Elle ne sut jamais combien de temps elle était restée assise là, mais à la fin le contenu de la glacière avait entièrement fondu. La flaque grandissante se mêla aux fluides des veines et des entrailles vidées de l'homme ; elle en avait les vêtements mouillés. Elle interpréta cette sensation comme un avertissement et se leva. La prochaine fois que le propriétaire viendrait se plaindre de l'état des lieux en leur hurlant dessus, et demander à l'homme de pelleter du charbon et de nettoyer les couloirs, il faudrait qu'ils soient partis – rien que deux infortunés de plus, avalés par le puits sans fond des complications engendrées par leur pauvreté. À présent, sortir de l'appartement, traverser prudemment le bâtiment devenu invisible à force d'être familier, et avec lequel il fallait refaire connaissance : la porte de la cave à charbon était là, ainsi qu'une autre qui conduisait à la chaufferie ; il y avait une double trappe, traversée par un rai de lumière du jour, qui menait à la rue. Elle étudia attentivement la cage d'escalier qui la conduirait jusqu'au hall d'entrée, où la guettaient ces êtres invisibles avec leurs boulots invisibles, aux yeux de porcelaine et aussi transparents que de l'eau, mais qui néanmoins étaient là, et à la pensée de ces rôdeurs elle se tourna plutôt vers la chaudière, enveloppée d'un linceul de poussière de charbon et de chaleur, et malgré ses réticences elle y découvrit une dernière demeure que sa propre ombre obscurcissait, et qui, quand on l'ouvrait, laissait se déverser sur un monde ténébreux un torrent de lumière, un avenir dans lequel l'homme son mari pourrait disparaître pour la troisième et, se dit-elle, dernière fois, son corps sans vie rejoignant l'humanité et les forces qu'il avait perdues en Allemagne et cet instinct machinal qui le poussait à respirer, manger et bouger, et qu'il avait fini par sacrifier sous son poing à elle.

Elle attendit un long moment dans l'étroit passage qu'une idée venue d'ailleurs la délivre, autre chose que ce à quoi elle s'était résolue, mais elle était tenue à sa décision par l'impuissance de sa pauvreté, elle n'avait pas d'autres ressources à mobiliser que celles que l'immeuble lui-même pouvait offrir : cet endroit et elle, pour l'instant, ne faisaient qu'un, et même s'il lui fallut du temps pour se réconcilier avec l'épouvante que lui inspirait son projet, pour reprendre son souffle dans l'atmosphère suffocante, elle finit par retourner à la porte fermée de l'appartement, une main sur la poignée au bruit de ferraille, l'autre sur le chambranle. Elle prit son courage à deux mains pour s'atteler maintenant à l'inconcevable besogne, tout comme autrefois elle avait pris son courage à deux mains pour affronter les dangers inconnus, sifflants et mécanisés des machines à fabriquer le câble, sachant qu'elle finirait aussi d'une manière ou d'une autre par accepter cela, par ne plus avoir peur, qu'une forme de léthargie s'installerait et lui permettrait de traverser le pire sans même s'en apercevoir, que lui serait implantée une nouvelle conscience engourdie, parce que c'est ainsi que fonctionne l'existence, et qu'elle faisait confiance au mécanisme de la vie pour s'accomplir.

Tout ce qu'elle avait été jusqu'alors disparut en quelque sorte à cet instant précis, fut dispersé, et dans la brume spectrale de son évaporation elle pensa : Pour cela il ne peut y avoir de pardon, *même si elle ne savait pas qui au juste demeurait ainsi impardonné, elle ou l'homme son mari mort sur le sol de la cuisine, ou bien le monde en général. Puis elle ouvrit enfin la porte, et la franchit pour s'avancer dans un état de sidération à la fois bienvenu et déconcertant. L'ouverture de la chaudière était trop petite, elle le savait, et placée trop loin du sol, mais bien sûr ce n'était qu'une question de travail, il suffisait de s'atteler à la besogne et d'aller jusqu'au bout.*

Désormais ce serait elle la plus forte des deux, celle qui devrait se battre, planter ses ongles dans le mur d'indifférence auquel ils faisaient face, comme l'homme l'avait fait jadis pour eux deux, tout comme étaient siens désormais les bras et les mains que le travail avait rendus plus forts, tandis que ceux de l'homme son mari avaient sombré dans la faiblesse, caducs, comme lors d'un hiver permanent. Elle serait désormais eux deux à la fois.

C'est pour cela que la vision dans le miroir embué le lendemain matin était étrange, mais pourtant pas totalement inattendue : elle, altérée, pas encore tout à fait lui, parce que pour cela il faudrait davantage que les vêtements et les cheveux, davantage même que la mâchoire épaisse, la poitrine plate et les mains robustes – mais c'était déjà convaincant, même si bien sûr il faudrait des années pour oublier la vérité, dont les contours s'estomperaient plus tard jusqu'à la rendre indiscernable de l'ensemble, le passé devenu une époque confuse et indistincte. Il fallut si peu de choses au départ : les cheveux coupés court et gominés au Pento, la chemise à col souple, les jambes du pantalon, le manteau d'homme.

Cette silhouette dans le miroir n'était pas si différente de celles de ces autres, ceux qui étaient partis pauvres pour la guerre et étaient revenus plus pauvres encore d'esprit et de corps, ceux qui ne faisaient pas partie de ce nouveau pays formidable que l'on bâtirait sur les cadavres des disparus, ceux qui ne se pressaient plus dans les usines, qui ne traînaient plus leurs guêtres dans les files d'attente des soupes populaires. Presque rien qui saute aux yeux à première vue – et pourtant elle était persuadée que les choses se passeraient ainsi : les masses n'étaient que le reste arrondi à l'unité inférieure d'une grande division, la guerre, un reste que l'on avait écarté avec désinvolture, tandis que cette nouvelle figure solitaire, créée dans leur agonie, n'était rien de moins qu'un successeur venant de naître, et qui faisait ses premiers pas à l'endroit même où ils posaient péniblement les pieds sur cette terre pour la dernière fois. Au vu du visage dans le miroir, il était clair que personne ne s'interrogerait ni ne douterait. La transformation était inconcevable, et en cela aussi c'était une renaissance, ramenant à la vie l'esprit puissant et subversif de l'homme son mari, tandis que son corps était désormais dispersé dans la ville, fumée et cendres rejoignant l'air et le sol, ne faisant qu'un avec cet endroit indissociable de lui. Elle resterait donc ici avec lui, dans la ville où il reposerait dans la poussière et la crasse, dans la terre et dans l'eau, où Trenton tout entière était son corps, où restaient en dépôt la force et la liberté qui jadis avaient été à lui et lui revenaient à présent à elle, un legs soigneusement mis de côté pour être transmis, une tradition qu'elle pouvait enfin reconnaître comme sienne quand toutes les autres avaient été perdues. Cela appartenait aux cheveux courts et à l'œil dur, au visage osseux dans le miroir, à la femme en train de disparaître qui deviendrait le premier et unique fils de l'homme son mari : une succession fondée sur les liens du sang. Ça n'avait demandé qu'un costume, une paire de ciseaux, et le couteau aiguisé de la cuisine.

– C'était lequel ? demanda de nouveau le plus grand.

Il occupait presque toute la pièce, debout, les yeux braqués sur l'homme étendu immobile sur l'étroit grabat. On distinguait à peine ce dernier : la lampe gisait dans le noir à côté de la table de chevet renversée, et l'ampoule nue au bout du couloir ne parvenait à projeter qu'une demi-pénombre par la porte.

– Ce fils de pute a dû lui mettre un sacré coup. Il est dans les vapes.

– Il respire ? demanda le costaud, qui se tenait juste derrière la porte.

– Je suis pas stupide, Wade. Je te l'aurais dit s'il respirait plus.

– Je crois que c'était ce petit mec, celui qu'a gardé son chapeau, qu'a causé à personne, fit Wade. Je les ai vus venir ici ensemble. Et il est parti précipitamment, aussi, je l'ai vu.

– Quel « petit mec » ? demanda le grand.

– Y a pas de « petit mec ». C'est que je me tue à vous dire, intervint celui qui avait le nez en sang.

Il voulut se lever du tabouret où il était assis dans le couloir, mais Wade posa la main sur son épaule et le força à se rasseoir.

– Tout doux, Al, bon Dieu. Qu'est-ce que je t'ai dit ? Garde ta tête en arrière, et appuie là. Sinon ça ne va jamais s'arrêter.

Al renversa la tête en arrière et appuya d'une main. De l'autre il frotta vainement avec son mouchoir le sang séché sous ses narines et dans les fines crevasses qui cernaient sa bouche.

– Où est cette foutue lumière ? demanda Wade, passant la main par la porte pour tâter le mur à l'intérieur. T'as vérifié ses yeux ?

– Ils sont toujours là, ça j'le vois d'ici.

– Est-ce qu'ils sont révulsés, je veux dire. Il fait une attaque ou il est juste dans les vapes ?

– Voilà l'eau, annonça le barman en arrivant dans le couloir.

Al, les yeux fixés au plafond et son mouchoir ensanglanté sur le nez, dut faire pivoter ses genoux pour le laisser passer. Le barman tendit le verre à Wade, qui le fit passer au grand, lequel le fixa avec embarras.

– Je fais quoi, je lui balance ?

– Non, non. Pour l'amour du ciel, tu lui mouilles les lèvres. Ils ne t'ont pas appris ça à l'entraînement de base ? Allez, c'est bon, bouge-toi de là, et est-ce que quelqu'un peut trouver cette foutue lumière ? – il prit le mouchoir de sa poche de chemise et en trempa le coin dans le verre d'eau, puis frotta les lèvres de l'homme sur le lit avec le tissu humide.

– On pouvait pas tous être toubibs, Wade, fit le grand. Fallait bien que quelqu'un tire un coup de feu de temps en temps pendant la guerre – Al se mit à glousser puis s'interrompit en lâchant : Ouille.

– Pas besoin que j'appelle les flics, hein ? Ou une ambulance ? demanda le barman.

Les autres répondirent dans un concert de voix de plus en plus sonore, et Al se leva anxieusement. Wade agita son mouchoir en l'air.

– O.K., fit le barman. C'était juste une question. Bon Dieu. Il pourrait aussi bien être mort ce type, pour c'que j'en sais – il coinça son torchon dans son tablier et s'en alla, et Al se rassit avec un soupir.

– J'aurais dû lui demander d'apporter un shot et une bière, en plus, lâcha-t-il.

– Je crois qu'il reprend ses esprits, dit le grand. C'était qui ? demanda-t-il d'une voix forte. Est-ce que c'était ce petit mec ?

– Puisque je te dis..., commença Al – mais Wade l'interrompit :

– Nom de Dieu, est-ce que tout le monde veut bien la fermer, je ne m'entends même pas penser avec toutes vos jacasseries. Et est-ce que quelqu'un peut se décider à trouver cette foutue lumière, s'il vous plaît, pour l'amour du ciel ? Il faut que je regarde ses yeux.

– Oh, et puis merde, lâcha Al.

Le grand remonta les jambes de son pantalon et s'accroupit près de la lampe et de la table de chevet renversée.

– Elle était juste débranchée, dit-il.

Wade s'appuya à moitié sur le lit et avança une cuisse contre le corps inconscient de l'homme, qui s'était mis à gémir. La lumière revint et le grand remit la table d'aplomb avant d'y poser la lampe. Wade dégrafa l'abat-jour et ils fermèrent tous les yeux une seconde.

– Ne bouge pas, dit Wade à l'homme sur le lit. Maintenant, regarde-moi. Tu peux me dire comment tu t'appelles ?

– Tu sais comment je m'appelle.

– C'est pas moi le problème. Maintenant : tu peux me dire comment tu t'appelles ?

– Je m'appelle George, bon Dieu de merde. Qu'est-ce qui s'est passé bon sang ?

– Eh ben, on dirait que tu t'es bien cogné la caboche – ou bien c'est quelqu'un qui te l'a amochée. On espérait un peu que tu pourrais nous dire. Regarde mon doigt, et ne bouge pas la tête. C'est ça, oui. Bien.

– J'peux m'asseoir ?

– Je pense, mais vas-y doucement.

George recula doucement pour s'adosser au mur derrière lui.

– Dites, c'est de l'eau ? Je peux en boire ? demanda-t-il en désignant le verre que Wade tenait toujours dans sa main gauche – pendant une minute, ils le regardèrent boire.

– Comment tu te sens ? demanda le grand.

– Oh, impec, fit George.

– Tu te souviens de ce qui s'est passé ? reprit Wade.

– Il y avait un type, je ne l'avais jamais vu avant. J'ai pas l'impression qu'il ait causé à qui que ce soit, à part pour commander son verre. Enfin, il se contentait de rester en retrait, quoi. Je me suis dit que c'était sa première fois, qu'il avait jamais été, vous savez, avec quelqu'un avant, ou en tout cas pas ici, vu que je ne le reconnaissais pas. Alors j'ai commencé à lui parler, mais y avait beaucoup de bruit là-bas devant et il n'avait pas l'air d'avoir grand-chose à dire. Ce qui ne me dérange pas du tout la plupart du temps, vous savez. Mais quand même, j'avais pas l'impression qu'il était juste taiseux, on aurait plutôt dit qu'il évitait de parler, si vous voyez ce que je veux dire. Et puis quand il a fini par le faire il était tout enroué, et je crois que je me suis dit que c'était pour ça. On aurait dit qu'il avait une laryngite, en fait. Que ça lui faisait mal.

– Il a dit quoi ?

– Pas grand-chose en fait, juste qu'il allait bien, merci, et que si, si, il était du coin, et ainsi de suite. Des trucs comme ça.

– O.K.

– Je crois que j'ai peut-être eu un peu pitié de lui. J'ai demandé : « Est-ce que t'as peur », et il n'a rien répondu, il s'est contenté de me regarder. Pendant tout ce temps-là son expression n'a jamais varié, maintenant que j'y pense : il m'a regardé exactement comme ça tout du long. Je me suis dit qu'il était peut-être simplement mal à l'aise.

– Bien sûr, fit Wade.

– Enfin bref, j'ai dit un truc comme : « Allons discuter là-bas derrière », ou quelque chose comme ça, et il a dit que c'était d'accord, et on est venus ici. Vraiment, son expression n'a jamais varié. Il n'avait l'air ni effrayé ni pas effrayé, ni excité ni pas excité. Il avait juste cette tête, comme s'il pensait à autre chose tout du long. Même quand il a cogné Al.

– C'était quand ça ?

– Un peu plus tard.

– Quand est-ce qu'il t'en a collé une ? demanda le grand.

– Eh, laisse-le parler, tu veux, fit Wade.

– Je sais, répondit le grand. Faut que tu lui décodes les ondes du cerveau avec ton petit doigt, que tu voies s'il n'a pas une méningite. En attendant…

– C'est bon, chaque chose en son temps, petit malin. Donc vous êtes venus ici. Et après ? demanda Wade.

– Donc, je me suis dit qu'il était nerveux parce qu'il y avait du monde, et puis avec cette voix qu'il avait on l'entendait à peine là-bas près du bar. Quand on est venus ici, il n'a pas voulu toucher. Je suppose que je croyais encore qu'il était nerveux, alors j'ai commencé à lui poser des questions sur lui, mais il n'avait pas vraiment envie de discuter non plus, ou en tout cas pas de tous les trucs auxquels je pouvais penser. Après avoir essayé deux ou trois approches, d'où tu viens et tout ça, il s'est mis à se comporter comme s'il y avait un problème. Et puis il n'arrêtait pas de lancer des allusions à quelque chose, on aurait dit. J'ai eu l'impression qu'il n'avait pas envie d'être là.

– Pourquoi il n'est pas parti, alors ?

George leva les yeux vers le plus grand, l'air confus pendant un instant, puis secoua la tête avec douceur, délicatement.

– Non, je veux dire qu'il aurait préféré qu'on soit ailleurs, lui et moi. Je crois qu'il voulait que je le suive chez lui, même s'il n'arrivait pas à en venir au fait et demander franchement. Il disait juste des trucs comme quoi c'était plus confortable dans son appartement, qu'il avait une bouteille d'un truc chicos là-bas. Du porto ? Un truc infect dans ce genre-là. J'ai dit qu'on pouvait commencer ici, apprendre à se connaître un peu, et puis la prochaine fois peut-être.

– Et alors ?

– C'est là qu'il a commencé à devenir vraiment bizarre. Il s'est mis à dire un truc à propos de sa femme.

– Alors ça, c'est la meilleure, intervint Al.

– Contente-toi de garder la tête en arrière, Al, s'il te plaît. Et appuie.

– Je lui ai dit que c'était pas mon truc, les couples, vous voyez. Pourquoi mêler une femme à tout ça ? Sans vouloir te vexer, Al.

– Mais non, t'inquiète, répondit Al depuis le couloir.

– Eh ben, ça l'a vraiment mis en rogne. Il a remis son chapeau, a reparlé de sa bibine de luxe, et à un moment il a dit un truc du genre : « Je croyais que les gens comme vous étaient prêts à faire n'importe quoi », quelque chose comme ça. Je suppose que c'est à peu près à ce moment-là qu'Al est arrivé, juste avant ou juste après qu'il a dit ça, je ne sais plus exactement. J'avais laissé la porte un peu entrebâillée pour que le mec n'ait pas l'impression que je lui mettais la pression, ou qu'il se sente coincé ou un truc comme ça, pour dire : tout ce qu'on va faire c'est discuter, si c'est ça qu'il voulait. Donc Al rentre et s'assoit à côté de lui, et le type le regarde et lui dit un truc bizarre. Il dit un truc du genre : « Il m'en faut qu'un seul. »

– Un quoi ? demanda Wade.

– Voilà. C'est exactement ce que je lui ai demandé : « Un quoi ? », et il a répondu : « Un type dans votre genre. » Ou je crois qu'il a dit : « Un pervers dans votre genre. » Un truc comme ça, je sais plus.

– Pédé, intervint Al. « Il me faut qu'un seul pédé dans votre genre. »

– Peu importe ce qu'il a dit, pédé ou pervers, j'ai vu qu'il y avait embrouille. À ce moment-là j'avais mon compte. Je me suis dit : « Qu'il aille au diable, ce fils de pute », et j'allais me lever pour partir, mais Al a voulu choper le mec, on aurait dit. Je suppose qu'il essayait, je sais pas, de le chauffer ou un truc dans le genre ?

– J'étais bourré, lança Al depuis le couloir. Plus maintenant en tout cas, bon Dieu de merde – Wade lui fit signe de se taire en agitant son mouchoir humide :

– Laisse-le continuer.

– Enfin bref, Al a voulu choper la queue du mec, et boum : il a pas mis une seconde avant de lui foutre un coup de poing en plein dans la figure. J'ai failli exploser de rire tellement c'était brutal. C'était marrant, aussi, d'une certaine manière, parce qu'Al est le seul que je connaisse ici qui aime les femmes, et donc il a estourbi le seul gus que ça aurait peut-être pu brancher, vous savez, avec sa femme. Bon évidemment, là je me demandais bien ce que j'étais censé foutre, mais je suppose que j'ai dû me lever et… enfin bref, c'est tout ce que je me rappelle.

– Moi, ça me suffit, dit le grand. George va bien. Si on part maintenant et qu'on prend chacun une voiture, on peut peut-être retrouver le mec.

– Y a pas de mec, dit Al.

– Oh, bon sang. Al délire. T'as regardé ses yeux aussi, tant que t'y étais ?

– Je ne délire pas. Vous allez m'écouter à la fin ?

– Al, fit le grand en se tournant vers la porte, lâche-moi un peu, tu veux. Si y a pas de mec, qui c'est qui t'a collé une beigne ? Assieds-toi, s'il te plaît, et appuie, mets la tête en arrière comme Wade t'a dit. Nom de Dieu.

– C'est ce que je suis en train de te dire, reprit Al, debout dans l'encadrement de la porte. Qui c'est qui m'a collé une beigne. Je ne savais pas au début, et puis j'ai vraiment essayé de le choper. J'ai mis la main en plein dessus, j'ai vraiment tâté, et c'est là que j'ai su. Y a pas de petit mec. Ce qu'il y a c'est une gonzesse habillée en homme. Une foutue gonzesse super costaud en costume infroissable avec une foutue cravate moche – il éternua soudain, et tous les autres firent un bond quand un caillot de sang à moitié séché jaillit de sa narine gauche, relié à son visage par un long doigt de morve rouge.

– Oh, bon Dieu, Al, fit Wade, lissant sa cravate. Mets la tête en arrière. Et appuie, je t'ai dit d'appuyer.

– Oh, et puis merde, répondit Al, regardant sa chemise. C'est trop tard de toute façon. Celle-ci est fichue. Janice ne pourra jamais me ravoir ça. Elle était toute neuve, en plus. J'ai pas fini d'en entendre parler.

Kunstler était hors d'haleine et suait à grosses gouttes, et un méchant point de côté lui comprimait l'abdomen. Il s'arrêta de courir et se retourna. Dans l'obscurité impossible d'être sûr, mais d'après les sons qui lui parvenaient étouffés par le bruit de sa propre respiration, de son cœur et du sang qui lui battait au crâne, personne ne semblait le suivre. Il appuya ses coudes sur ses genoux à demi fléchis et tenta de reprendre son souffle. Il était complètement trempé d'avoir couru. Les articulations de sa main droite étaient douloureuses et commençaient à enfler. Le bar avait été difficile à trouver, tel un château légendaire, mais il ne pouvait plus y retourner : il était désormais connu là-bas, un événement qui resterait gravé dans leur mémoire, quelque chose qui s'était produit, qui serait raconté et qu'ils se rappelleraient donc. Pas comme si ça avait fonctionné, de toute façon. Il lui faudrait trouver un autre moyen.

L'endroit n'était pas vraiment caché, sans être non plus étalé au grand jour, et il était difficile à trouver, mais il réalisait à présent que c'était ce qu'il avait espéré. La première fois il y était allé trop tôt, aux heures silencieuses de l'après-midi, et le bar était trop vide, lui-même trop visible, il était resté trop longtemps pour étudier les lieux. Et puis il s'était trompé en croyant pouvoir poser des questions. En fait il aurait mieux fait de se taire, de ne rien dire du tout et de se contenter d'opiner et de payer, de replonger dans l'oubli, là où il était le plus en sécurité. Il ne faut jamais douter de sa chance, il le savait, il aurait dû s'en souvenir – et il avait trouvé cet endroit, l'idée même de cet endroit, totalement par chance, guidé jusque-là par une conversation surprise un jour au vestiaire, à propos d'un endroit tout près de State Street où il y avait eu une descente de police pour « outrage aux bonnes mœurs ».

– En plein centre-ville, fit Blackie. Vous vous rendez compte ? C'est dans les journaux, mais je parie qu'on n'en entendra pas parler à la radio. Ils ne veulent pas choquer les oreilles sensibles.

– Quoi, demanda Bobby, genre un bordel ?

– Même les journaux parlent que de prostitution, dit Butler.

– Ben quoi alors ?

– Tu ne sais vraiment pas ? demanda Blackie. Les jeunes d'aujourd'hui, hein ! Ils ne vous apprennent vraiment rien de bon, à l'école. Quand les journaux parlent de descente pour « outrage aux bonnes mœurs », vois-tu, à tous les coups ça veut dire qu'il y avait des homos.

Presque un an s'était écoulé depuis que Kunstler s'était rendu pour la première fois dans le tunnel de Parkside Avenue à Cadwalader Park, où il était resté des heures dans le froid nocturne, adossé à un des piliers en pierre, s'entraînant à tourner autour pour esquiver les faisceaux des phares qui mordaient en passant sur la galerie piétonne. Les gars de l'usine plaisantaient parfois sur ce qui s'y passait d'après les rumeurs, des histoires d'actes entraperçus en passant, de couples ou de groupes d'hommes, de fesses nues et pâles au milieu des fourrés. La plupart du temps c'étaient des histoires bien trop dingues, bien sûr, bien trop extravagantes pour y croire, mais il y avait toujours l'espoir que la fumée indique la présence d'un feu. Dans son esprit, ils étaient ce qu'il pouvait imaginer de plus éloigné de lui : il les considérait pratiquement comme des animaux, insatiables, toujours au bord de basculer et de perdre toute maîtrise d'eux-mêmes, aussi avides que des bêtes de toutes les viandes qu'on pouvait leur donner en pâture, et il imaginait leur joie sombre devant son empressement à leur fournir de la chair fraîche. Quand ce serait fini, ils partageraient au moins une chose avec lui : la terrible crainte de voir révélé ce qu'ils étaient. Cette crainte leur servirait à tous de protection.

*

* *

Au départ, le plan, c'était seulement la fille. Tous les samedis pendant des mois, et certains vendredis aussi quand il avait de l'argent, Kunstler avait grimpé les marches mal éclairées pour acheter ses tickets auprès du vendeur, dans sa cage de verre sur le palier. Puis il rejoignait la salle toute en longueur, où il se postait au milieu des fleurs en papier flétries, des arcades peintes et des serpentins bleu, blanc, rouge décolorés. Le long des murs rôdaient les Hongrois qui ramassaient les scories dans les aciéries, ou les soldats qui attendaient encore d'être démobilisés, tous ravis de dépenser dix cents pour passer à peine plus de cent vingt secondes lovés contre une des filles, enveloppés dans un manteau de bruit et de fumée.

Parfois il venait seul, mais la plupart du temps il y avait d'autres gars de l'usine : Jacks qui tirait fort sur sa cigarette roulée, toute tordue et humide de bave, Bobby, l'air embarrassé dans son costume d'église.

– Hé, Abe, aimait plaisanter Augie. Comment va ton complexe de Napoléon ? – ou un truc dans ce goût-là.

– Ça dépend, grinçait Kunstler. T'as une fille qui s'appelle Joséphine ?

Ils se retrouvaient toujours devant. Ils restaient là à quatre ou cinq, ou même plus, tous avec leurs blazers reprisés par leurs sœurs ou leurs mères et leurs cravates nouées grossièrement, et cette odeur âcre de désinfectant au phénol typique du col bleu propre, dans cette rue à demi éclairée où le bruit des percussions résonnait sans ménagement sur les bâtiments alentour. Ils attendaient, aussi immobiles que des animaux en chasse, prédateurs ou proies, et quand ils se mettaient en mouvement c'était avec la vivacité d'une volée d'oiseaux. Quand Kunstler tombait sur les autres, il attendait tant qu'ils attendaient, et quand ils finissaient par entrer il les suivait. Il traversait le foyer lambrissé de panneaux de fibres de bois tout écaillés comme s'il n'avait pas de destination précise, comme s'il venait de descendre d'un train et suivait la foule vers la sortie, les yeux fixés sur les talons de l'homme qui le précédait, les gestes automatiques, comme entraînés par un mécanisme qui leur était propre. Une fois plongés dans la bousculade rythmée du dancing, les hommes s'agglutinaient en une masse lente et hésitante autour de laquelle Kunstler gravitait à une distance presque imperceptible, les poches pleines de ses poings et d'une semaine de salaire.

– T'as déjà dansé avec celle-là ? demanda Jacks, désignant une blonde décolorée. Elle danse bien. Vraiment serré.

– J'crois pas.

– T'aimes vraiment bien l'autre, là, pas vrai ? Inez. En fait y a vraiment qu'avec elle que tu danses.

– Faut croire que je l'aime bien, ouais.

Jacks baissa la voix, manifestement persuadé, à tort, qu'il était en train de murmurer.

– Je croyais que t'avais dit que c'était une alcoolo.

Kunstler alluma une cigarette.

– C'est toi qui as dit que c'était une alcoolo, Jacks. J'ai seulement corrigé ta grammaire.

Inez était sur la piste avec un garçon de son âge, un type chétif et pâle aux vêtements trop grands pour lui, trop longs et trop amples, comme s'il les avait empruntés à son père. Kunstler le reconnut, un client régulier. Jacks et lui observèrent Inez qui guidait le garçon trébuchant à travers la pièce. Kunstler savait qu'elle aimait danser avec ce gamin, et avec d'autres comme lui, parce qu'il avait peur des filles, de la réaction que l'une d'elles pourrait avoir s'il entreprenait de faire glisser ses mains vers le bas de son dos. La plupart de ses clients ne craignaient qu'une chose, c'était de ne pas avoir leur dose de contact pour leur argent.

– Faut que je me trouve un autre boulot, disait-elle parfois quand elle avait dansé avec quelqu'un de particulièrement insistant. Ce truc-là, ça vaut rien.

Les autres filles avaient des admirateurs, « mais je n'ai que toi », disait-elle à Kunstler, et il se félicitait silencieusement que cela au moins se passe comme prévu, tous les rouages en place. Il se rappelait avec fierté que le soir où Jacks les avait présentés, lui et la fille, et où ils avaient partagé leur première danse maladroite, il l'avait ensuite directement escortée jusqu'au long bar qui occupait un des côtés du dancing. Alors qu'ils attendaient leurs verres elle avait demandé :

– Dis, tu veux bien regarder ? L'ourlet de ma robe est en train de se défaire. Je l'ai déjà réparé deux fois moi-même, mais à chaque fois je fais n'importe quoi. Je ne veux surtout pas demander aux autres filles, et je n'ai vraiment pas envie de payer. Mon Dieu, je ne peux même plus la voir, cette robe, tellement je l'ai portée. C'est comme quand on n'en peut plus d'entendre toujours le même bruit – elle émit un gloussement embarrassé et haussa les épaules.

Kunstler lui tendit le verre qu'elle avait commandé, et sans vraiment prendre le temps de réfléchir, alors qu'il avait pourtant très bien compris, comme si elle venait de l'exprimer ouvertement, que ce qu'elle voulait c'était que quelqu'un paye la couturière, ou mieux lui achète une nouvelle robe, ou mieux encore place directement l'argent dans sa jolie menotte, et au diable cette robe et toutes les autres, il lui dit :

– Je peux t'arranger ça.

Alors la fille s'esclaffa bruyamment et fit rouler sa poitrine en lui demandant :

– Et bien sûr, je n'aurai qu'à l'ôter devant toi, pour commencer ? – mais voyant qu'il ne répondait pas à son rire, qu'il se contentait de la regarder avec cette expression invariable qu'il avait, de siroter simplement son whiskey soda et de la regarder, elle inclina la tête vers lui et dit : Oh, en fait tu disais pas ça pour rire, c'est ça ?

– Non, répondit-il. Je peux vraiment t'arranger ça. Mieux que ce que t'as fait.

La fille posa une main sur sa hanche.

– Tu sais quoi, je parie que t'en es vraiment capable. Je parie que t'es le genre de mec qui peut absolument tout faire, pas vrai ?

– Ça j'peux pas dire, répondit Kunstler. En fait ce que je fais surtout, c'est du fil d'acier pour les câbles. Mais j'crois que je peux t'arranger ton ourlet.

La fille but une gorgée et s'esclaffa de nouveau. Son rire était différent cette fois. D'instinct, il savait qu'elle croyait forcément à la fatalité, et il comprenait pourquoi : les coups tordus du sort qui l'avaient amenée là où elle en était semblaient l'exiger, comme un nom préférable et plus rassurant pour la vie qu'il lui fallait mener. Cela rendait moins rude le combat qu'était l'existence. Kunstler comptait là-dessus, il en avait besoin parce que la protéger c'était l'amener à le protéger lui sans qu'elle le sache, à s'interposer entre lui et les questions et les doutes. Telle était la portée du don qu'elle pouvait lui faire.

Pour Kunstler, la question de la vie ne se posait pas de cette manière, et voici ce qui représentait la véritable différence fondamentale : la fatalité n'exigeait jamais le moindre labeur, elle venait à vous, comme si une main mystérieuse la glissait dans la boîte aux lettres – alors que cet élan qu'il ressentait était un défi, un appel que non seulement il entendait, mais auquel il répondait. Tout ce qu'un homme pouvait avoir de forces créatrices était alors convoqué, afin de bâtir le monde dans lequel il allait réussir ou échouer, de se façonner pour y trouver sa place, de remodeler comme il l'entendait tout ce qui voulait bien lui céder. Il était clair à ses yeux que, bien sûr, de nombreux hommes passaient à côté de leur destin, ne se montraient pas à la hauteur, par inaction ou manque de clairvoyance, ou justement à cause de cette faiblesse même qu'ils nommeraient plus tard fatalité, quand leur insuffisance les laisserait passifs et pleins de regrets. Mais même rater son destin était préférable à l'autre chemin. Accepter la fatalité, c'était laisser se maintenir son moi le plus médiocre, au lieu de le surpasser : le destin, qui était le nom qu'il donnait à l'existence, au fait de la vivre et au refus quotidien de son propre effacement, cela exigeait quelque chose de plus.

Au bout d'un mois ou deux, Kunstler ne dansait pratiquement plus avec Inez. Il préférait dépenser son argent à lui payer des verres chaque fois que le groupe prenait vingt minutes de pause, ou quand elle n'avait pas de partenaire. La fille se précipitait régulièrement tête baissée dans une ivresse oublieuse qui était aux yeux de Kunstler un gage de discrétion, une vulnérabilité qui la maintenait enchaînée et l'aveuglait. Quand l'heure était venue pour le dancing de fermer, ils partaient toujours ensemble, le petit homme et sa petite amie, et parfois elle lui demandait s'il ne voulait pas l'accompagner boire un cocktail quelque part. Suivait alors le lent retour à pied jusqu'à sa pension, la quête discrète de signes indiquant la présence de son logeur, tandis que la fille attendait adossée à la colonne du porche en réprimant une furieuse envie de glousser, puis enfin les gestes doux et maladroits qui lui ôtaient un à un tous ses vêtements. Elle se couchait sur le lit, la main de Kunstler posée sur elle, acceptait son corps tout habillé près du sien nu, ses doigts inquisiteurs, alors que tout ce qu'elle voulait et préférait c'était faire des câlins, et le matin elle disait d'une voix douce, en guise de témoignage de loyauté et de solidarité, comme un serment qui scellait leur union : « C'était bien hier soir. » Ils ne se regardaient pas quand elle le disait.

Cette première nuit, elle s'était levée un peu plus tard pour découvrir sa robe recousue et pendue à un crochet derrière la porte. Du fauteuil où il s'était à demi assoupi, Kunstler la regarda essayer sans succès de s'envelopper dans les draps emmêlés pour pouvoir s'accroupir et examiner l'ourlet. Il admira son dos nu, la façon dont il s'épanouissait dans l'éminence fourchue de ses fesses.

– Eh ben ça alors, dit-elle, examinant la réparation. Dis donc, c'est-y pas croyable ? On dirait que tu sais vraiment tout faire, en fait.

– Ne va pas le crier sur tous les toits, répondit Kunstler.

À ce moment-là, il pensait que la fille suffirait. Il aurait été incapable de dire quand les choses avaient changé d'ailleurs : elles avaient simplement changé, et un beau jour la fille n'était plus le plan, mais seulement une partie du plan, un moyen pour atteindre une fin qu'il venait peut-être seulement de concevoir, même s'il avait l'impression de l'avoir eue en tête depuis le début. Il pouvait poursuivre ses désirs, apprit-il, mais pas les choisir. C'est pour cette raison qu'il était troublé de s'apercevoir que quelquefois, tandis qu'il attendait que le fil d'acier se dévide, il lui arrivait de penser à la fille Inez et à son sourire de traviole. Il lui semblait parfois qu'il n'y avait rien de plus dangereux.

*

* *

Il envoya Jacks emprunter la voiture d'un des gars de l'usine – une antiquité, ainsi que la qualifia Kunstler en la voyant arriver.

– Nom de Dieu, voilà qui est parfait, dit-il alors que Jacks s'arrêtait. Ça date d'avant-guerre, ça, mais quelle guerre ?

Sur quoi Jacks éclata de son rire brutal et inexpressif, jusqu'à ce que Kunstler finisse presque par regretter d'avoir dit ça. Tous trois se mirent en route avec les affaires de la fille dans la malle arrière et la valise de Kunstler à leurs pieds dans l'habitacle. L'appartement n'était pas beaucoup plus grand que là où Kunstler vivait avant, mais il disposait de sa propre cuisine et de sa salle de bains, et offrait plus d'intimité que n'importe quelle pension.

Le concierge était un type mince aux bras ballants et au crâne chauve et pâle, au sommet duquel il cultivait un toupet de cheveux graisseux. Kunstler s'adressa à lui :

– Voici Jacks, qui nous a conduits ici. Ne vous inquiétez pas, il ne reste pas. Il doit ramener cette voiture avant que le roi Arthur ne se rende compte de sa disparition. Pas vrai, Jacks ?

– Tout à fait, répondit Jacks. Elle date d'avant-guerre, mais on ne sait pas laquelle.

– Voilà votre appartement, dit le concierge à Kunstler. Invitez qui vous voulez, du moment que ce ne sont pas des gens bruyants – il lui donna un jeu de clés, que Kunstler tendit à Jacks, lequel commença à monter les marches de son pas lourd avec les bagages de la fille, une valise dans chaque main et une autre sous le bras, les cognant contre la balustrade.

– Ne va pas tout casser, Jacks, intervint Kunstler, avant de reprendre en s'adressant au concierge : Je crois que vous voyez maintenant pourquoi il va s'en aller.

– Effectivement, dit le concierge.

– Effectivement, répondit Kunstler. Et voici Inez.

– Mademoiselle.

– Non, non, pas de mademoiselle, fit Kunstler. C'est ma femme – il y eut soudain un silence dans la cage d'escalier, jusqu'à ce que Kunstler finisse par lancer, sans quitter des yeux un seul instant le visage du concierge : Troisième étage, Jacks.

Ce dernier se remit en marche.

– Oh, fit le concierge. Bien sûr. Eh bien, donc, madame…

Comme Inez ne disait rien, Abe reprit :

– Kunstler.

– C'est ça, reprit le concierge. Kunstler. Madame.

Kunstler serra de nouveau la main de l'homme. Puis il ramassa son sac, s'adressa à la fille :

– Après toi – et il la guida devant lui vers l'escalier.

– Pourquoi tu lui as dit ça ? murmura Inez en grimpant les marches.

– Quoi ?

– Tu sais bien, à propos de nous. Il ne t'a pas cru, ça se voyait.

– Et alors ?

– Et alors maintenant il va raconter à tout le monde qu'on n'est pas mariés.

Ils interrompirent leur ascension un instant, et Kunstler posa sa valise sur les marches.

– Et qu'est-ce qu'on en a à foutre ? Les gens sont toujours en train de vouloir te prêter tel ou tel péché. Je préfère encore me choisir le mien tout seul, plutôt que de laisser une bande de commères le faire pour moi. C'est comme laisser quelqu'un te dire ce que tu dois porter ou dans quelle position tu dois dormir. Et puis de toute façon, t'as pas envie d'être mariée ?

– Eh bien, si, je crois. Bien sûr.

– Avec moi ?

Elle le regarda intensément et répondit :

– Oui.

– Eh bien voilà, alors. Je nous déclare mari et femme ici et maintenant, par le pouvoir que je me confère à moi-même, bon Dieu de merde, avec Jacks et cette fouine chauve pour témoins. Alors allons fêter ça. Montons et buvons un coup, et dansons, ou faisons tout ce qui nous passe d'autre par la tête, bon sang, parce que, comme il a dit, c'est chez nous ici.

– D'accord, répondit la fille – elle se mit à pleurer un peu, mais elle souriait aussi, et ajouta : Les fouines chauves n'ont qu'à aller se faire voir.

Il la regarda monter quelques marches avant de soulever son sac pour la suivre. *Je me cache vraiment à la vue de tous*, songea-t-il : dans la paume moite et la désapprobation faiblarde du gardien, il était presque parvenu à disparaître, car personne ne pensait jamais à creuser au-delà de la première couche de péché, au-delà du pansement élimé jusqu'à la plaie, dessous. L'affût à l'abri duquel il observait le monde était fait d'un costume à larges épaules, d'ongles arrachés jusqu'au sang incrustés de saleté, de Pento et d'après-rasage, de la main moite du gardien quand il l'avait serrée – mais surtout de la fille, et il le savait. L'absence de bague à son doigt n'était qu'un camouflage de plus. Même si elle serait blessée de voir les voisins interpréter ce doigt et s'évertuer à l'appeler *mademoiselle*, cette certitude qu'ils voyaient et qu'ils condamnaient inspirait à Kunstler non pas tout à fait de la fierté, mais un sentiment de l'ordre de la satisfaction et de l'assurance, parce qu'il savait que leur désapprobation était aussi en quelque sorte une exonération, car en le condamnant ils tiraient des conclusions, et croyaient donc comprendre ce qu'il était : un homme trop égoïste pour épouser cette pauvre fille – presque une enfant ! – qui partageait son lit, un homme aux vils instincts qui bossait à l'usine et préférait dépenser en alcool ses quarante dollars par semaine.

Un homme que l'on pouvait juger pour toutes ces raisons assurément, mais, pour toutes ces raisons, un homme.

Il sut avec certitude ce jour-là, dans l'escalier, qu'il ne s'agissait plus seulement de la fille à présent, qu'il aurait envie de compléter le tableau, de restituer au monde ce que la pauvreté et la guerre avaient emporté : la force secrète du père absent, sa main levée comme un jalon, un interrupteur pour mettre l'avenir en marche, reconstruit dans le fils, et ce que Kunstler taisait au fond de lui enfin proclamé par un autre. Ainsi il ne se contenterait plus d'être un méchant spectateur du passé : à travers l'enfant il aurait sa revanche sur le temps. C'est ainsi qu'on trompe la mort ; c'est ainsi qu'on navigue sur le lac sombre et lent de la mortalité. C'est ainsi que par l'entremise de la fille Inez il façonnerait l'avenir et construirait une maison pour abriter son nom. Un jour, pressentait-il, elle serait plus saoule que jamais, une ivrogne chancelante et désorientée, et Kunstler l'installerait à genoux sur le lit, ouvrirait les tubes concentriques de sa gaine, de sa robe et de son corps, la préparerait pour l'ombre en attente et pour le plan qui précisément à cet instant était en train de prendre forme dans son esprit, de sorte qu'à l'instant où il franchit d'un pas vif le seuil de leur nouvel appartement, avec la fille dans ses bras qui souriait de plaisir entre ses larmes, il pensait déjà au tunnel sombre et à la peau entraperçue au milieu des fourrés, la promesse offerte par le bruissement de l'herbe : il était déjà en route pour Cadwalader Park.

Quand son père mourut enfin, ce fut avec toutes les fenêtres ouvertes. Accablé par les menus larcins de sa condition mortelle, il s'était traîné, souffrant, pendant des mois : la maladie s'était installée dans ses cheveux crasseux et sa barbe clairsemée, la maladie chevauchait sa poitrine saisie de convulsions, tandis que ses vêtements démodés étaient chaque jour plus défraîchis, plus larges aussi, sur sa silhouette en train de se rétracter. La maladie embrumait son regard, et son père savait, naturellement, il n'ignorait pas que son corps battait en retraite mais ne l'acceptait pas vraiment non plus, il ne combattait ni n'embrassait jamais pleinement les ténèbres à venir, prisonnier ambivalent tentant mollement d'amadouer sa geôlière. Sans la volonté de faire de sa fin un combat, ni même la dignité de s'en aller tout simplement, de jeter l'éponge et de disparaître, il préféra pourrir là, parmi elles, se ratatinant sans réagir sous l'empiècement de son col en celluloïd, avec toujours cette mine pitoyable qui implorait un pardon. Pendant ce temps-là, leur ménage s'était rétréci au rythme de son amoindrissement, les meubles s'en allant les uns après les autres pour payer d'autres dépenses.

Le médecin, dont les visites étaient si brèves qu'il avait à peine le temps d'extraire son chapeau de son crâne luisant, demandait toujours qu'on fasse entrer de l'air frais dans la chambre du malade – il ne demandait rien d'autre, aurait-on dit, avant de poursuivre son chemin, la mère en larmes à sa remorque jusqu'à la porte. Vers la fin, la neige s'engouffrait parfois à l'intérieur et il fallait envelopper le père dans d'épaisses couches de couvertures, le peu qu'elles possédaient ; alors le soir les filles dormaient les unes sur les autres près du feu de charbon, affamées, se tortillant sous leurs manteaux empilés. Le jour, elles rampaient silencieusement dans les rues de Trenton avec une foule d'autres gosses dans le sillage des charrettes de charbon sur le départ, pour récupérer tout ce qui traînait, et la volonté de vivre les rendait aussi noires de suie que cette mort indolente, et qui s'éternisait, faisait pâlir le vieil homme.

On leur faisait un brin de toilette pour qu'elles aillent s'asseoir auprès de lui. Aux autres il s'adressait par leur prénom, mais à elle il disait « ma fille », comme pour lui rappeler ce qu'elle était au-delà des erreurs de proportions grossières et disgracieuses de ses traits, même si les autres prétendaient que c'était parce qu'il était gâteux, et que cela lui valait des gifles. Plus tard, elles se rendraient une dernière fois dans la chambre du malade où ne traînaient plus que quelques meubles sombres, débris flottant à la dérive de leur respectabilité naufragée, la fenêtre non plus ouverte mais fermée pour conserver l'odeur de la pauvreté et de la mort, les seules choses qui lui aient survécu.

*

* *

Elle ne ressentit jamais rien de semblable au désespoir larmoyant de sa mère. Elle pensait parfois que c'était parce que déjà alors elle était laide et le savait, et que la laideur l'avait protégée de la douleur, ou plutôt que c'était en soi une si grande douleur que toutes les autres semblaient moindres en comparaison. Impossible de se souvenir, après toutes ces années. Elle se rappelait la chambre, cependant, où les autres pleuraient, disposées en une étrange composition agitée de sanglots au milieu des derniers acajous en partance. Par terre juste sous le lit, un coussin à franges était tombé, se souvenait-elle, et elle savait en le contemplant que c'était déjà une relique du passé, un rêve, qu'il allait disparaître de sa vie et qu'elle ne le reverrait plus jamais, mais le bord en cordelette dorée était si joli avec tous les brins torsadés des franges que pendant un court instant elle le regretta.

Parce qu'elle était la tardillonne, comme l'avait surnommée les autres, sans formation ni expérience (et, en pleine fleur de l'âge, toujours privée de seins et de beauté), on la laissa avec sa mère pour l'aider dans son travail, qui consistait à coudre des vêtements pour d'autres femmes en actionnant la pédale en fer forgé dans une pénombre perpétuelle jusqu'à en avoir mal au crâne et des crampes aux jambes, ou à laver les draps et le linge de diverses familles, dans la ruelle derrière. Quand elles avaient de la chance, on laissait parfois sa mère enseigner le piano à une petite fille pendant quelque temps, ce qui payait mieux et ne fatiguait pas ses yeux.

« Tu es née trop tard », ne cessait jamais de lui rappeler sa mère quand elles étaient couchées dans la partie de la petite pièce qu'elles réservaient derrière un rideau pour leurs affaires privées : le sommeil et le pot de chambre. Il y avait eu une époque, disait-elle, avant la maladie du père, non pas de gloire mais pleine de charme et de vie, où tout était aisé et confortable, où ils chantaient ensemble le soir autour d'un piano carré dans le petit salon ; et son père avait été un homme bien

mis. À sa mort, toutes les autres se souvenaient et ne pouvaient s'empêcher d'évoquer ces moments, mais à voir comme cela les peinait elle était heureuse d'avoir été trop jeune pour se rappeler leurs jours meilleurs. Tout ce dont elle se souvenait c'était plus tard, les mauvais jours, quand les autres filles piquaient la nourriture dans son assiette et la menaçaient pour qu'elle ne dise rien. C'était comme si aucun père n'avait jamais veillé sur elle.

Dans la petite pièce scindée par le rideau elle apprit à faufiler et à repriser, à retirer aux femmes leurs vêtements pleins d'épingles sans les piquer, et à plier le linge propre avant qu'il soit tout à fait sec, pour que le pli soit bien net. Plus tard, dans la ruelle où on étendait la lessive, elle apprit également d'autres choses, sur une certaine catégorie de jeunes hommes qui se moquaient bien que sa poitrine soit plate et ses lèvres dures et décharnées. Elle n'avait pas compris alors leur insistance pleine de tortillements, mais ce n'était guère compliqué de les satisfaire, et quand c'était fini ils lui offraient des cadeaux, dans un geste de transfert expéditif, sans que leurs regards se croisent, sans chaleur.

*

* *

Les choses étaient ainsi et seraient ainsi avec tous les hommes jusqu'à l'homme son mari, et elle s'y soumit, se soumit à eux parce qu'elle comprenait la nature de l'échange sans lequel rien n'était possible pour elle, parce que jusqu'à la guerre son sexe lui avait interdit tout autre travail que les tâches les plus insignifiantes, et l'avait ainsi condamnée à la pauvreté, qui lui semblait une caractéristique de son corps féminin autant que n'importe quel organe. La seule échelle à la mesure de ce mur de contraintes, c'était un homme, alors elle troqua le peu qu'elle avait, c'est-à-dire ce corps immobile sous l'autre qui se cabrait en brusques saccades, et en retour elle reçut autant ou aussi peu que ces autres étaient aptes ou disposés à lui offrir. C'étaient certes des crétins sans cervelle dont elle connaissait mieux les poings que les visages ou les yeux, et qui restaient pour elle aussi anonymes qu'une mare sans nom où seule la soif la plus désespérée peut vous pousser à boire, mais elle l'acceptait parce qu'elle comprenait que c'était là le tribut imposé par son absence naturelle de charme et de séduction, par ce corps faible qui n'était alors rien de plus que celui d'une femme, si dépourvu de beauté soit-il.

Ces hommes oubliés ne surent jamais à quel point elle voyait clair en eux, ne soupçonnèrent jamais qu'avec le temps elle voyait même assez pour comprendre qu'à leur propre manière eux aussi étaient faibles, plus faibles d'ailleurs qu'elle ne l'était elle-même, elle qui après tout était capable de supporter les hommes et tout ce qui allait avec, et elle apprit que pour les hommes faibles ce sentiment d'insuffisance, que chacun ressentait de façon différente mais qu'ils étaient tous condamnés à éprouver, avait un prix. Si cela ne la surprenait guère, il y avait néanmoins une chose à laquelle elle ne s'attendait pas : connaître ces frustrations fut une manière de comprendre enfin sa mère et le chagrin de cette dernière, de voir ce que cela représentait à ses yeux d'avoir trouvé un homme d'une certaine qualité, quelle qu'ait pu être la nature de celle-ci avant qu'il n'accepte de se ratatiner et de mourir dans ses vêtements de gentleman souillés, ce que cela représentait pour elle de subir le hasard cruel qui le lui avait fait trouver pour le perdre à nouveau.

Ainsi savait-elle en ouvrant la porte de la pièce où se trouvait la chaudière que, quoi qu'il advienne du corps de l'homme son mari, elle n'accepterait pas si facilement de renoncer à ce qu'il avait été de son vivant : quelqu'un qui ne s'abaissait jamais à la facilité mais relevait au contraire les défis les plus difficiles, qui n'avait pas peur de se battre, assez audacieux et sûr de lui pour mentir à n'importe qui sur n'importe quoi, quand il le fallait. Sans jamais faillir et pour eux deux, il avait bâti une vie simple à force de bagarres et de mensonges tout le long de la côte du New Jersey, gardant ses emplois un seul jour, ou parfois une semaine, ou plus. Il prétendait toujours que n'importe quelle tâche requise était dans ses cordes, qu'il s'agisse de piloter une péniche ou de faire pouliner une jument. C'était un homme qui, quand les choses tournaient mal et que les gens menaçaient de lui casser la figure, ne fuyait jamais, mais au contraire faisait face en toutes circonstances, parce que c'était de cette manière qu'il restait maître de sa propre vie, de son corps et de son esprit, même s'il devait parfois se traîner pour rentrer à la maison, couvert de sang et délirant de douleur.

Elle savait qu'il n'y avait nulle trace de péché dans tout ce qu'il faisait, ou plutôt que le péché n'était qu'un nom donné au désespoir par ceux qui n'en faisaient jamais eux-mêmes l'expérience, une idée de nature à les soulager, à tempérer leur embarrassant sentiment de supériorité. Pour elle, les mensonges de l'homme étaient dans le pire des cas des prédictions, des paris contre l'avenir misés en toute bonne fois qu'il lui arrivait de gagner, et quand il perdait il acceptait puis oubliait : le présent était trop urgent à cette époque pour laisser la moindre place au passé. Si parfois quand il était saoul il lui arrivait de la gifler, cela n'avait rien à voir avec la fureur impuissante des hommes faibles qu'elle avait connus, ceux qui usaient du pouvoir dont ils disposaient

– la protéger de la misère absolue, de la violence d'hommes plus vils encore – comme d'un moyen de contrôle. Il lui offrit également davantage que ceux-là ne l'avaient jamais fait, car sans faiblesse à surmonter il était libre de partager, et il partageait volontiers tout, puisqu'il n'avait pas peur d'elle : l'alcool qu'il lui apprit à boire, les cigarettes qu'il lui apprit à fumer, la nourriture qu'il rapportait en travaillant dans tout Trenton, ou troquait, ou volait quand il le fallait, sa chambre et son lit, et le mutisme discret mais ferme dans lequel demeurait sa force.

Il y avait là quelque chose qu'elle pouvait non seulement accepter – comme elle avait accepté jusqu'alors les hommes oubliés et toutes les autres nécessités douloureuses dont la vie était faite –, mais aussi désirer, et pour le posséder elle était prête à faire n'importe quoi s'il le fallait. Elle était prête à déménager en un clin d'œil d'une pension miteuse à une autre quand les factures arrivaient à échéance, courant silencieusement dans les rues sombres avec sous le bras ses quelques effets personnels noués dans un bout de toile enduite. Elle était prête aussi à s'occuper de lui quand il rentrait à demi brisé après une combine ratée ou une nuit passée à boire et à se bagarrer pour soulager le sentiment d'impuissance frustrant qui menaçait toujours de s'installer dans l'esprit de ceux qui ne prenaient pas garde de l'en chasser. Tout cela était facile à supporter, du moment qu'ils pouvaient rester seuls, parce qu'elle trouvait auprès de lui tout ce qu'elle désirait : s'isoler du monde avec la seule personne en qui elle avait confiance, graviter autour de lui comme une lune en orbite. Elle n'avait pas besoin de ces autres choses que les femmes étaient censées désirer, les accessoires de la vie domestique, les petites attentions dénuées de sens qui n'étaient rien d'autre que des gesticulations destinées à apaiser leur sentiment d'impuissance. L'homme son mari fut le pont qu'elle emprunta pour fuir non pas la solitude qui était inscrite dans ses os comme une malformation, mais la terreur de souffrir seule. Et si le sentiment qu'elle éprouvait en sa présence n'était pas tout à fait de l'amour, c'était quand même et toujours quelque chose de puissant, de profond, quelque chose qui dépassait même la stupéfaction et l'envie avec lesquelles elle avait d'abord considéré la façon qu'il avait d'infléchir tout un univers de règles, se servant d'elles comme les plantes grimpantes se servent des espaces entre les briques d'un mur. Elle l'admirait.

Et puis vint le moment d'affronter la chose terrible provoquée non par elle, qui ne l'avait jamais voulue, mais par la lente agonie de son père et le désespoir de sa mère, par la guerre de l'homme son mari, perdue en dépit de tout et malgré la victoire officielle, par son propre lot : la laideur et la part sombre de la nature, et puis enfin par l'usine de câbles métalliques où elle avait décuplé sa puissance jusqu'à ce que celle-ci s'accorde avec l'épaisseur bestiale de ses sourcils et de ses mâchoires. Et quand elle se débarrassa du corps vide qui ne le contenait plus mais continuait ironiquement à s'activer sans lui, comme un train dont le conducteur est tombé de la locomotive, quand plus tard elle ouvrit la porte sur le sifflement et la poussière des flammes noires de la chaudière, quand elle s'empara sans un regard du couteau aiguisé de la cuisine, ce fut dans l'aube voilée d'une prise de conscience nouvelle : tout ceci n'était qu'un passage ; et au moment même où disparaissait sa carapace, ce qu'avait vraiment été son mari était libéré, délivré pour trouver place et croître de nouveau en elle ; et bientôt en elle, il renaîtrait.

Il se rendait à Cadwalader en voiture. C'était à cause de cette femme dans le bus : l'une des cinq ou six personnes, peut-être plus, qui le prenaient avec lui à la même heure presque tous les matins. Elle était toujours vêtue à la dernière mode, façon starlette en pull moulant – mais c'était tout sauf seyant, si on lui avait demandé son avis. Elle était trop maigre déjà, et, même si Kunstler trouvait que c'était une raison suffisante, elle n'était pas non plus tout à fait assez jeune pour ça. Son visage anguleux lui déplaisait : il était trop pointu, ça manquait de chair et ne promettait rien de plus accueillant que des seins en mine de crayon, des cuisses épaisses comme des lattes de plancher, un désert squelettique. Quant à son soutien-gorge qui lui faisait les seins en obus, il se disait : *Pour ce qui est des armes, elle n'a pas pris le bon calibre.*

Il l'avait déjà surprise quelques fois qui l'observait à d'autres occasions, alors qu'ils étaient assis et ne pouvaient pas faire autrement que de se voir, des coups d'œil en biais qui parvenaient presque à rester discrets, avant qu'elle ne retourne à son magazine. Aujourd'hui elle était pile en face, séparée de lui par l'allée centrale du bus qui tanguait, la tête penchée à tel point que son chapeau semblait prêt à tomber, et il voyait bien qu'elle le regardait, sans se cacher cette fois. En fait, elle arborait une expression qu'elle avait dû voir au cinéma ou dans un magazine en papier glacé, songea-t-il : celle de la personne qui vient d'avoir une idée, et qui a la ferme intention de l'exprimer, qu'il pleuve ou qu'il vente. Il s'attendait presque à la voir poser un doigt sur son menton d'un air pensif. Il aurait voulu lire pour pouvoir l'ignorer, mais en bus ça le rendait malade et lui donnait des haut-le-cœur, alors il garda son journal plié dans sa poche et s'efforça plutôt d'adopter un regard perdu dans le vide.

– Excusez-moi, dit-elle. Excusez-moi ?

Il lutta contre une furieuse envie de l'ignorer, et se contenta de répondre : « Oui. »

Elle sourit.

– Oh, excusez-moi. J'espère que vous ne m'en voudrez pas. Est-ce qu'on se connaît ? J'étais en train de me dire que je suis sûre qu'on se connaît.

Une autre femme tourna les yeux vers eux et leur adressa un sourire. Kunstler prit une profonde inspiration.

– On s'est souvent retrouvés dans le même bus, je suppose. C'est sûrement à ça que vous pensez.

– Oh non. Je veux dire, ça je sais, mais je me dis depuis le début que je vous ai forcément croisé ailleurs.

Kunstler détourna de nouveau les yeux pour les replonger dans le vague, et avec une sorte de désespoir il prit le journal dans sa poche mais ne sut pas quoi en faire, alors il le fit claquer sur son genou une fois ou deux puis le rangea.

– Vraiment, je ne crois pas, finit-il par dire.

– C'est très cavalier de ma part, je sais, mais vous êtes du coin ? De Trenton, je veux dire, n'est-ce pas ? Je pense qu'on a peut-être habité dans le même quartier.

Elle sourit. D'autres personnes avaient levé les yeux de leurs journaux et de leurs chaussures, remarqua Kunstler, et écoutaient la femme ; il eut l'impression de leur répondre à eux tous, et en même temps à tous leurs collègues, leurs familles, leurs coiffeurs et leurs barbiers.

– Eh bien, je suis certain que vous avez habité dans le même quartier que quelqu'un, évidemment, mais j'ai bien peur que ce ne soit pas moi.

– Vous avez l'air bien sûr de vous, répondit-elle.

– Ce que j'essaie de vous dire, c'est que je ne suis arrivé à Trenton qu'après la guerre.

– Oh. Je dois me tromper alors. Je suis désolée.

– Non, ça ne fait rien.

Pendant un moment, le bus poursuivit sa route cahin-caha. Kunstler, la femme et tous les gens autour qui les avaient écoutés adoptèrent cette attitude d'indifférence pas très naturelle qui fait suite à un moment de communion avortée. Il y aurait de nombreux autres arrêts avant celui de la femme, il le savait, des arrêts auxquels il monterait plus de gens qu'il n'en descendrait. La sonnerie retentit et ils ralentirent ; il y eut un mouvement de passagers. Kunstler espéra que le bus ferait le plein, de façon à ce que quelqu'un vienne s'interposer entre la femme et lui en se mettant debout dans l'allée centrale, mais il n'y eut personne ; ou peut-être une vieille dame susceptible d'accepter son siège, mais il n'y en avait pas. C'est seulement après qu'ils eurent redémarré qu'il eut enfin l'idée de descendre. Il était en train de se demander s'il devait déclencher la sonnerie quand la fille se pencha une nouvelle fois vers lui et dit :

– Mais votre visage m'est tellement familier. Puis-je vous demander votre nom ?

– Oh, répondit-il, pressant sa paupière d'un doigt. Bien sûr. Je m'appelle Kunstler. Abe Kunstler – il croisa les bras comme s'il avait froid, alors qu'en fait il transpirait légèrement.

– Kunstler ? C'est comme ça que vous le prononcez ?

– C'est ça, Kunstler – il gigota un peu sur son siège et se mit à remuer la jambe, de légères secousses qui partaient de la plante des pieds.

– Abe ?

– C'est ça.

Il regardait autour de lui à présent, lorgnant les espaces vides entre les autres passagers. Elle sourit de nouveau.

– Pour Abraham ?

– Quoi ? Ah, oui. Pour Abraham, répondit-il.

Il trouva un mouchoir dans la poche arrière de son pantalon et s'épongea le front. Puis il sortit de nouveau le journal de son manteau, mais un seul coup d'œil dessus suffit à lui donner la nausée, alors il se contenta de le faire de nouveau claquer sur sa cuisse agitée de soubresauts.

– Oh. Eh bien, c'est un plaisir de faire votre connaissance, monsieur Kunstler.

Elle lui tendit une main gantée de gris, entre les hommes debout qui se tenaient aux poignées. Kunstler rangea son journal et la serra en disant : « C'est ça, oui. » Il tenait encore sa main et avait les yeux braqués sur elle quand la sonnerie retentit de nouveau. Le bruit le fit se dresser comme si la sonnerie faisait partie de lui, partie du mécanisme qui le poussait à partir, et il dit :

– Vous voudrez bien m'excuser, mademoiselle, mais je viens de me rappeler que, voilà…

Quant aux hommes debout qui bloquaient le passage vers la sortie, il leur dit « pardon », mais seulement après avoir joué des coudes pour passer.

Après avoir regardé le bus redémarrer, il resta un long moment pratiquement immobile. Au bout d'un certain temps, il ôta son chapeau. Il le retourna plusieurs fois comme pour vérifier qu'il n'y avait pas de trous, mais sans lui prêter la moindre attention. Puis il le remit. Un peu plus tard, il sortit le journal de sa poche, seulement pour l'y ranger immédiatement.

– Bon, voilà qui est parfait, finit-il par dire en se pressant les tempes. Foutrement parfait.

Il se mit en marche. Quand le type de la concession Kaiser lui demanda ce qu'il cherchait exactement, Kunstler répondit :

– Je crois que j'en ai juste marre de prendre le bus, voilà tout.

– Bien sûr, évidemment, répondit le concessionnaire. C'est bon pour les jeunots.

Il était largement plus de midi quand ils terminèrent toute la paperasse, aussi Kunstler renonça à aller à l'usine et rentra chez lui en voiture. C'était son premier jour d'absence à l'atelier depuis qu'ils lui avaient donné le poste, et tandis que la voiture roulait il hurla de frustration jusqu'à ce que sa voix en tremble.

S'il songea à s'en aller, il savait déjà qu'il n'en ferait rien : il n'y avait qu'ici qu'il était sûr de pouvoir travailler à la filière d'acier, se dit-il, même s'il savait sans être prêt à l'admettre que l'acier n'était pas la seule raison, si d'ailleurs c'en était même vraiment une, et que, peu importait son boulot, il ne quitterait jamais Trenton. Et c'était à cause de l'homme, parce qu'il n'y avait qu'ici que l'homme et lui pouvaient être ensemble, il n'y avait qu'ici que l'homme était dans la fumée, la poussière et la crasse, dans la terre et dans l'eau. L'homme avait été dispersé et maintenant la ville tout entière était son corps. Il était d'ici, né à Trenton et de Trenton, ne faisait qu'un avec cet endroit et en était indissociable. C'était donc ici que Kunstler resterait. Comment faire autrement, se demandait-il, pour que l'être de l'homme puisse imprégner l'enfant ? Comment faire autrement pour que l'homme puisse être ressuscité au monde ?

Mais Cadwalader Park ne fut qu'un long et lent fiasco. Kunstler sut presque à l'instant où il y mit les pieds que le tunnel serait une perte de temps : il n'y vit pratiquement que des gens riches dans des voitures neuves hors de prix qui passaient dans un sens et dans l'autre, venus d'endroits qu'il ne se fatigua même pas à essayer d'imaginer. Il s'était garé à une certaine distance et s'y rendit à pied en longeant la large route vide, l'entrée en pierre blanche du tunnel évoquant le portail d'un temple antique. Parfois quelqu'un d'autre passait par là à pied : il vit une ou deux fois un homme de couleur, qui revenait du travail ou s'y rendait, dans l'une des maisons chics à l'opposé du parc, et une fois il y avait eu ce clochard qui, trouvant les lieux occupés, lui demanda une cigarette sur un ton de surprise vexée et s'éloigna en titubant dès qu'elle fut allumée, laissant derrière lui une odeur puissante de vêtements souillés. Les rares autres personnes qui passèrent l'avaient regardé avec une suspicion manifeste. Après avoir consacré deux vendredis soir à faire le pied de grue, sans le moindre signe que cela puisse donner quelque chose un jour, il commença à se demander avec inquiétude si quelqu'un n'allait pas finir par le remarquer et appeler les flics pour signaler un homme qui vagabondait en se cachant à moitié, près du genre de maisons où les hommes comme lui n'entraient pas, sauf pour réparer une fuite ou filer avec l'argenterie. Il n'avait pas d'autre choix que de battre en retraite, conclut-il : la menace d'être découvert s'était rapprochée insidieusement, trop près. Pendant un certain temps, il alla déambuler dans le parc lui-même, mais cela ne s'avéra guère mieux : il avait moins froid en bougeant, mais loin de la route tout était complètement déserté et anormalement sombre, anormalement silencieux.

Ensuite il avait essayé de l'autre côté de la ville, loin au-delà des quartiers industriels près d'Hamilton, avait erré et attendu le long des berges du Spring Lake et du marais, avec Deutzville et le monde illuminé juste derrière les arbres. Ici aussi il y avait des histoires sur ce qui se passait dans le noir, mais pendant trois nuits d'affilée personne ne passa, pas un seul individu. Il n'y avait ni bruissements ni chuchotements, et Kunstler ne vit pas le moindre mouvement entre les joncs. Il s'obstinerait quand même un certain temps, essayant d'abord un endroit, puis un autre : c'est qu'il était remué par l'étrange tendresse mêlée à un sentiment de propriété que la fille Inez suscitait en lui. Il savait que c'était de la folie, mais n'avait pour autant aucun contrôle sur une émotion qui prenait sa source non dans sa volonté mais dans son corps, cette œuvre échappant de plus en plus à l'autorité de son créateur. Il n'abandonna donc pas avant que l'hiver ne s'installe pleinement, même s'il savait bien avant l'arrivée de la neige que tout cela était un fiasco. Puis les autres gars de l'usine mentionnèrent le bar, et il sut que la chance lui souriait enfin.

Le printemps était presque arrivé quand Kunstler, posté sous un porche non éclairé, en face du bar où il y avait eu une descente près de State, porta une allumette à sa cigarette avant de se réfugier dans l'obscurité avec la minuscule flamme chimique. Son paquet était plein, et il n'était pas fatigué ; seul, caché, il saurait être patient, se dit-il : *J'imagine qu'il y a des gens qui ne liront pas le journal alors qu'ils feraient mieux, ou en tout cas j'espère qu'ils ne le liront pas.* Il avait déjà fumé cinq cigarettes lors de ce troisième soir, quand un homme portant un pardessus gris et un feutre à large bord essaya de pousser la porte. Il la trouva fermée, bien sûr, et s'arrêta un court instant pour jeter un rapide coup d'œil alentour, avant de repartir d'un pas tout aussi pressé dans la même direction qu'auparavant. Kunstler jeta son mégot encore allumé dans le caniveau et le suivit. Ils traversèrent l'East State illuminée de panneaux de dix mètres de haut, tous ces endroits que Kunstler connaissait de nom et où il n'était jamais allé : F. W. Donnelly, Kaplans, Reids, le Savoy, S. P. Dunham. Bien que l'homme au chapeau à large bord n'ait pas regardé une seule fois derrière lui depuis qu'il avait tourné les talons devant la porte fermée du bar, la lumière rendait Kunstler nerveux : il se mit instinctivement en retrait pendant un instant, comme s'il redoutait une réaction explosive si jamais leurs ombres se croisaient.

Quelques rues plus loin, l'homme prit vers l'est. Dans une rue bordée de commerces qui avaient baissé leurs volets pour la nuit, il monta dans une Hudson bicolore. Kunstler continua à marcher jusqu'à parvenir à la hauteur de la voiture en train de démarrer. Par la vitre, dans l'obscurité, on aurait dit que l'homme n'avait pas retiré son chapeau : en tout cas il n'y avait pas moyen de distinguer son visage, remarqua Kunstler, tout en se faisant la réflexion qu'il n'avait aucune bonne raison de vouloir le faire. Après cela, il marcha prudemment jusqu'aux entrepôts de marchandises avant de revenir en décrivant un cercle par les rues les plus désertes qu'il put trouver, jusqu'à sa planque sous le porche, où il resta à fumer une heure de plus. Il y retourna encore le lendemain soir, et encore le soir suivant, quelques heures chaque jour après le travail, il ne savait plus combien de fois exactement, jusqu'à ce qu'enfin un autre homme, un type maigrichon en blouson d'université, tente d'ouvrir la porte. Celui-ci resta devant le bâtiment vide plus longtemps que le précédent, et fixa la porte comme s'il était convaincu qu'elle pouvait lui dire quelque chose. Quand il partit, Kunstler le suivit à travers un dédale de rues longeant les docks. Ils finirent par arriver à un autre bar. Kunstler regarda le type entrer, mémorisa l'adresse, puis rentra chez lui pour attendre le samedi après-midi.

Ce qui le surprit le plus au début, c'était qu'à première vue ce n'était qu'un bar : si vous oubliiez qu'il n'y avait pas de fenêtres et que même pendant la journée l'endroit entretenait une pénombre nocturne, si vous ignoriez la porte du fond fermée par un rideau par laquelle ils disparaissaient parfois, seuls ou à deux, alors il n'y avait rien de si bizarre : juste une salle pleine d'hommes qui buvaient de la bière et du whiskey, la même odeur d'alcool éventé sous les lumières tamisées, le même zinc et les mêmes miroirs que dans un endroit normal plein de gens normaux, le genre de bar, s'imaginait-il, qu'on pouvait trouver absolument partout où il y avait des gens qui travaillaient et avaient envie de boire un coup en sortant. Le barman, même les clients : ils avaient tous l'air normaux.

– Y a pas grand monde, avait dit Kunstler en commandant son verre, avant de demander : Ça arrive que ce soit plein, des fois, ici ? – comme le barman se contentait de hausser les épaules, il ajouta : C'est juste que la plupart des troquets sont pleins à craquer le samedi, c'est tout.

Il s'exprima distinctement, pas très fort mais assez pour qu'on l'entende très bien dans la salle à moitié vide ; il réalisa soudain que l'atelier de l'usine l'avait rendu trop sûr de lui. De son tabouret il pouvait les observer dans le miroir : trois hommes en train de discuter, le barman qui essorait son torchon, et face à lui, de l'autre côté du comptoir, deux autres types, un client en costume de tweed et un autre en complet anthracite et chemise gris perle. Kunstler se surprit à fixer cette chemise et l'homme qui était dedans. Il comprenait déjà qu'il était trop tôt, qu'il aurait dû venir à minuit, mais sans trop savoir pourquoi il n'était pas encore prêt à se décider à partir.

Le type en tweed dit quelque chose aux autres à voix basse et secoua la tête. Celui à la chemise grise reprit : « Il écrit un livre ou quoi ? » et regarda le barman, qui se gratta derrière l'oreille gauche avec sa main droite.

– Comment vous voulez que je le sache, bon sang, répondit ce dernier.

– Eh bien, personne ne va avoir envie de sortir du bois, fit la chemise grise au type en tweed. Mais quand même, je crois qu'on devrait, reprit-il en s'adressant au barman – et voyant que ce dernier ne bougeait pas il ajouta : Et quand je dis « on », hein… c'est pas moi qui bosse ici.

Le barman donna quelques coups de torchon dans l'évier et répondit :

– Non, faut croire que non – avant d'aller voir Kunstler, assis en pleine contemplation de son verre vide.

Le barman se tritura l'intérieur de la joue avec sa langue.

– Autre chose ?

– Plus tard, peut-être, répondit Kunstler de sa voix éraillée.

Le barman hocha la tête et se caressa le menton avec son pouce.

– Bon, d'accord – il jeta un coup d'œil aux autres. Je veux dire, pourquoi pas. Mais je crois que c'est pas un endroit pour vous, ici, vous voyez. Si vous voulez juste boire un verre, eh bien, bon sang, y a plein d'autres bars pour ça – sur un ton plus proche de la confidence, il ajouta : Le truc, c'est que les gens tiennent à leur intimité, et ici c'est un endroit, vous savez, pour… pour les habitués.

– Les membres, intervint celui en tweed sans lever les yeux.

– Les membres, je veux dire. Voilà.

Kunstler était conscient de la présence de quelques autres types attablés dans les box, même s'il ne pouvait voir que le sommet de leurs crânes ou leurs chapeaux pendus à des crochets entre les bancs, et il savait qu'eux aussi devaient avoir soudain réalisé qu'il était là, exactement comme lui avait senti leur présence : à l'aveugle. Deux hommes entrèrent par la porte du fond. Le barman leur lança un regard et ils s'arrêtèrent. Kunstler pivota pour les regarder lui aussi, figés dans une posture gauche, puis se retourna lentement vers son verre.

– Les membres, répéta-t-il comme un écho au barman debout devant lui qui opina.

– Ouais, c'est un endroit privé, vous savez. Ce serait probablement mieux si vous... enfin, vous comprenez. Celui-ci est offert par la maison. Le prochain, c'est cinq dollars – il ramassa le verre de Kunstler sans toucher à son argent, et retourna auprès des autres.

Une fois qu'il eut franchi la porte au son d'un rire haut perché, Kunstler enfonça brutalement ses mains dans ses poches et marcha pratiquement au hasard. Pendant un long moment il laissa son esprit divaguer, comme vide, mais en même temps il savait qu'il y avait quelque chose qui le maintenait à flot : une idée. Si l'endroit était plein, il pourrait se perdre parmi eux, juste une tête de plus au milieu d'un océan de têtes dans la pénombre, un verre de plus dans une main de plus. Personne ne prend la peine de distinguer l'individu de la foule, si cet individu ne se donne pas en spectacle. C'était une chose qu'il savait déjà : si personne ne parvenait à discerner son être dans son intégralité, c'était tout simplement parce qu'il était trop près d'eux. Il n'était jamais plus que des détails, la vague image d'un ouvrier anonyme vivant dans le péché avec sa petite amie, quelqu'un qui ne parlait que si c'était nécessaire, qui buvait trop, un col bleu bourru, rustre et ordinaire. C'était comme ça qu'il fallait s'y prendre. Cette fois il avait tout fait de travers, mais il avait encore une chance de se rattraper, se dit-il. Il ne commettrait pas deux fois la même erreur.

Il était presque minuit quand, plusieurs semaines plus tard, il tenta de nouveau sa chance au bar. On aurait dit qu'il avait raison : l'homme derrière le comptoir ne sembla pas le reconnaître le moins du monde. Il commanda une bière et resta tranquille, veillant à ne pas attirer l'attention sur lui jusqu'à ce que celui qui était bel homme et se présenta sous le nom de George vienne lui parler et l'invite à franchir le rideau du fond, vers le couloir à demi éclairé qui se trouvait derrière, avec ses portes closes. Pendant un instant il crut que tout était enfin sur la bonne voie, que les choses s'enclenchaient, mais encore une fois il n'avait pas imaginé assez loin : l'homme n'avait tout simplement pas voulu s'en aller. Kunstler avait essayé d'insister, même si manifestement sa ténacité n'était qu'une perte de temps, tout comme il avait perdu son temps à arpenter le parc dans le froid.

– Ah, oh, fit George. Les femmes, les couples. C'est pas vraiment mon truc.

Kunstler eut l'impression d'être face à un mur : il ne lui était jamais venu à l'esprit qu'il puisse y avoir débat ; il était incapable d'imaginer qu'un de ces types puissent refuser un corps, pas plus qu'il n'aurait imaginé un chien refuser de la viande.

– C'est une belle fille, s'entendit-il ajouter, d'un ton vague. On a un joli appartement.

– Sûrement. Écoute, c'est pas pour t'envoyer promener, répondit George. C'est juste que je fais pas ça, pas avec les femmes… tu comprends ?

À ce moment-là Kunstler était prêt à s'en aller, à partir sans faire d'histoires même s'il était en colère. Il avait remis son chapeau, d'ailleurs, pas vrai ? Il se serait tranquillement levé pour sortir, il serait rentré chez lui et aurait reconsidéré son plan, mais il avait fallu que le second s'amène, il avait fallu qu'il l'empoigne, et Kunstler comprit instantanément que, même si celui-là était saoul, il savait quand même : il identifia immédiatement la surprise sur le visage de l'homme, sentit la main qui cherchait autour de la coquille.

C'est cette surprise que Kunstler voulut atteindre quand il balança un coup de poing à l'homme qui le tripotait, puis le regarda basculer sur le côté et tomber du lit où ils étaient assis tous les trois. Ensuite il se retrouva debout, et celui qui s'appelait George aussi, et Kunstler lui assena un coup du même poing, de côté, et la tête de l'homme partit brusquement en arrière contre le mur. Maintenant George était affalé sur le lit, comme dégonflé, et Kunstler était debout les yeux braqués sur lui, et puis l'autre type le rejoignit, du sang dégouttant de son nez tout autour de sa bouche, jusqu'à son menton et son cou. Côte à côte, ils contemplèrent George en silence, comme si c'était lui le chef et qu'ils étaient incapables de continuer sans instructions de sa part. Gisant ainsi il ne ressemblait plus qu'à un tas de guenilles détrempées et drapées en plis épais sur un squelette, et tandis qu'ils le regardaient Kunstler fut saisi d'une terreur à couper le souffle. Dans cette terreur il attendit, vide de toute chose et du reste. Alors la poitrine de George se souleva enfin avant de retomber, puis de se soulever à nouveau accompagnée d'un grincement en provenance de sa gorge, tandis que l'autre homme disait doucement : « Merci mon Dieu, merci mon Dieu. » Il était encore en train de répéter ça quand il tourna son visage ensanglanté vers Kunstler.

L'homme sembla réaliser exactement au même moment que Kunstler qu'il était placé de telle sorte à lui barrer l'accès à la porte, mais ce dernier fut plus prompt à réagir : il l'attrapa par le bras et l'envoya valdinguer, renversant la table près du lit. La lampe tomba et la pièce bascula dans l'obscurité. Kunstler s'enfuit en courant, passant des ténèbres à la lumière faiblarde du couloir vide avec son ampoule, et au bout de celui-ci à la quasi-pénombre du bar. Il se remit alors à marcher pour fendre la foule d'hommes – mais en pressant le pas, tête baissée. Il dut se frayer un chemin, contourner, esquiver. L'un d'eux poussa un cri quand il le bouscula. « Faut pas partir fâché ! » lança un autre. Puis il se retrouva dehors, en train de courir dans la nuit, et il n'avait plus en tête que les coups qu'il avait assenés, son esprit traversé par un unique geste : celui de son poing vers la chair qui cédait, la projection du bras, le craquement sonore de l'os.

Le lundi matin suivant, avant de partir au travail, il s'assit au bout de son lit pour arranger sa cravate et dit à la fille qu'ils ne sortaient pas assez.

– On devrait prendre du bon temps plus souvent, dit-il. Ça te dit d'aller danser ? Allons dans des bars, ce week-end, danser comme des gamins, picoler comme des trous.

– Si tu veux, mon chéri.

Elle sourit, et sombra de nouveau dans le sommeil. Il y pensa tout au long du chemin jusqu'à l'usine : *J'aurais dû le savoir. J'aurais dû me dire depuis le début que ce serait la danse.*

La danse, mais aussi l'alcool, et pour que son plan fonctionne il les entraîna tous deux plus loin encore dans ce monde brumeux et oublieux, endroit déroutant où il ressentait un curieux mélange de sérénité et d'angoisse. C'était d'ailleurs cette sérénité même qui déclenchait sa peur : il paniquait à l'idée de se retrouver en public, avec aux manettes de son self-control sa seule main mal assurée d'ivrogne, et parfois il était furieux de voir le nombre d'occasions où il se surprenait à baisser la garde. Même avec les autres gars de l'usine, qui le connaissaient et acceptaient donc son attitude circonspecte, ou qui, tout du moins, s'y étaient habitués, il savait que le risque que tout s'effondre était toujours présent. Des bagarres d'ivrognes avaient lieu presque tous les soirs dans les bars près de l'usine, batailles d'egos et de cran entre ouvriers, différends incompréhensibles entre Hongrois et ritals ; il ne fallait jamais plus de deux mots pour déclencher la suivante – et quelqu'un finirait par trouver ça marrant de s'en prendre au petit mec, en particulier s'il avait une jolie petite amie, une fille appétissante dont les cuisses tremblotaient sous sa robe moulante quand elle riait, et dont la bouche de travers était une invitation à pénétrer dans un univers chaleureux. Bien sûr il savait que ça ne pouvait pas être l'un d'entre eux, jamais un des types de l'usine : pas question de laisser qui que ce soit de leur connaissance avoir ne serait-ce que le plus infime soupçon.

Kunstler fut parfois lui-même à deux doigts d'échanger des coups avec les autres, mais au moment de serrer le poing lui revenait le bruit que ça ferait contre le crâne d'un autre homme, le choc de l'os contre l'os, et le souvenir de cet écho le ramenait à lui-même, le faisait reculer. Même contenue, pourtant, la violence était là, elle était contagieuse, et parfois même la fille en était envahie, couvant en silence sa propre forme de sauvagerie, un peu comme si la colère rentrée de Kunstler appelait la sienne tel le chant d'une sirène, jusqu'à ce qu'ils en viennent à se battre.

Une fois, dans leur cuisine, elle lui jeta son cocktail à la figure, mais d'un geste si faible qu'elle ne parvint pas à briser le verre. Kunstler le ramassa. Il s'assura qu'il n'était pas fendu puis en essuya l'extérieur avec sa paume. Ensuite, les pieds dans une flaque de gin et de vermouth, il l'emplit de nouveau : encore du gin, encore du vermouth. Il dit : « Bon » d'une voix calme, puis marqua une pause, et reposa le verre de nouveau plein devant elle, sur la table. Il retourna à la chambre et quelques instants plus tard la fille Inez l'y rejoignit, et alors elle le traita de salaud, lui martela l'épaule avant de lui donner un coup dans la poitrine qui le fit davantage souffrir, jusqu'à ce que Kunstler finisse par la repousser sur son lit où elle demeura et se mit à pleurer.

Dans la cuisine, il trouva son verre toujours sur la table, mais vide. Il le remplit encore et fit demi-tour, puis après réflexion retourna prendre la bouteille, juste le gin, qu'il but sec pendant qu'elle sirotait son cocktail d'un air lugubre. Plus tard, elle se remit à pleurer et il la serra dans ses bras ; puis vint le moment où elle se déshabilla et se coucha sur le côté, offerte à ses mains, même si ce n'était pas ce qu'elle préférait.

Cela n'aurait pas pu fonctionner tant que le dancing était encore ouvert. La fille y était tout simplement trop malheureuse, et toujours sur ses gardes, se méfiant des hommes qui payaient pour la tripoter, des chefs qui étaient toujours sur son dos. Ils avaient besoin de cet argent, et il n'était donc pas question de démissionner, mais elle se plaignait quand même, toujours les mêmes griefs : l'alcool était coupé à l'eau, le groupe jouait faux, c'étaient des fainéants qui avaient pour instruction de jouer tout tellement vite que les chansons défilaient au pas de charge, à un rythme éreintant. Le pire de tout c'étaient les autres filles, qui l'avaient tellement prise en grippe qu'elles s'arrêtaient de parler quand elle se rendait aux toilettes pour dames, entre deux sets.

Elles ne changeaient pas de sujet, lui racontait-elle, ne cherchaient pas à faire croire qu'elles n'étaient pas en train de la débiner : la fille Inez le savait, elles le savaient, et elles n'étaient pas prêtes à aller jusqu'à prendre la peine de mentir pour s'en cacher. Elles faisaient simplement en sorte qu'Inez n'entende pas ce qu'elles disaient au juste. Tandis que son urine chuintait dans la cuvette et que leur parvenaient les bruits étouffés du bar à travers la cloison en fibres de bois, elles grattaient des allumettes, rectifiaient leur rouge à lèvres et se débarrassaient de leurs chaussures pour se masser les pieds. Quand la fille Inez s'en allait, le concert de leurs voix reprenait. Elle ne se plaignait pas, mais à la maison il l'observait, d'un œil à peine visible sous la crasse de l'usine, tenter avec candeur et vaillance de conjurer à elle seule un univers entier de conventions, les rites mystérieux des interactions sociales féminines, les ragots, les rires et les conversations entendues qu'on se passait à la ronde avec une cafetière, et qu'on distribuait à l'aide d'une pince à sucre. C'est ainsi qu'elle imaginait un bref instant toute une existence différente, le genre d'existence qu'elle semblait penser revenir de droit à quiconque possédait un homme et un foyer, une femme qui avait l'eau chaude chez elle et des lits jumeaux coordonnés achetés à crédit, qui s'offrait fièrement des napperons, des verres à apéritif et des tasses à thé fleuries avec des soucoupes. Rien que d'y penser, Kunstler sentait monter en lui un dégoût qui était aussi de la peur : il détestait l'imaginer, entraînée par ces méprisables envies, se mettre en quête de quelque chose que l'appartement ne contenait pas déjà.

Quand le dancing ferma pour de bon ce mois de février-là, Kunstler craignait que la fille ne veuille plus jamais et irrémédiablement entendre parler de danse, mais en réalité elle ne semblait jamais s'en lasser. Cela commençait dès le matin quand Kunstler, lavé et entièrement habillé, le visage soigneusement couvert d'une généreuse couche de mousse, tournait le petit verrou en forme de croissant et ouvrait en grand la porte de la salle de bains pour laisser s'échapper la vapeur de la douche. Pendant qu'il se rasait, Inez se débarrassait du gin de la veille en se brossant les dents au son de la radio – du jazz ou du swing, pas ces symphonies insipides dirigées par un type aux cheveux longs – et elle faisait honneur à la musique, en concentrant sa gestuelle pour s'adapter à l'étroitesse des lieux.

La radio les suivait à la cuisine. Quand elle préparait le petit déjeuner, la chaleur de l'été combinée à celle de la cuisinière transformait sa nuisette en une cascade transparente de coton trempé de sueur, à travers laquelle il pouvait admirer ses seins et ses cuisses doux et blancs, les boutons rosés de ses tétons, la veine bleue qui courait jusque sous son aisselle. Même quand elle était assise en face de lui pendant qu'il mangeait, ses pieds nus posés sur une chaise, elle agitait la main au rythme de la musique, créant une chorégraphie avec la fumée de sa cigarette.

Ce fut là, dans cette danse qu'elle exécutait tous les matins chez eux, que Kunstler perçut pour la première fois toute la magnifique complexité de cet art, comme si quelqu'un avait arraché un panneau pour révéler le système de rouages sophistiqué situé juste dessous : les pas en avant, en arrière, la gamme de mouvements, la fluidité, le rapport à la musique. En la voyant danser plus tard avec les hommes qu'il choisissait pour elle, il fut en mesure d'admirer le contrôle et le savoir-faire, la maîtrise de la machine humaine. Dans chacun de ses gestes, dans l'angle de sa tête ou le mouvement d'un bras, dans chaque contraction et relâchement de son corps moulé dans sa robe, jusqu'à la flexion de ses doigts, il voyait l'exécution, la manœuvre. Même ses accès de frénésie, même ses balancements ivres étaient de la dextérité, une variation qu'elle développait, et il s'émerveillait que cela semble si inconscient, tel le spectacle d'un oiseau évoluant dans les airs sans la moindre idée du miracle que c'est, voler. Mais ce miracle, c'était néanmoins dans la danse condensée et restreinte qu'elle exécutait pieds nus entre les murs de leur cuisine qu'il le saisissait le mieux, une version révisée, mise à l'échelle, chaque geste calculé, maîtrisé, façonné. Dans les bars, peut-être était-il trop distrait : toujours à traquer le bon visage, le bon physique. Il restait à boire au comptoir pendant qu'elle dansait, et sa mission était de veiller à ce qu'elle ait toujours suffisamment d'alcool dans le corps pour flirter, glousser et sautiller, de sorte que la chair de ses cuisses tremblote et que ses yeux étincelent au son des cuivres. Les hommes la regardaient tous, et embusqué dans son affût Kunstler les regardait à son tour, observait, jaugeait, les scrutait avec l'attention d'un éleveur – mais il regardait aussi à travers eux, attendant celui qui, telle une lentille, lui permettrait de voir l'avenir.

Au rêve tenace et perpétuel de l'usine, il ajouta donc cette nouvelle vision, une vision qui avait pour le moment ses besoins propres, qui imposait ses exigences sous forme de longues nuits, de musique et d'alcool. Tout comme son corps et sa volonté n'étaient qu'une seule et même chose, ces visions, la nouvelle et l'ancienne, toutes deux nécessaires à présent, étaient des pièces mal ajustées appartenant pourtant au même moteur, et dont le frottement était particulièrement désagréable le matin, quand leurs bords se touchaient. Il le savait, bien sûr, même s'il ne se doutait peut-être pas à quel point ces frictions étaient dangereuses, à quel point les rouages grinçaient bruyamment en bataillant pour changer de vitesse, jusqu'à ce qu'un jour Cowie, le nouveau chef d'atelier, l'interpelle : « Kunstler, viens là. » Comme celui-ci hochait la tête pour montrer qu'il avait entendu, mais continuait à travailler, faisant mine de finir ce qu'il avait commencé, Cowie reprit : « Ferme ce truc, allez », avec un ton d'exaspération presque satisfait où transparaissait, impatient, le ressentiment de tous les autres, resté en suspens mais tout prêt à s'exprimer.

Kunstler laissa retomber le couvercle de la boîte à savon et parcourut sans se presser les trois mètres qui le séparaient de Cowie. C'était tout lui, se dit-il, d'obliger les gens à se déplacer.

– Tu travailles sans gants maintenant ? demanda Cowie. Bon sang, mais qu'est-ce qui te prend ?

– Oh.

Kunstler haussa les épaules. Il ne regarda même pas ses mains. Il y eut un silence avant qu'il ne reprenne.

– Je les ai oubliés, on dirait. Je vais aller les mettre tout de suite.

– Oh, bon Dieu, Abe, fit Cowie avec une grimace. Tu pues l'alcool. T'es bourré ?

– Je suis sorti hier soir. Ça transpire un peu, c'est tout.

Le chef passa la main sur son visage rougeaud aux traits lourds, puis empoigna le petit homme par le bras. Kunstler laissa Cowie le mener à travers l'atelier et lui faire passer la porte du fond qui donnait sur la cage d'escalier en béton. Le chef leva un doigt pour le faire taire, et jeta un coup d'œil vers les marches qui grimpaient en spirale. Il se plaça tout près de Kunstler, et sans tout à fait chuchoter s'adressa à lui d'une voix basse et dure :

– Tu ne peux pas venir ici dans cet état, Abe. Tu vas te faire tuer. Pire, tu vas faire tuer un autre gars – moi, avec la chance que j'ai. Il faut que tu rentres chez toi.

– Quoi, j'ai oublié mes gants, c'est si grave ? Arrête – il fit mine de vouloir retourner à l'atelier, mais Cowie lui bloqua le passage.

– Non, y a pas de « arrête ». J'ai trop souvent fait mine de rien voir jusqu'ici. Ouais, parfaitement : je le sais que t'as la gueule de bois la moitié du temps. C'est déjà assez grave. Et maintenant t'es saoul parce que ta soirée s'est en fait terminée ce matin, pas vrai ? – il agita la tête, tentant vainement de croiser le regard de Kunstler. Rentres chez toi, Abe.

– Conneries. Je vais bien. Lâche-moi la grappe, merde.

Cowie n'éleva pas la voix : il se rapprocha de Kunstler, de sorte que leurs corps étaient pressés l'un contre l'autre, et se pencha pour plaquer sa bouche sur son oreille.

– Primo, tu ne vas pas bien, et deuxio, va te faire foutre, espèce de sale petit con. Je devrais faire un rapport. Si je me fais choper à te laisser bosser dans cet état, je perds mon boulot. Je ne sais pas comment le type d'avant gérait les choses, mais avec moi, se pointer bourré à l'atelier, ça ne passe pas.

Il relâcha un peu son étreinte, et jeta de nouveau un coup d'œil vers l'escalier au-dessus de leurs têtes. Puis il reprit sur un ton presque désinvolte :

– S'ils se rendaient compte que je t'ai laissé partir sans faire de rapport, même si t'avais bossé ne serait-ce qu'une foutue minute dans cet état, je serais dans la merde. Tu perdrais ton job aussi, d'ailleurs. Alors estime-toi heureux que je ne mette pas tout ça par écrit, va pointer et file, Abe. Va pointer et file tout de suite – il se déplaça de façon à le laisser passer, et ajouta : Je m'occuperai de ta machine jusqu'à ce que cette bobine soit passée – mais Kunstler ne bougea pas.

– Fais pas le connard, Abe. T'as fait l'armée, pas vrai ? demanda Cowie. Tu te souviens de l'armée ? C'est exactement pareil : je suis en train de te donner un ordre. Et cet ordre c'est : rentre chez toi. Rentre chez toi et estime-toi déjà heureux que j'envisage de te laisser repointer demain.

Kunstler hocha la tête. Il pointa, se changea, sans se presser, prenant soin de tout faire exactement de la même façon que d'habitude, même s'il lui fallut s'y reprendre à deux fois pour ajuster sa cravate. Bien sûr, Jacks posa un tas de questions idiotes en le voyant repasser en costume en direction des bureaux, mais Kunstler ne répondit rien, sachant que Jacks n'oserait jamais s'aventurer trop loin de son seau pendant ses heures de boulot. Il prit sa voiture et fila directement de l'usine jusqu'à un bar en centre-ville. Après avoir bu un verre pour s'éclaircir les idées, il appela Inez pour qu'elle vienne le rejoindre, arrangea sa cravate dans le miroir orné de dessins de bouteilles, et en commanda un autre. *Cowie peut aller au diable*, pensa-t-il. Il s'en sortirait. C'était le printemps. Il avait du pain sur la planche. Il ferait mieux de s'y mettre.

– J'te connais, non ? demanda le plus âgé, celui au costume pied-de-poule.

Le cœur de Kunstler fit un bond de côté dans sa poitrine, mais il se retint de bouger parce que juste derrière l'homme se tenait Inez avec l'autre, l'étranger nommé Price, qui était juste bien, juste parfait et – dans la mesure où Kunstler l'abreuvait d'alcool depuis des heures – un trophée bien trop cher payé pour le laisser filer. Étourdi de bonheur et par une semaine entière de salaire de Kunstler en whiskey, Price avait dansé pratiquement sans interruption avec Inez dans la fumée violette du bar. Peut-être que c'était lui le bon, l'homme que cherchait Kunstler. Il n'était pas question de se laisser détourner d'une occasion pareille, alors il serra la main de l'autre homme d'une poigne ferme, rendue collante par la chaleur de l'été, la secoua avec rudesse et assena une claque sur l'épaule en tissu pied-de-poule.

– Si tu me connais ? fit Kunstler. Mais bien sûr que tu me connais – il prononça les mots exactement comme il s'y était exercé dans son imagination : en parlant fort mais pas trop, de sa voix semblable à des copeaux de métal, avec un large sourire et des yeux exagérément écarquillés. Tout le monde me connaît, bon sang : j'suis le môme Lindbergh[1].

L'homme s'esclaffa. Jacks et Inez rirent aussi.

– Hé, ça se pourrait bien. Ça me turlupine depuis que je suis arrivé, répondit l'homme. J'en suis tellement sûr. Je m'appelle Joe Dixon, au fait.

– Ça me dit rien, mais laisse-moi donc t'offrir un verre quand même, juste au cas où ! Qui sait, p'têt' bien que je t'en dois une. Whiskey soda ?

– Oh, eh bien, dans ce cas… bourbon avec de l'eau.

Kunstler commanda auprès du barman, puis se cala au fond de son tabouret.

– Voyons voir, à présent, reprit-il à l'attention de Dixon. T'étais où en 1945 ?

Il n'écouta pas la réponse. Il était trop occupé à regarder cet étranger, Price, parler à Inez, et Inez qui souriait, qui riait d'une chose qu'il lui racontait, trop occupé à estimer le temps que ça prendrait pour qu'ils soient prêts, pour qu'il puisse partir avec eux et rejoindre la sécurité de l'appartement. Il transpirait dans la chaleur. Dixon aussi, mais il ne retira pas sa veste. C'est comme ça que Kunstler avait tout de suite su qu'il n'aurait pas fait l'affaire : un type qui ne se mettait pas en bras de chemise dans un bar de seconde zone par un temps pareil ne servirait à rien pour ce dont il avait besoin, ne pourrait jamais faire partie du plan, peu importe à quel point vous parveniez à le saouler. Ça n'avait pas d'importance de toute façon, pensa-t-il. *Je n'ai pas besoin*

1. L'affaire Lindbergh défraya la chronique en 1932, dans la région de Trenton : le fils du célèbre aviateur Charles Lindbergh, âgé de vingt mois, fut kidnappé et retrouvé mort quelques semaines plus tard malgré le versement d'une importante rançon. Ce crime fut très largement médiatisé à l'époque. *(N.d.T.)*

de tous ces autres mecs si je peux juste avoir Price. Il s'adressa à Dixon :

– Faut croire que c'était pas là, alors. Et en 1938 ? – il sortit son mouchoir et s'épongea le front.

Dixon reprit la parole pour raconter une histoire au sujet du Pacifique, et Kunstler hocha la tête d'un air songeur, luttant toujours contre un désir pressant et désespéré de s'en aller. Entre deux coups d'œil à la fille, il se surprit à regarder sans arrêt vers la porte. Le barman revint. Kunstler posa de l'argent sur le comptoir et fit passer les verres, et il se força à faire un large sourire, se força tellement qu'il eut l'impression que sa mâchoire allait se fendre. Il dit :

– Oh, camarade. Je crois que je m'en souviendrais si j'y avais été, donc je suppose que ça veut dire que non. T'es allé à l'université ?

– Oh ouais, tu parles que tu t'en souviendrais, lâcha Dixon en lâchant un rire dénué de drôlerie. À l'université ? Eh bien, oui, oui… après. Financé par l'armée. À Kansas State.

– C'est pas ça alors. J'ai jamais mis un pied au Kansas. Ni à l'université, pour tout te dire, à part une fois ou deux pour déposer une fille après un rencard. C'est de là que tu viens, du Kansas ? Où d'autre est-ce que ça aurait pu être ?

Dixon lui cita les lieux où il avait travaillé et vécu, et Kunstler hochait la tête de temps à autre et souriait, un œil sur son trophée, le plan qu'il avait forgé, l'autre sur la sortie. Il paya une autre tournée ; le mécanisme fonctionnait parfaitement, semblait-il, mais Kunstler ne voulait surtout rien laisser au hasard, et il veilla donc à lubrifier les rouages de temps à autre, comme il le ferait de nouveau très bientôt pour Inez et Price.

– Et c'est à ce moment-là que je me suis réinstallé ici, déclara Dixon. C'est peut-être pas la plus belle des villes, surtout quand le temps est aussi humide, mais rien ne vaut son chez-soi, faut croire.

– Merde alors, fit Kunstler. Je crois pas avoir déjà été dans aucun de ces coins. Permets-moi de te demander une chose, Joe : t'es sûr qu'on vit bien dans le même pays, au moins ? – ils rirent de nouveau, et Kunstler sortit de sa poche de chemise deux cigarettes qu'il alluma pour eux.

À présent il aurait presque souhaité pouvoir remercier la fille du bus. Sur le moment il l'avait haïe, avait eu envie de lui faire passer cet air curieux à coups de poing, de fouler aux pieds toutes ses questions polies, curieuses et perspicaces, mais en fait elle l'avait aidé : Kunstler ne se laissait jamais prendre au dépourvu deux fois par la même chose. Il s'adressa à Dixon :

– Eh bien, faut croire que tu ne me connaissais pas avant, en fait, mais y a pas de doute que tu me connais maintenant, pas vrai ? – et il lui dit son nom, l'histoire de son être : *Abe Kunstler.*

Tandis qu'ils se serraient de nouveau la main, Kunstler regarda Dixon en face, le regarda vraiment, et pour la première fois ce soir-là il vit, il assimila, et ce fut une erreur, une terrible faute. Car il découvrit, imagina découvrir ou peut-être, dans la panique de l'ivresse, se força à découvrir les traits d'antan dissimulés sous ceux qui avaient vieillis, et il songea soudain en dépit de sa volonté, comme emporté par une foule de gens qui l'auraient soulevé au-dessus de leurs têtes, à une ruelle où l'on suspendait la lessive, et par terre, l'un sur l'autre, unis dans une série de ruades crispées, une insistance pleine de tortillements, deux personnes si jeunes qu'elles n'étaient guère plus que des enfants. Il songea à cette chose que le garçon avait donnée à la fille après, et que tous deux auraient nommée et considérée être un cadeau, non une rétribution. Précipité dans ce souvenir qui s'empara de lui comme un piège, pendant un instant qui vibra d'effroi, Kunstler se demanda ce que c'était, cette chose qu'ils s'étaient passée, il arrondit la paume qui avait un jour été celle d'une fille dans une ruelle, comme pour essayer de se représenter de nouveau la forme de l'objet, mais tout ce qu'il parvint à évoquer fut le mouvement des mains, *un geste de transfert.* Quoi que cela ait pu être, ça n'avait pas dû rester là bien longtemps. Tout ce qui n'était pas déjà de l'argent filait tout droit chez le prêteur sur gages.

Kunstler fut de nouveau saisi à la gorge par un désir désespéré de bousculer tout le monde et de s'en aller, une sensation qui venait du ventre et remontait jusqu'en haut de sa poitrine, comme une vague de vomi tapie dans son estomac. Il n'avait qu'une envie : emmener la fille et se replier dans leur appartement, ou mieux encore conduire sa voiture en hurlant, la voix dans sa gorge aussi libre, vrombissante et impénétrable que le moteur, l'éperon blanc acéré des plein phares lui taillant un chemin dans la route noire de nuit. Mais juste par-dessus l'épaule de Dixon, le dénommé Price était encore en train de danser avec Inez, qui était maintenant assez ivre pour qu'entre deux accès de joyeux abandon ses gestes semblent parfois se réduire à une douce oscillation. Kunstler observa son corps onduler dans les eaux profondes de la musique, la promesse charnue de sa cuisse se balancer sous la paume de l'étranger qui rebondissait sur sa peau. Il se força à se rappeler ce que cela pouvait signifier. Il avait besoin de se concentrer, ne serait-ce que pour faire à la corde l'unique nœud dont il avait besoin pour s'accrocher et grimper, et il lutta contre le désir brutal et presque languissant de sauter au visage de Dixon pour en effacer à coups de poing les traces de son moi plus jeune. Il se força plutôt à penser à tous les bars où ils étaient allés, à tous les hommes – à supposer d'ailleurs qu'ils soient assez vieux pour être qualifiés d'hommes – qu'il avait rencontrés et chargés d'alcool et d'allusions, au petit nombre d'entre eux qu'il avait même réussi à entraîner jusqu'à la porte du bar avant qu'ils ne sentent d'une façon ou d'une autre la terrible inflexibilité de son désir et ne reculent. Kunstler avait chaud.

– Mais cette fois, peut-être, lâcha-t-il doucement en retenant son souffle.

– Qu'est-ce que t'as dit ? demanda Dixon.

– Oh, rien, répondit Kunstler, surpris de s'apercevoir qu'il avait parlé tout haut.

Il serra de nouveau la main de Joe Dixon, une poignée de main transpirante, nerveuse et vibrante de colère cette fois, et lui adressa le même sourire fabriqué de toutes pièces, essayant de toutes ses forces de ne pas penser ni se souvenir pour éviter que la panique et l'impulsion ne continuent de croître, n'enflent dans sa poitrine et ne finissent en explosion de violence.

– Bon, eh bien, c'est plutôt chouette de t'avoir enfin rencontré après toutes ces années à se louper au Kansas, dans le Pacifique et je ne sais où diable encore. Je dois aller parler à mes amis, mais, tiens, est-ce que tu connais Jacks ?

Même alors qu'il faisait les présentations, il était désespérément conscient que la menace n'était pas désamorcée, jamais totalement hors d'état de nuire, seulement retardée peut-être, ou simplement ignorée tandis que le compte à rebours était déclenché, jusqu'au moment où tout risquait de s'effondrer, s'il ne restait pas sur ses gardes à tout instant. Kunstler se força à réfléchir au plan, à l'imminence de la réalisation de ses désirs après tant de tentatives avortées, à la raison qu'il avait de rester, et alors il le pensa, se le dit à nouveau, cette fois avec une sorte de satisfaction terrifiée : *Oui, j'aurais dû le savoir. J'aurais dû savoir que ce serait la danse.*

Kunstler se tourna vers le bar et commanda la prochaine dose d'encouragement : du gin pour la fille, un scotch sec pour lui, soda et glaçons pour l'étranger. Il but presque tout d'un trait, incapable de s'arrêter. Ainsi, il serait blindé contre les scrupules et l'indécision, insensible à tout ce qui pourrait le distraire : rien ne devait se mettre en travers de sa route. Il savait déjà qu'elle se plaindrait du goût du gin sec, qu'il devrait la convaincre de le boire quand même. « Vaut mieux que tu me prépares un martini, aussi, dit-il au barman. Je reviens dans une minute. » Il jeta la monnaie sur le comptoir, versa le fond de son scotch dans le verre de soda qu'il avait commandé pour Price, et entreprit de traverser la piste de danse.

La fille Inez était maintenant profondément ivre, une ivresse désorientée et titubante grâce à laquelle Kunstler espérait qu'elle se perdrait dans un monde autant imaginé que perçu, les idées voilées, obscurcies, au point que lui et la pièce – et avec eux l'ombre en attente et son plan – puissent se réduire à la silhouette d'un rêve malléable et complaisant, et il espérait que si le matin venu elle en gardait le moindre souvenir celui-ci serait si laborieux et distant qu'elle serait toujours en mesure de dire timidement : « C'était bien hier soir », cette oraison figée et invariable qui était sa bénédiction et son pardon, accordait grâce et absolution et confirmait une fois de plus l'entente formidable et tacite qui les guidait – celle en vertu de laquelle elle était à lui, et lui à elle, à sa manière. Ils ne se regardaient pas quand elle disait cela.

Kunstler était seulement en mesure d'espérer qu'il avait bien minuté les tournées d'alcool. Il était important de s'assurer qu'elles arrivent à point : si la fille devait pouvoir se perdre en elle-même, tourbillonnante et absente, il fallait entraîner l'étranger jusqu'à un seuil de complaisance insouciante, sans toutefois le ramollir au point qu'il ne serve plus à rien. Il lui était arrivé de pousser certains hommes trop loin, il en avait abandonné vomissant dans les toilettes, ou dans les vapes sur les banquettes en vinyle.

Inez faillit lui cracher dessus.

– Eh, dis donc, Abe, fit-elle. Mais c'est juste du gin sec.

– Ah bon ? Le type a dû mal entendre. Je vais t'en chercher un comme il faut, mais j'ai payé celui-là, alors autant que tu le boives. Allez, vas-y, descends-moi ça, et rends-moi le verre. Le tien, ça va ? demanda-t-il à Price.

– Sensass, répondit celui-ci en souriant gentiment. Même si en fait il est un peu léger, franchement – Kunstler renifla le verre plein d'eau gazeuse et de glaçons et fit la grimace.

– Si tu trouves trop léger un truc pareil, faut croire que ça veut dire que t'as assez bu, répondit-il.

– T'as sûrement raison. Ça, c'est sûr que j'le sens – il s'exprimait en dodelinant du cou, les entailles noires de ses yeux flottant sur la mer pâle de son visage.

– La vache, je déteste boire ça sec, fit Inez, en tendant son verre vide à Kunstler d'un geste si maladroit qu'elle faillit le faire tomber.

– Je vais te chercher quelque chose de meilleur pour faire passer ça – il revint promptement avec le cocktail déjà prêt et resta près d'elle tandis qu'elle le goûtait d'abord avec précaution, puis avalait une gorgée. C'est bon ? lui demanda-t-il.

– Oui, c'est bon. Et ron et ron, petit patapon – elle éclata de rire. Et ron et ron dirait que j'suis bourrée.

– Tu veux que ça serve à quelque chose ? lui demanda Kunstler.

– Tu te fiches de moi, là.

– Mais oui, répondit Kunstler.

Elle commença alors à s'affaler doucement, une légère rotation suivie d'une glissade vers le sol. Kunstler la rattrapa par les coudes, tout collants de vermouth sucré, et la guida jusqu'à une chaise. Il s'adressa à Price :

– Je crois qu'on ferait mieux de l'aider à rentrer.

– Oh, vous deux n'êtes pas ? J'veux dire, j'ai cru que peut-être…

– Peut-être que quoi ?

– Peut-être que vous deux. Et puis alors, je crois que j'me suis dit que t'allais peut-être vouloir m'en coller une – il émit un petit rire. Parce que, tu sais, des fois quand on dansait, tu vois ? Mince alors ! ajouta-t-il en buvant une nouvelle gorgée.

– Je comprends. Ramenons-la à la maison. On ne peut pas la laisser se balader dans cet état, ce serait dangereux.

– Parce que des fois quand on dansait, tu sais, et, oh camarade, j't'assure que je cherche pas les embrouilles.

– C'est ça, pas d'embrouilles. Prends-lui l'autre bras, ordonna-t-il à Price – mais ce fut lui qui les installa tous les deux sur la banquette arrière de la voiture.

Au volant, à travers les rues surchauffées par la nuit estivale, Kunstler réalisa qu'il était plus saoul qu'il n'en avait eu l'intention. Par-dessus le vrombissement du moteur poussé à fond, on entendait par intermittence Price débiter un flot de paroles sur la banquette arrière, mais d'après ce que Kunstler voyait dans le rétroviseur rien de ce qu'il put dire ne tira Inez de son sommeil. Quand ils furent garés, elle se réveilla juste assez pour sortir plus ou moins toute seule et répéter « bon, bon » à plusieurs reprises, tandis que Kunstler les guidait vers la porte de leur immeuble.

Il fit en sorte que Price aide Inez à monter l'essentiel des marches jusqu'à leur palier, les suivant de près au cas où l'un ou l'autre viendrait à glisser. Il fit asseoir Inez dans l'escalier tandis qu'il ouvrait le verrou d'un coup sec, allumait la lumière et guidait Price jusqu'au siège installé dans le petit vestibule. Remettre Inez debout encore une fois ne fut pas une mince affaire, et Kunstler finit par devoir la porter. Ce n'était pas comme avant : son corps était lourd à présent, peu coopératif, et sa tête roulait sans crier gare. Il pénétra avec précaution dans l'appartement, et se dit : *C'est la seconde fois que je la prends dans mes bras pour passer le seuil de cette porte. Je suppose qu'on doit être mariés pour de bon, maintenant.*

Dans la chambre, il la coucha sur le ventre. Il se rendait compte à quel point il la désirait. Même alors qu'il l'aidait à trouver l'oreiller de son lit, et que son dessein prenait forme, alors qu'il lui retirait ses chaussures et commençait à détacher ses bas, ce désir avait le pouvoir de le distraire : l'épaisse flaque de sa cuisse dans son bas en nylon, la promesse qui se balançait avec ses seins, sa lèvre supérieure asymétrique qui barrait la déchirure de sa bouche. Il la revit en train de lui dire que les câlins étaient son truc préféré, tout en insistant pour dire qu'il ne devait pas s'en faire, qu'elle n'avait rien contre le reste, avec un verre dans le nez. Et elle avait beaucoup de verres dans le nez à présent : il y avait veillé.

Là-bas dans le salon, Price s'était assoupi. La porte de l'appartement était ouverte sur le palier et l'escalier, le puits enroulé sur lui-même qui traversait l'immeuble pour rejoindre le monde, au-dehors. Kunstler ferma la porte avec précaution et la verrouilla, puis se posta au-dessus de l'homme endormi pour le contempler.

Dans le visage de Price, Kunstler vit quelque chose de l'homme dont le nom était à présent le sien, l'homme que la guerre, la cuisine et la chaudière avaient emporté, une ressemblance à la fois désirée et pourtant en un sens intolérable. Kunstler dut lutter contre une envie furieuse de prendre ce visage entre ses mains, s'efforcer de se concentrer plutôt sur ce qui venait ensuite, l'ombre pâle, la charge du membre humain, la coalescence de toutes ses machinations dans un instant d'action. Il allait le faire parce qu'il comprenait ce que la fille, elle, ignorait : ce n'étaient pas de gens dont ils avaient besoin, en tout cas certainement pas des gens qu'ils pouvaient côtoyer, car ils étaient coupés d'eux à jamais, et donc à jamais une menace. Ce qu'il leur fallait plutôt, c'était quelqu'un à eux – quelqu'un comme eux, quelqu'un fait d'eux et pour eux, quelqu'un qu'on ne pourrait leur prendre, mais qui serait irréversiblement et définitivement leur, une réincarnation de l'homme à partir d'eux, afin qu'ils puissent le partager, afin qu'il n'appartienne qu'à eux.

Cette chose, cette capacité indéfinie, était en lui. C'était le moteur de son évolution, c'était la silhouette qui avait désigné la voie à suivre, un jalon pointant la direction de l'avenir, un interrupteur attendant d'être poussé. Il avait répondu avec toute la puissance de ses bras d'ouvrier, le travailleur de l'usine en lui se déchaînant instinctivement, sans réflexion ni intention, et il avait libéré le lac sombre et lent de l'homme, et avec lui tout son héritage, ce qu'il allait devenir. Ce moment-là avait été pour lui une renaissance et donc une naissance, un don, et il allait rendre la pareille à l'homme qui reposait en lui, car il était la tombe même d'où l'homme allait pouvoir se relever, les bandages aux bords bleus épinglés autour de sa poitrine en guise de linceul entrouvert. Il passa sa main sur le visage duveteux de Price, et celui-ci ouvrit les yeux.

– Oh, eh bien, salut, monsieur, dit Price. On est arrivés ?

– Elle te demande, répondit Kunstler de sa petite voix rauque, qui sonnait comme une boîte de conserve écrasée.

– Ah bon, vraiment ? dit Price en lui offrant un sourire diffus. Juré craché ? ajouta-t-il en faisant mine de se lever.

– Besoin d'un coup de main ?

– Oh, tout baigne, répondit-il – mais il accepta l'aide de Kunstler.

Celui-ci le poussa doucement le long du petit couloir, et le fit asseoir à côté d'Inez, couchée sur le lit.

– Papa est de retour, fit Price. C'est l'heure de se lever – il ferma les yeux et vacilla.

Kunstler s'essuya le front sur sa manche et se mit au travail. Il essaya d'abord de relever la fille sur ses genoux, mais elle s'était empêtrée Dieu sait comment dans le jupon de sa robe, et dans la demi-pénombre il ne parvenait pas à voir où ça coinçait au juste. *Bon Dieu de merde*, marmonna Kunstler. Il se leva et contourna le lit, de façon à avoir la place de se pencher pour attraper l'ourlet. Il tira un grand coup et le tout finit en boule autour de la taille de la fille. Son geste brusque secoua le matelas, et Price commença à basculer.

« Eh merde », fit Kunstler. Il le répéta encore et encore, *merde merde merde merde merde*, en faisant précipitamment le tour du lit pour rattraper la forme avachie qui glissait doucement sur le côté, vers le sol. Il remit d'aplomb l'homme en train de s'affaler et le secoua légèrement par les épaules.

– Hé, là, camarade. Hé, mon pote, dit-il.

Price revint à lui dans un sursaut et lâcha : « Oups. »

La chaleur estivale était oppressante dans la chambre, et la chemise de Kunstler était complètement trempée de sueur. Il ne voulait pas ouvrir les fenêtres, car il avait la ferme intention de garder pour eux tous les bruits qu'ils pourraient faire, mais il était désormais obligé de cligner énergiquement des yeux pour empêcher les gouttes salées de lui piquer les yeux. En maintenant Price d'une main puis de l'autre, il tenta de se débarrasser de sa veste, mais le côté droit resta accroché au bouton de sa manche de chemise et ne voulait pas se défaire. Il resta debout un instant, tenant Price par le sommet du crâne de la main gauche, la droite coincée dans sa manche de veste retournée qui pendait comme une longue traîne, sentant monter la frustration dans sa poitrine. « Pour l'amour de Dieu », lâcha-t-il à voix haute. Il posa un pied sur le lit et appuya le visage de Price contre l'intérieur de sa cuisse relevée. Il retira sans ménagement la veste de sa main gauche libre, et la balança à travers la pièce. Avec un faux accent britannique, Price dit :

– Tout doux, mon vieux – puis, chantonnant presque : Je m'appelle Manson Price, m'sieur, et j'aimerais causer au capitaine de ce bateau.

Kunstler réinstalla Price contre la tête de lit. Cette fois, le corps d'Inez était souple et relâché, et il put facilement lui faire plier la taille et placer ses genoux en position écartée. Il la regarda un moment, la fente de son corps béante, exposée. Avec un doigt humecté de salive il commença à écarter les poils emmêlés entre ses jambes. Elle émit un petit bruit, une sorte de miaulement de gorge, et Kunstler lui murmura tendrement de ne pas s'inquiéter.

– Il faut juste que tu sois prête, c'est tout, et alors tout ira très bien.

Il posa son visage contre sa jambe tout en la travaillant, respira son odeur. La fille se mit bientôt à lui rendre la pression de ses doigts, qui glissaient maintenant avec facilité. Il faisait incroyablement chaud dans la pièce, et Kunstler s'essuya le front sur son épaule.

Il se dirigea vers Price, secoua l'homme en lui donnant une légère gifle.

– Ne tombe pas dans les vapes, lui dit-il à voix basse, presque avec désespoir. Ne va pas tomber dans les vapes maintenant, allons.

– Excusez-moi, dit Price sans ouvrir les yeux, mais on se connaît ?

– C'est le moment de te mettre au boulot, lui répondit Kunstler.

Il défit la ceinture et ouvrit la braguette de Price, puis tira sur son pantalon par en dessous de sorte qu'il lui tomba sur les chevilles.

– Allez, l'ami, dit-il. Papa est de retour, tu te souviens ? C'est le moment de te mettre au boulot. Allez.

– Eh, dis donc, le skipper, y a pas le feu !

– C'est Inez, répondit doucement Kunstler. Elle t'attend. Tu ne vas pas la faire attendre ?

– Oh ben non alors.

– Non, tu ne vas pas faire ça, hein ?

– Non, non, oh ben non alors, que non, fit Price. Quoique – son visage se plissa alors dans un triste sourire, et il soupira.

– Mais oui, lui dit Kunstler. T'inquiète pas, on va arranger ça. Tout va très très bien se passer.

– Papa est de retour.

– C'est ça. Allez, on y va, camarade. C'est le moment de se mettre au boulot.

Price pouvait difficilement marcher avec son pantalon autour des chevilles et faillit tomber deux fois en parcourant le peu de distance qui séparait la tête du pied du lit. Kunstler le plaça debout derrière Inez et lui baissa son caleçon, mais il voyait bien que Price n'était pas prêt.

Il lui prit la main et la fit courir le long de la fente entre les jambes écartées d'Inez. Il pressa sa bouche tout contre l'oreille de l'homme et lui demanda :

– Tu sens ça ?

– Je… oui, répondit l'autre dans un souffle, tandis que leurs mains jointes devenaient poisseuses.

– Tu sens ? Oui ? C'est ça que tu veux ?

– Je ne parlerai qu'en présence de mon avocat, fit Price après avoir pris une profonde inspiration – mais il accepta le doigt glissant que Kunstler fourra doucement dans sa bouche.

– Tu sais ce que c'est, hein ? T'en veux, hein ? Oui ? Pas vrai ? Bien. C'est bien. O.K., voyons voir maintenant si t'es prêt à y aller. Voyons voir si tu peux faire ta part, maintenant, d'accord ?

– Oui, répondit de nouveau Price. Et puis merde, tant qu'à faire.

Avec sa paume parfumée Kunstler effleura doucement la joue de Price, à peine plus râpeuse que la sienne, puis l'embrassa brusquement sur le coin de la bouche.

– Eh, dis donc.

– Le meilleur est à venir. Faut juste que tu sois prêt.

Il réalisa que Price avait les yeux encore si lourds qu'ils étaient à peine ouverts, mais il commençait maintenant à bander. Kunstler cracha dans sa paume avant de la tendre à Price.

– Crache dans ma main, là. Vas-y, crache dans ma main maintenant, comme si on était en train de conclure une affaire.

Price laissa échapper un paquet de salive qui coula le long de son menton. Kunstler passa ses doigts humides autour de sa queue. Il l'embrassa de nouveau, à pleine bouche cette fois, enfonçant sa langue entre les lèvres de l'homme, à califourchon sur sa cuisse qu'il chevauchait en donnant de brefs coups de rein. Il se glissa derrière lui et le fit avancer d'un petit pas en traînant les pieds, jusqu'à ce qu'il soit tout contre Inez agenouillée, puis il l'aida à s'introduire en elle. Price se contentait de bouger lentement, alors Kunstler glissa son doigt humide en lui par-derrière, et tous les trois se balancèrent ainsi d'avant en arrière jusqu'à ce que Price se raidisse dans un grognement.

*

* *

Price était tombé dans les vapes, et le rhabiller et le remettre sur ses pieds fut un enfer. Il faillit vomir deux fois sur le chemin du salon. Quand ils finirent par atteindre le palier, Kunstler l'agrippa par les revers de sa veste pour le maintenir debout.

– Ça va aller ? demanda-t-il.

– Je suis fatigué, répondit Price. Sérieux, j'ai juste besoin m'allonger, si c'est O.K. pour tout le monde. J'ai rien besoin de chic, pigé. Par terre, ça va.

– Non. Tu pourras dormir plus tard, quand tu seras chez toi.

– Oh ça, j'suis sûr. Mais moi par terre, tu vois. Ce trajet est-il vraiment nécessaire[1] ?

Kunstler fixa un moment les marches qui descendaient, et resserra sa prise sur la veste de Price. Il songea brièvement à un lac de sang sombre et lent s'écoulant de la tête d'un

1. Allusion à une campagne visant à inciter les citoyens américains à économiser l'essence, pendant la seconde guerre mondiale. Une affiche célèbre avait pour slogan : « *Is your trip necessary ?* » (« Ce trajet est-il vraiment nécessaire ? ») *(N.d.T.)*

homme, à un poing frappant un visage et à un corps tombant au sol, à la chair lourde sur l'os désarticulé, un amas en bas des marches ; puis à travers ces pensées il contempla le visage ivre de Price.

– Hé, dit Kunstler.

Il le gifla légèrement sur la joue. Subitement il lui demanda :

– Hé, mon pote. T'as quel âge ?

– J'ai, euh, moi vouloir un avocat, marmonna Price. C'est des trucs compromettants.

– Non, allez. Quel âge ? Dix-neuf ans ? Vingt ans ?

Price hocha la tête.

– Dix et neuf, répondit-il.

– Nom de Dieu, lâcha Kunstler.

– Faut pas te mettre en colère, m'sieur, c'est pas ma faute. Et faut pas le prendre mal, je sais. Des fois quand on dansait, tu vois, et le truc, c'est que j'crois que tes amis là-bas j'leur ai plu. Moi en tout cas y m'ont plu.

– Faut croire que tu leur as bien plu, ouais. Mais maintenant il est temps que tu t'en ailles, lui répondit Kunstler.

– Juste une petite pause, l'ami, un tout petit peu, répondit Price en opinant de nouveau.

Il fit mine de s'asseoir, mais Kunstler l'obligea à rester debout, et Price n'avait pas la force de lutter.

– Non. Faut que tu t'en ailles. Pigé ?

– Vers le soleil couchant, acquiesça le jeune homme.

Kunstler lui montra l'escalier, mais il était clair qu'il n'arriverait jamais à descendre tout seul, et c'est donc ensemble qu'ils cheminèrent lentement jusqu'au hall d'entrée. Juste avant que Kunstler fasse sortir Price par la porte principale, le jeune homme s'appuya contre lui et dit d'une voix espiègle de conspirateur :

– Ou sinon, un dernier.

– Quoi ? demanda Kunstler.

– Ou sinon toi et moi n'y allons, s'en boire un dernier.

– Non, répondit Kunstler. Fini de boire. Faut que tu partes d'ici.

– Je sais, je sais, mais attends, fit Price, le visage tout chiffonné d'inquiétude. Et qu'est-ce que tu dirais de ça, m'sieur ? Hein ? Qu'est-ce que t'en dirais ? chuchota-t-il.

– Qu'est-ce que je dirais de quoi ?

Price le fixa avec un air soucieux, semblait-il, un regard presque tendre, et d'une voix pleine du bonheur d'une promesse il chuchota :

– Des gaufres. M'sieur, qu'est-ce que tu dirais de gaufres ?

Kunstler ouvrit la porte d'un coup de genou et donna une poussée à Price, le regarda tituber jusqu'au prochain immeuble. Puis il jeta un coup d'œil circulaire dans le petit hall, comme s'il craignait que quelqu'un d'autre puisse se trouver là sans qu'il l'ait remarqué. Après avoir pris une profonde inspiration, il remonta l'escalier pour rejoindre Inez.

La fille était toujours repliée au bout du lit, les jambes écartées, le visage aplati contre les draps, un pied commençant à glisser vers le sol. La lumière du couloir se refléta sur sa cuisse nue. Elle avait la bouche ouverte et la respiration agitée, bruyante. Kunstler la fit rouler sur le côté et réarrangea ses jambes.

– Tu devrais relever tes genoux contre ta poitrine, maintenant, comme ça, lui dit-il. J'ai entendu dire quelque part que ça marche mieux de cette façon – il s'allongea contre elle, et passa un bras autour de son corps pour la maintenir en position. Tu vois, chuchota-t-il. Maintenant on fait des câlins. Exactement comme tu aimes.

Il se demanda combien de fois il leur faudrait essayer pour que ça marche.

SECONDE PARTIE

1971

Kunstler allait devoir partir à sa recherche. Il n'avait pas le choix. Il avait manqué le boulot pendant deux jours, sans dormir, pour éviter que le garçon ne trouve sa mère seule à l'appartement s'il revenait, et pendant tout ce temps-là il avait monté la garde depuis la cuisine, installé sur un siège qui lui permettait de garder un œil sur la porte d'entrée en se penchant. Il fallait qu'il les tienne à l'écart l'un de l'autre, au moins jusqu'à ce qu'il sache quoi faire du garçon. Maintenant qu'elle se décidait enfin à retourner au travail, il allait pouvoir partir à sa recherche. Il n'avait pas d'autre choix, même s'il ne savait pas où aller, même s'il n'avait pas encore pensé à ce qu'il ferait quand il le trouverait.

Mais ça, ce n'est pas la vérité, se dit-il. En fait, il avait pensé à toutes sortes de choses – si *penser* était le bon terme pour désigner ces images fantomatiques qui lui apparaissaient par flashes. Il s'était même dit qu'il pourrait tuer le garçon, bien que son imagination ne soit jamais allée jusqu'à lui montrer sa mort à proprement parler, se bornant à lui suggérer le corps gisant immobile, intact, immaculé à l'exception de la blessure avec laquelle il était né, ce visage semblable à un ballon difforme. Et puis enfin, dans cette vision étrange qui peu à peu prenait forme, tandis que le garçon gisait là comme si son esprit l'avait quitté de son plein gré – l'abdication de la vie en guise de don, un acte de piété filiale qui épargnait à Kunstler les rumeurs de la mort, le lac sombre et lent du sang –, enfin même le visage du garçon fut lavé de toute défiguration et laissa place à un néant plein de douceur.

Il avait imaginé, aussi, qu'il pourrait se contenter d'attendre là et d'obliger le garçon à répéter ce qu'il avait dit, qu'il pourrait le secouer, le frapper si nécessaire jusqu'à ce qu'il prononce ces mots. Il voulait l'entendre les répéter assez souvent et assez fort pour qu'au moins il ne subsiste plus le moindre doute, et puis les répéter encore et encore jusqu'à ce qu'ils aient perdu leur sens, jusqu'à ce que lui-même perde la parole, jusqu'à la fin des temps ou bien leur mort à tous les deux. Il se dit que par le passé chaque problème avait eu sa solution, que sa sécurité n'avait toujours dépendu que de lui et de personne d'autre, et que ce serait pareil cette fois. Le garçon était jeune, un enfant : il pourrait le convaincre, le dissuader, le menacer. Il pourrait le frapper jusqu'à ce qu'il ne soit plus sûr de rien sauf d'une seule chose : Abe Kunstler était un homme. Il ferma les yeux et essaya de visualiser l'instant futur où il agirait ainsi, mais n'y parvint pas. Pendant une seconde bouleversante, ce fut le passé qu'il entrevit à la place : le visage de l'homme en train de s'effondrer, dans la cuisine en sous-sol.

Les doigts manquants de sa main droite se mirent à lui faire mal. Quel que soit l'endroit où ils avaient atterri, pourrissant dans une poubelle derrière l'usine, ou probablement enterrés quelque part sous une couche de crasse et de sentimentalisme pathétique par cet idiot de Jacks, et décomposés depuis jusqu'au néant, ils palpitaient à présent. Aurait-il moins mal s'il savait où ils se trouvaient ? Il laissa ses yeux se fermer tout en secouant la tête : il refusait de s'imaginer en train de supplier le garçon, ou qui que ce soit d'autre. Il n'implorerait pas. Qu'aurait-il eu d'ailleurs à implorer ? Il dirait au garçon que sa mère était morte, et puis jetterait dehors ce petit intrus plein d'ingratitude. Ensuite il rentrerait à la maison, où il raconterait la même histoire à la mère : le garçon était mort, on n'y pouvait rien. Il serait là quand elle pleurerait la nouvelle, cet enfant perdu trop tard, il lui proposerait un verre pour atténuer le choc. Une *cérémonie* : ce fut le mot qui lui vint à l'esprit.

Une cérémonie : il imagina Jacks sur le parking de l'usine avec un prêtre, une bible et une petite boîte garnie de satin pour les restes de ses doigts, la liturgie, le service funèbre accompli en miniature, une poupée en guise de prêtre dirigeant un corbillard jouet, tous proportionnels à la taille des défunts – la même que celle du cerveau de Jacks, ce nigaud. Kunstler faillit rire à cette idée. Il ne comprendrait jamais pourquoi la mère du garçon était si dévouée à ce gigantesque imbécile. Elle l'avait toujours été, même à l'époque où ils travaillaient ensemble à l'usine, de même que Jacks leur était dévoué à elle et au garçon, tous les trois ensemble. Jacks l'agent d'entretien débile, avec son seau à roulettes et son balai à franges de ménagère, tandis que Kunstler manœuvrait les bobines et les cabestans. C'était le bon vieux temps, et il le regrettait désormais : l'époque où il sortait tous les matins pour hurler jusqu'à ce que sa voix prenne vie. Il n'avait plus eu besoin de faire ça depuis des années. Le résultat était enfin stable, sa voix lui appartenait et il n'avait plus besoin de la reconstruire jour après jour. De même, lorsque le saignement avait fini par cesser il y a quelques années de cela, il n'avait plus eu besoin de cacher à la fille qu'il partageait avec elle la boîte de tampons de laine Modess sous le lavabo, la réapprovisionnant soigneusement grâce à une seconde boîte entreposée derrière la trappe sous la baignoire. C'était peut-être ces changements qui l'avaient rendu négligent, se disait-il, qui l'avaient encouragé à se montrer de plus en plus imprudent. La disparition progressive de ces routines devenues inutiles l'avait-elle rendu présomptueux ? Il ne se rasait même pratiquement plus. Il y reviendrait, se promit-il, il reviendrait à tout cela : *Je serai de nouveau moi-même*, se dit-il en songeant à ce visage jeune aux traits durs dans le miroir d'un sous-sol, tant d'années auparavant, et de nouveau il entrevit une image de l'homme, mort, mais il se força à sortir de sa rêverie et cligna énergiquement des yeux pour chasser la vision. Éveillé ou endormi, ces derniers temps il ne cessait de rêver de l'homme.

Inez était là. « Je vais y aller », dit-elle. Kunstler leva les yeux vers elle depuis son siège près de la petite table, la ceinture défaite, sa chemise à manches courtes déboutonnée et son maillot de corps dévoilant le bord bleu effiloché de son bandage. Des auréoles de sueur tachaient déjà le tissu en polyester sous ses aisselles.

– Tu travailles aujourd'hui ? demanda-t-elle – elle se tourna vers l'horloge qui faisait tic tac sur l'étroit plan de travail. Mais tu ne commences que dans plusieurs heures. Comment ça se fait que tu es déjà debout ?

Elle l'observait, debout à la porte de cette cuisine toujours à peine plus large qu'un couloir, le même espace aux mêmes dimensions dans un autre bâtiment mais pas suffisamment différent, l'escalier toujours raide comme une montagne, la minuscule chambre toujours remplie par les mêmes lits jumeaux, que le temps avait rendus creux et bancals. Rien n'était neuf, tout était défraîchi, aucun revêtement n'était intact : le linoléum était usé jusqu'au bois, l'émail du lavabo s'en allait, révélant le fer noir en dessous. La peinture et le plâtre tombaient des murs et des plafonds, et les fenêtres faisaient un bruit de ferraille dans les cadres auxquels elles n'étaient plus ajustées. Même si elle ne disait jamais rien à ce sujet, il savait qu'elle était déçue. Il pouvait sentir sur elle l'odeur de cette déception. Il ne bougea pas.

Inez le tira de sa rêverie en posant la main sur son épaule.

– Regarde-toi, t'es à peine réveillé. Est-ce que t'as dormi ne serait-ce qu'un tout petit peu ? demanda-t-elle – mais il remarqua qu'elle lui parlait sans vraiment le regarder.

– Peut-être, répondit-il, passant sa main valide sur son visage pour chasser la sueur le long de sa mâchoire.

On aurait dit qu'il venait seulement de se souvenir qu'il faisait chaud.

– Qui sait.

Il ramassa son paquet de cigarettes ouvert sur la table, mais s'arrêta avant d'en prendre une. Il se leva.

– Eh bien, reste, Abe. Repose-toi – elle approcha brièvement sa paume ouverte du visage de Kunstler, mais ne le toucha pas. Tes doigts te font mal ? À cause de l'humidité ?

– Même si c'est le cas, faut quand même que j'y aille, répondit-il.

– Je fais des heures supplémentaires cette semaine. Tard le soir, payées cinquante pour cent de plus. On peut se permettre que tu prennes un jour de congé.

– Non, faut que j'y aille, répondit-il en secouant la tête. J'ai déjà manqué trop de jours. Ils sont en train de se mettre en pétard contre moi à la direction, et je ne peux pas leur en vouloir, même si ce sont des sales fils de putes.

Elle acquiesça, puis demanda d'une voix douce :

– Art est toujours avec ses amis ?

– Eh oui, répondit-il. Parti en vadrouille avec ces jeunes hippies, là.

– Il a téléphoné ? Il t'a donné un numéro ?

Abe fixa de nouveau ses cigarettes.

– Je l'entendais à peine. Ils étaient quelque part, à une fête. C'était bruyant.

– Il a appelé quand ?

– L'été, c'est rien qu'une fête permanente, pas de différence entre le jour et la nuit. Quand ils ne sont pas à l'école, les gosses d'aujourd'hui ne bossent pas comme nous on faisait, ils ne font que traîner à écouter cette musique, là. Il devrait être en train de travailler, à l'heure qu'il est. Un job d'été, pour lui apprendre un peu le sens des responsabilités, plutôt que de passer son temps en vadrouille.

Inez acquiesça de nouveau. Il savait qu'elle ne le contredirait pas. Elle ne le contredisait plus jamais. Il se demandait même si elle se rendait compte qu'il mentait, ou non.

– Tu veux un coup de main pour tes boutons de chemise ?

– Ne fais pas ça, hurla-t-il. Ne recommence pas à me materner comme ça, nom d'un chien. Bon Dieu, tu vois c'est ça, c'est ça…

Il fut incapable de terminer. Il secoua la tête de colère silencieuse et passa précipitamment devant elle pour rejoindre la chambre au bout du petit couloir sombre, respirant bruyamment, la boucle vide de sa ceinture cliquetant à chacun de ses pas.

Inez se dirigea vers la porte d'entrée et ouvrit les verrous d'un coup sec. Elle avait laissé la chaîne défaite au cas où Art rentrerait à la maison. Pendant un instant ils restèrent tous les deux silencieux, puis, presque dans un murmure, elle ajouta : « Peut-être… », mais sembla se raviser.

Elle reprit en adoptant un ton forcé, enjoué :

– Tu peux peut-être demander à Jimmy de conduire. Tu pourras te reposer un peu, comme ça.

Kunstler s'adossa au mur, le corps immobile à l'exception des bruits de succion de sa respiration laborieuse. Formant une pince avec le pouce et l'annulaire, il entreprit d'attraper une cigarette, mais la laissa retomber dans son paquet froissé. Il finit par reprendre la parole :

– Conduire, c'est mon boulot. Où j'ai foutu mes chaussures, bon sang ?

Une fois qu'il eut entendu la porte d'entrée claquer, il prit le vieux ticket de caisse dans sa poche arrière et le relut : *Magasin de disques « Chez Rudy ». Article... $ 5,98.* Le bout de papier datait d'au moins deux ans, mais c'était jusqu'à présent la seule chose trouvée dans la chambre du garçon sur laquelle figurait une adresse. Ce dernier s'en était servi comme marque-page. C'était ridicule qu'un gamin qui n'avait jamais eu un boulot ait de l'argent à dépenser dans ce genre de trucs, qu'il puisse se payer des babioles et des saletés. N'était-ce pas là un témoignage de la vie que Kunstler lui avait offerte, à cet envahisseur qui avait volé la place, l'existence destinée à un autre, à un garçon solide capable de devenir un homme, un vrai, un homme qui pourrait prendre la suite de celui qui était mort et recueillir l'héritage que Kunstler portait en lui ? Et pourtant il avait subvenu aux besoins de cet usurpateur, ce changelin. Nul père, pensait-il, ne pourrait mériter la reconnaissance de son enfant davantage que lui.

Et celle de la mère du garçon, aussi. Ne l'avait-il pas portée pour franchir le seuil de leur appartement ? N'avait-il pas mangé avec une solennité toute familiale les repas qu'elle préparait, et accepté son désir pressant de vie domestique, accepté le percolateur électrique et les bibelots ridicules, les tasses avec leurs soucoupes, les taies fleuries pour les oreillers, les lits jumeaux coordonnés achetés à crédit ? Et n'avait-elle pas de son côté conclut leur arrangement en acceptant son corps tout habillé près du sien nu, ses mains inquisitrices, alors que tout ce qu'elle voulait et préférait c'était faire des câlins, et en disant le matin d'une voix douce, en guise de témoignage de sa soumission, ce serment qui scellait leur union même si elle détournait les yeux : « C'était bien hier soir », tout ce en échange de quoi il lui avait donné un enfant ?

Par la fenêtre, Kunstler vit que le soleil était en train de se lever. L'éphémère fraîcheur du matin allait bientôt s'évaporer dans la chaleur bouillante. Deux grosses mouches d'été bien mûres bourdonnaient stupidement contre la moustiquaire. Il remit le papier dans sa poche et s'attela à la longue tâche de boutonner sa chemise.

*

* *

Se servant de la pince formée par sa main droite, Kunstler rétrograda ; le camion ralentit. Il scrutait le trottoir plutôt que la rue. À l'angle, ils passèrent devant un immeuble qui semblait presque vidé de ses entrailles, des traces zébrées de noir d'incendie au-dessus des fenêtres. Jimmy leva les yeux du bouquin qu'il était en train de lire.

– Oh, la vache, t'as vu cet endroit ! fit-il – il enleva sa basket du tableau de bord et se redressa sur son siège. Je crois pas être passé dans le coin depuis les émeutes, mec. C'est un sacré truc, putain.

Devant une devanture désertique se trouvait un groupe d'hommes âgés, tous noirs, assis sur des chaises de bureau boiteuses et rouillées, recouvertes de boursouflures de scotch argenté. D'autres hommes plus jeunes vêtus de chemises moulantes, avec des têtes semblables à des boules de coton noir, étaient accoudés au large capot d'une berline au toit en vinyle. Il leur sembla que la plupart des visages pivotaient imperceptiblement quand le camion passa en trépidant, mais à part ça personne ne bougea. Une femme se pencha dans l'embrasure d'une porte, les yeux fermés. Le camion aux vitres baissées fut envahi par une odeur d'ordures estivales et d'essence, celle des tripes carbonisées de l'immeuble en ruine. La roue avant droite se prit dans un gros nid-de-poule et fit valser et tanguer tout ce qu'il y avait dans la cabine.

– Bon Dieu, y a un truc qui tourne pas rond.

Jimmy extirpa son classeur d'entre les sièges, et se mit à en feuilleter les pages.

– Je sais pas.

Kunstler l'ignora, de même que les hommes debout ou assis dans la chaleur et la femme à sa porte ; il avait le regard fixe, et même sa façon de s'exprimer laissait penser qu'il se croyait totalement seul, ne se souciant guère d'être entendu par-dessus le bruit du moteur et de la ville autour d'eux.

– Tu veux dire que tu ne sais pas si on a une livraison par ici ?

– Hein ?

– Abe, mec, c'est quoi ton problème ? On a une livraison par ici ou pas ?

– Ah bon, y en a pas ?

– Sans déconner, Abe, bon Dieu de merde. Donne-moi l'itinéraire. Allez, mec, l'itinéraire, hein ? L'itinéraire ?

Les yeux toujours braqués par-delà Jimmy sur la rue qui défilait lentement, cahin-caha, Kunstler tira un porte-bloc du rangement de sa portière. Jimmy le lui arracha des mains.

– Abe, mec, c'est quoi ce bordel ? On n'a rien à moins d'un million de kilomètres d'ici.

– Désolé, fit Kunstler, toujours avec le même ton et la même expression distante. Je me suis paumé.

– Paumé ?

– Y avait un magasin de disques dans le coin, autrefois.

– Tu te fiches de moi ? Enfin quoi, y avait des tas de foutues conneries autrefois, mais on a du boulot. C'est quoi ce bordel ?

L'air interrogateur du jeune homme traduisait toute sa confusion et son agacement, et pendant un instant Kunstler se laissa aller à rêver de lui effacer cette expression de la figure, pour lui substituer le masque ahuri de la douleur. Mais il opina simplement du chef, comme si Jimmy lui avait présenté ses condoléances. Il reprit :

– J'ai pas dormi, ça fait deux nuits. C'est peut-être la chaleur, ça me fait mal à la main. Faut croire que je me suis paumé, voilà tout. C'est pas comme si tu m'aidais, hein ? T'es là les pieds en l'air et le nez dans ton bouquin, comme si t'étais dans ton salon. Alors dis-moi simplement où on va, maintenant.

Jimmy le dévisagea de nouveau, mais Kunstler ne lui rendit pas son regard. Il n'avait pas l'air fâché, ni désolé, ni même inquiet qu'ils soient perdus. Il avait simplement le regard fixe, comme s'il scrutait quelque chose à un million de kilomètres de là, quelque chose dont il essayait de se remémorer la forme.

– À partir d'ici ? D'ici, mec, c'est comme… Bon et puis merde, j'en sais rien. Laisse-moi une seconde. Un magasin de disques, bon Dieu de merde. Si tu veux de la musique, mec, allume la radio. Maintenant on va être en retard sur tout, putain. Les types à la direction, ils vont nous faire chier comme jamais si on ne décharge pas tout ce qu'il y a dans ce camion avant la fermeture.

– Ouais, fit Kunstler en scrutant les immeubles qui défilaient.

Qu'est-ce qu'il y avait d'autre dans la chambre du garçon ? Il essaya de réfléchir. Le lit simple, défait, et, éparpillés sur le petit bout de linoléum écaillé qui recouvrait le sol, une collection d'objets si hétéroclites qu'il avait eu du mal à se concentrer sur un en particulier. Qu'est-ce que c'était ? Il avait vu des manuels scolaires, de maths et d'histoire. Il y avait des vinyles, et le tourne-disque portatif responsable à lui tout seul du boucan perpétuel, maintenant qu'Inez s'était enfin décidée à arrêter de mettre cette foutue radio tout le temps. Il y avait des magazines avec un tas de hippies déguisés en couverture. Quelques photos du garçon et de ses amis punaisées au mur, près du lit. Des bougies à moitié consumées, un tas de vêtements sales du garçon sur la chaise : rien.

Quand le camion atteignit l'extrémité du pâté de maisons, il passa au point mort ; le long levier de vitesse trépidait contre sa paume ouverte, frottant contre les excroissances de ses doigts manquants. Il n'y avait pas d'autres véhicules dans la rue, et ils restèrent silencieux un moment. La sueur dégoulinait le long des tempes de Kunstler, et sa chemise était trempée aux endroits où elle collait au siège en vinyle, mais il ne fit pas un geste pour se rafraîchir ou se sécher. Il se contenta de rester assis et de regarder dans le vide, ses lèvres remuant légèrement de temps à autre.

– Ça y est je vois, fit Jimmy, en sortant un bandana de son jean pour s'essuyer le visage. On ferait mieux de prendre à droite.

– O.K.

– Alors ? Abe ? Tourne à droite.

– Oui, oui, fit Kunstler.

Il sortit une cigarette de sa poche de chemise et l'alluma à l'aide d'un briquet en plastique. Il pensa aux photos sur le mur du garçon. Pendant un bref instant, il songea à pousser Jimmy hors de la cabine pour rentrer tout droit à l'appartement les examiner, lui balancer de toutes ses forces un coup de talon dans la poitrine ou dans la tête et l'abandonner en pleine rue, à courir en vain derrière le camion. Il pensa à la petite bouteille de gin, aussi, celle qu'il gardait dans le rangement de la portière, un bout de plastique en forme de flasque qui l'aiderait tellement à réfléchir, si seulement il pouvait boire un peu de son contenu. Kunstler plia ses doigts en pince et tourna les yeux vers Jimmy.

– Bon Dieu, Abe. Tu veux que je conduise ?

Kunstler secoua la tête.

– Tu massacres l'embrayage.

Il repassa en première et tourna en tirant à deux mains sur le volant.

À la première livraison, Jimmy entra pour avoir une signature et demander que l'on ouvre la porte de la réserve. Pour accélérer les choses, Kunstler déchargea les cartons du hayon et les empila sur le diable. Peut-être, se dit-il, ferait-il mieux de commencer par la mère de l'enfant : il irait la voir, lui dirait que le garçon était mort. Il lui servirait un verre pour la réconforter, du vermouth avec un peu de gin, rien de trop fort pour commencer, juste assez pour engourdir la douleur. Cela faciliterait le processus qui la mènerait jusqu'au point où dans son chagrin elle pourrait retrouver ce lien que la nécessité tissait entre eux, se retrancher avec lui entre les murs tournoyants de son ivresse. Pendant sa grossesse, il y avait eu cette nausée qu'elle prétendait ressentir à la seule odeur de l'alcool, mais c'était il y a longtemps. À présent c'était Kunstler qui se sentait nauséeux. Il faisait chaud, vraiment chaud, le soleil était un chancre blanc et béant dans le ciel d'où suppurait la chaleur, les cartons étaient lourds, trop lourds pour une personne en fait. Il avait l'impression que son dernier verre remontait à des heures.

Mais mentir à la mère voulait dire empêcher le garçon de s'approcher d'elle, et cela ramenait Kunstler à son point de départ, au point où il en était déjà : chercher le garçon, errer dans la ville avec Jimmy accroché à ses basques, devoir chercher Dieu sait où. Et après, quoi ? Lui donner de l'argent pour qu'il s'en aille, d'une façon ou d'une autre ; ou s'il refusait de partir, le chasser. Kunstler se demanda avec désespoir depuis combien de temps le garçon avait prévu de balancer ses sales petites accusations. Depuis des heures, ou des années ? Bien sûr, cela importait peu tant qu'il les avait gardées pour lui. *Évidemment qu'il les a gardées pour lui*, pensa Kunstler. Tout le monde saurait que c'étaient des mensonges, après tout. C'était invraisemblable de raconter une histoire pareille sur quelqu'un qui était un père, un ouvrier d'usine, un homme marié, un soldat mutilé de guerre. Personne n'y croirait.

Non, se dit Kunstler, le garçon était un lâche, encore à remuer la boue pour trouver le courage de dire quelque chose. Était-ce cela que le misérable petit monstre était toujours en train de marmonner dans son sommeil, ces sons inarticulés qui tourmentaient tellement Kunstler, ces mimiques stupides ? Il avait raison depuis le début : dès l'instant où il était né, Kunstler avait su sans que le doute soit possible que l'enfant était une inversion grotesque de tout ce pour quoi il avait œuvré : au lieu d'un garçon fort et plein de vie, un avorton au teint violet, la lèvre fendue et retroussée comme une feuille. Ce n'était pas son fils.

Curieusement, Inez ne vit pas que tout cela était une supercherie, et elle insista pour qu'ils jettent leur argent par la fenêtre pour tenter de donner au garçon un visage normal, alors que tout le monde savait que si ç'avait été un chien, né avec de telles difformités, ils l'auraient noyé. Le pire, c'était que l'arrivée du garçon avait privé Kunstler de toute possibilité de recommencer, parce que cette chose accaparait toute l'attention de la fille, toute son affection – parce qu'elle l'aimait. Elle qui avait si souvent été aveugle se rendait bien compte que Kunstler était déçu. Il n'avait plus la place nécessaire en lui pour le dissimuler, pas avec tout le reste, pas après toutes les autres défaites, les déboires et les désillusions, après avoir perdu l'usine et donc l'argent qui lui permettait de garder la voiture et l'appartement dans leur ancien quartier. Il pensa à ses doigts perdus, reliques de son ancienne vie désormais désintégrées jusqu'à l'os.

Il s'était attendu à ce qu'une fois le bébé sorti d'elle Inez redevienne elle-même, qu'ils retrouvent leurs habitudes, leurs endroits, qu'ils retournent boire et danser. Il avait attendu avec impatience de pouvoir replonger dans ces nuits de contact alcoolisées, quand le corps nu de la fille lui appartenait, mais au lieu de ça celui-ci lui avait échappé. Il aurait volontiers continué à essayer avec elle, à faire tout ce qu'il faudrait pour avoir un vrai fils, le fils véritable qui était son objectif et son droit, son offrande à l'esprit de l'homme mort qui lui-même était le véritable père de Kunstler, réassemblé en lui.

Parfois le dimanche après-midi, avant la naissance du garçon, Kunstler et sa petite amie mettaient leurs plus beaux vêtements pour se promener dans Trenton en se donnant le bras, un homme et une femme parmi les autres profitant du soleil. Ils s'arrêtaient de temps en temps pour s'asseoir sur un banc, et là elle posait la tête sur son épaule tandis qu'il lisait le journal. Nul passant n'aurait rien pu trouver à redire au sujet de Kunstler et de sa petite amie. Il ne lui avait jamais été infidèle.

Quand ils en eurent fini avec les cartons il remonta dans la cabine et but au goulot de la bouteille en plastique. Il se sentit tout de suite mieux : moins échauffé, moins embrouillé. Une solution était possible, même s'il ne voyait pas encore clairement comment s'y prendre. Jimmy lui faisait signe de la main dans le rétroviseur latéral. Kunstler se détourna et but de nouveau une longue rasade de gin qui lui éclaircit les idées, puis glissa la flasque dans le rangement de la portière, redescendit et fit le tour jusqu'au hayon abaissé.

Jimmy se plaignait.

– T'aurais pas pu mettre le diable sur le trottoir d'abord, Abe ? Maintenant va falloir qu'on soulève toute cette pile de trucs jusque-là.

– Je parie qu'on peut y arriver, et que ça va pas nous tuer, répondit-il – mais la bordure était haute et c'était plus difficile que prévu.

Il dut soulever depuis le caniveau, et quand le diable finit par se dégager d'un coup pour atterrir sur le trottoir il fit un bond en poussant un bref cri de douleur.

– Qu'est-ce qu'il y a ?

– Merde, fit Kunstler, mon pouce s'est coincé dans le châssis.

C'était sa mauvaise main. Le sillon autour de son ongle était en train de se remplir de sang et la peau changeait déjà de couleur.

– Merde, acquiesça Jimmy. Bon, occupons-nous de ça, et quand on sera à l'intérieur on pourra voir s'ils ont de la glace ou autre chose.

Jimmy prit le diable et Abe le suivit le long d'une ruelle de briques et de béton, jusqu'à une porte de livraison en métal couverte de graffiti. À l'intérieur les attendaient deux hommes noirs, le torse nu sous leur bleu de travail. « Entrez », fit l'un d'eux, agitant une main gantée comme s'il était en train de guider un rouleau compresseur ou une locomotive. L'espace était encombré, et pour suivre les clients à l'intérieur il fallait suivre un chemin étroit et sinueux dans la pénombre, entre des colonnes de cartons qui montaient jusqu'au plafond. Plusieurs fois, Abe dut se pencher pour aider Jimmy à faire passer le diable de profil. Il s'appuya à l'une des colonnes pour reprendre son équilibre.

– Fais gaffe, lui dit Jimmy. À pas…, tu sais.

– À pas quoi ?

– À pas mettre du sang partout, répondit Jimmy en chuchotant.

Abe constata que sa paume en était déjà couverte. Il s'essuya la main sur son pantalon.

Le diable se coinça de nouveau, et cette fois le pied d'Abe se prit dedans quand ils le firent pivoter. Il se mit à jurer.

– Et puis à quoi ça leur sert à ces gens de garder toutes ces merdes, bordel ? lâcha-t-il.

Jimmy se tourna vers les clients.

– Faites pas attention à lui. Il croit blaguer, mais il n'a plus le même sens de l'humour depuis le débarquement. Stress post-traumatique, vous voyez ?

Une fois ressorti dans la ruelle, Jimmy s'adressa à lui :

– T'as du sang partout sur ta chemise.

Kunstler baissa les yeux sur celle-ci et haussa les épaules.

– Fallait bien qu'il finisse quelque part, vu que ça devait pas être sur leur précieux sol. T'as pas demandé.

– Demandé ?

– Pour la glace.

– Ouais. Je pensais pas qu'ils auraient très envie de t'aider. Au cas où tu te demanderais pourquoi : c'est parce que t'as eu l'air d'un vrai connard. Y aura peut-être une épicerie sur le chemin où on pourra s'arrêter et te trouver un truc – Jimmy sortit son bandana et le tendit à Abe. Comme ça on pourra se mettre encore plus en retard, et je pourrai rentrer chez moi juste à temps pour repartir bosser demain.

– Va te faire foutre, fit Abe – mais il accepta le bandana et l'enroula autour de son pouce.

– C'est ça, répondit Jimmy. Je sais, mec. Toi aussi – mais Kunstler était déjà en train de retourner au camion en vitesse.

Il avait des choses à faire. Il devait élaborer une solution, et pour ça il fallait qu'il trouve le garçon. Il y avait trop de choses en jeu. Tout le reste n'était que perte de temps. *Que la douleur te serve de rappel*, se dit-il.

– Je crois que ça me rend nerveux, c'est tout, expliqua Art à Bets tandis qu'ils mettaient des draps sur le petit lit pliant, dans l'étroite pièce du fond, crasseuse et étouffante.

Les draps étaient vieux et propres, mais déjà moites à cause de la chaleur. L'été avait tout ramolli : le goudron des rues, le bourdonnement des grosses mouches obèses, les vêtements des gens, les tiges des fleurs qui ployaient dans le parc, l'air devenu poisseux. Le monde entier gisait terrassé, tout était exténué, accablé par l'humidité. Art remarqua – car bien sûr il regardait malgré lui – que par cette chaleur même les tétons de Bets, douillettement nichés sous son débardeur, étaient trop paresseux pour se redresser. La petite chambre était particulièrement surchauffée, bien qu'elle se soit retrouvée ouverte à tous les vents comme les autres pièces quand, dans un brutal et mystérieux accès de rage, Dion s'en était pris aux portes de l'appartement, les arrachant pratiquement de leurs gonds.

– Je crois qu'en fait je n'aime pas l'idée que les gens puissent me voir quand je dors, quand je ne me contrôle pas, tu comprends ? ajouta Art.

Et Bets, se balançant sur ses pieds nus de sorte que sa jupe à fleurs ondulait comme l'herbe d'une prairie, lui demanda gaiement, le taquinant avec gentillesse mais tout de même une pointe de curiosité sincère :

– Eh ben, tu m'expliques alors qui peut bien te contrôler quand tu dors, si c'est pas toi ? – et pour dissimuler son sourire elle laissa le rideau de ses cheveux sales se refermer sur son visage.

Bets racontait parfois pour plaisanter qu'il l'avait suivie depuis le parc jusque chez elle comme un chiot égaré, et dans des moments comme celui-là Art savait qu'elle n'était pas loin de la vérité : il ne pouvait pas lui dire que chez lui une porte ouverte avait toujours été quelque chose de redoutable, une faille à travers laquelle un océan aurait pu déferler pour l'engloutir. Tel un chien battu, il avait honte de s'être si totalement résigné à l'univers de sa famille, honte que quelque chose d'aussi anodin que tourner une poignée de porte quand son père était à la maison ait fait naître en lui une terreur si tenace et si profonde que, face au mur éventré par Dion, la part inconsciente de son être avait envie de fuir, voyant dans cet espace vide une aberration dans l'ordre naturel des choses, un dangereux sacrilège.

Art avait assimilé le danger avant même le jour où oncle Jacks était apparu dans l'encadrement de leur porte sur le palier, vêtu de son bleu de travail et aussi hésitant qu'un inconnu, exhalant de sa bouche ouverte une buée hivernale tout en le fixant à ses pieds – il n'était alors qu'un petit enfant, qui n'allait peut-être même pas encore à l'école. Le géant laissa Art crier : « C'est oncle Jacks ! » avant de solliciter et recevoir sa toute petite main dans ses énormes doigts glacés et d'emprunter avec lui l'étroit couloir, l'enfant et le colosse se servant mutuellement de guide, le petit en chaussettes s'efforçant de glisser pour faire les plus grands pas possibles jusqu'à la cuisine, où sa mère les attendait. Elle pâlit quand Jacks lui annonça de sa grosse voix monocorde que quelque chose s'était passé, qu'il y avait eu un accident, répétant « donc voilà » encore et encore, comme une litanie :

– Donc voilà, et je suis venu pour te le dire.

Pendant tout ce temps-là il tenait la main d'Art dans la sienne comme on trimbale un bout de papier qui part en miettes et qu'on n'ose pas lâcher. Il ne le laissa pas, même quand la mère d'Art baissa la tête et se mit à pleurer en demandant d'une voix étrangère, qui sombrait vers des profondeurs inconnues de celle qu'elle avait d'ordinaire :

– Quel genre d'accident ?

La façon dont son visage se liquéfia et s'empourpra emplit Art de terreur, et il voulut s'enfuir, courir se cacher. Il essaya de se dégager, mais Jacks ne semblait rien remarquer, se contentant de lui tenir la main, une masse énorme qui n'exerçait en réalité aucune contrainte, mais à laquelle il était tout de même impossible d'échapper.

– Il n'a pas dit un mot, rien à personne, dit Jacks. Donc voilà, il est juste parti, faut croire. Les gens ont entendu un bruit, mais quand ils sont arrivés à sa machine il n'était pas là. Ils l'ont cherché, tu sais, tous les gars, ils ont suivi le… Ils ont essayé de le retrouver.

Art ne savait pas exactement combien de jours s'étaient écoulés avant que son père ne réapparaisse enfin, de la même façon. Lui aussi se tenait dans l'encadrement de la porte comme si c'était la première fois, les yeux dans le vague : jamais ils ne s'étaient attardés de gaieté de cœur sur le garçon, mais cette fois c'était pire. Son regard glissa même sur la mère d'Art, que cette attente angoissée avait laissée si exténuée qu'elle avait bien failli ignorer les coups pitoyables frappés à la porte. Elle les avait pris pour autre chose, murmura-t-elle, elle avait cru, peut-être, aux pétarades d'un moteur sur le point de tomber en panne quelque part au loin.

Le père d'Art était chancelant, vêtu des vêtements trop grands d'un autre homme, le bras droit enveloppé dans un bandage d'un blanc sale qui formait une énorme massue d'où les doigts qui lui restaient dépassaient comme des yeux de limace, avec autour du cou, noué en guise d'écharpe, ce qui était, découvriraient-ils plus tard, un chandail d'enfant déchiré. Abe vacilla un moment comme s'il était sur le point de tomber à la renverse avant de se traîner finalement à l'intérieur, Inez et Art à sa remorque, jusqu'à la chambre où il tira les rideaux, se mit au lit dans le noir et dit d'une voix cotonneuse qui ne lui appartenait pas davantage que le manteau dans lequel il était couché :

– Ne me touchez pas. Vous n'avez pas intérêt à me toucher.

Puis il dormit en gémissant tant que dura le stock de cachets qu'il avait rapporté à la maison, fourrés en vrac dans la poche du pantalon d'un autre homme. Quand l'effet du médicament se dissipait, le père d'Art se réveillait en sursaut avec un grincement inarticulé de douleur, fouillait sa poche pour attraper et croquer un nouveau comprimé, serrant ses paupières crispées et berçant son bras contre son corps jusqu'à retomber enfin dans sa délirante torpeur médicamenteuse.

Art se glissait parfois furtivement devant la porte de la chambre de ses parents pour écouter, accroupi sur le seuil comme s'il relevait un défi, tourmentant la fente de son bec-de-lièvre du bout d'une langue anxieuse, mais la violence avec laquelle son père s'agitait et l'intensité déchirante de ses gémissements finissaient toujours par le faire fuir. Même quand il était avec sa mère à la cuisine, ou étendu sous son lit, dans la sécurité de la pénombre poussiéreuse, Art pouvait entendre son père souffrir le martyre et aboyer par intermittence « ne me touchez pas » à travers le voile de peur et de douleur engourdies, à l'adresse du néant peuplé de fantômes, des mains importunes de spectateurs qui n'existaient pas, et puis, quand il n'y eut plus de cachets et qu'il passa à l'alcool, réclamer en hurlant du whiskey qu'il buvait à grandes lampées à même le goulot tandis que sa gorge s'activait comme un piston et que le liquide ruisselait sur son visage et ses vêtements. Chaque fois qu'Inez posait des questions ou faisait allusion aux docteurs, il répliquait par de féroces menaces.

Enfin Jacks fut convoqué. Il avait bien sûr attendu fidèlement et s'empressa de rappliquer au trot, enfin autorisé à rapporter le costume et le reste des affaires d'Abe dans le carton où on les avait mises après avoir vidé son casier, à l'usine. Kunstler mit tellement de temps à s'habiller dans la salle de bains que Jacks dut emmener Art en bas pour faire pipi derrière le bâtiment. Le garçon se cacha dans les hautes herbes folles qui poussaient autour de la trappe rouillée et gondolée du sous-sol, son urine fumant dans l'air froid de l'hiver. Et là, dans cette arrière-cour jonchée de déchets, le géant s'était mis à déverser d'un coup un flot de paroles, comme s'il avait attendu tout ce temps que quelqu'un lui pose la question et venait enfin de comprendre que personne ne le ferait, et qu'il parlait donc à la seule personne qui ne risquait pas de le juger pour son innocence aussi pleine de gentillesse qu'agaçante. Il s'adressa au dos d'Art, et lui parla des doigts qui étaient par terre à côté de la machine d'Abe Kunstler, deux petits tas de chair morte dans une flaque de sang, comme des poissons rouges dont on aurait renversé le bocal. Immédiatement le filet d'urine s'était tari et Art était resté figé, la main toujours dans la culotte, coincé dans cette position les jambes écartées, jusqu'au moment où oncle Jacks lui avait demandé s'il avait besoin d'aide pour fermer sa braguette et où Art avait acquiescé, hébété. Son père ne retournerait jamais à l'usine, et ses doigts, que Jacks avait enterrés en secret et avec soin dans une vieille boîte à savon, n'en étaient jamais sortis. On n'y fit jamais allusion, pas plus qu'au bec-de-lièvre d'Art, à la souffrance muette et réprimée de sa mère, à la blessure cachée de son père, et à toutes les autres choses – une liste opaque, changeante, aux limites incertaines – dont Abe était le seul à pouvoir parler. Ainsi il n'y avait pas de réponse possible quand il agrippait le visage d'Art et se plaignait, lui soufflant à la figure son haleine empestant le whiskey, que malgré tout l'argent gaspillé en médecins le gosse avait toujours une bouche de poisson, ou quand il se glorifiait de ses souffrances pendant la guerre. Un silence de plomb s'était refermé sur tout cela comme le couvercle d'une boîte, cadenassé par la peur, la réprobation et la colère inextinguible de son père. Même ce pauvre colosse d'oncle Jacks en avait peur.

– Ne dis rien à ton paternel, dit-il à Art tandis qu'ils enjambaient le béton défoncé autour du bâtiment pour regagner la porte principale. Ne lui dis pas que je les ai enterrés, les doigts je veux dire. Je crois qu'il ne serait peut-être pas content.

Art se conforma aux rituels familiaux avec la capacité d'adaptation sans faille d'un enfant. Il le fit naturellement, avec efficacité et sans poser de questions. Il se trouva d'instinct des portes à fermer rien qu'à lui, chercha refuge contre la fureur de son père en se cachant dans la penderie de l'entrée qui empestait la naphtaline et les chaussures, au milieu d'une forêt flottante et clairsemée de ceintures de manteaux, ou dans le réduit au bas de l'étroit placard de la cuisine, dont il apprit à tirer la porte sur lui en attrapant le loquet en métal recourbé, faisant attention à vite retirer ses doigts avant que le mécanisme ne s'enclenche dans son logement. Dans sa chambre, il se fabriquait une sorte de porte en se cachant derrière les draps et les couvertures qui pendaient de son lit. Il rampait sur le sol froid, avec ses jouets en guise de compagnie, et pensait aux doigts de son père dans leur sombre lac de sang, et à la salissure brune et régulière que ça avait laissée sur le sol en béton de l'usine d'après oncle Jacks, une piste qui avait conduit les hommes de la filière et leurs chefs horrifiés jusqu'aux portes principales du bâtiment, avant de se fondre sans laisser de trace dans les profondeurs noires de l'asphalte, au-dehors.

Et donc, quand Bets finit par quitter la petite pièce surchauffée en passant par la terrifiante brèche dans le mur sans porte, Art éteignit la lampe, s'installa avec précaution sous le lit tout juste fait, la mine coupable, et ne se débarrassa de son jean en se tortillant qu'une fois qu'il se sentit bien caché. Quand il était défoncé, il avait l'impression d'être conscient de toute chose, une sensation à la fois magnifique et angoissante, comme si le monde tenait tout entier au fond de ses orbites et qu'il pouvait le sentir sans le voir. Étendu là, il lui semblait percevoir le ventre de la pièce comme s'il le voyait de l'extérieur, ouvert en deux pour exposer l'assemblage incongru qui formait ses entrailles : le plâtre nu des murs, l'unique chaise, le lit d'appoint en métal, et lui-même.

Le couloir renvoyait juste assez de lumière pour qu'il puisse, une fois ses yeux accoutumés, distinguer le treillage de fil de fer torsadé au-dessus de sa tête et le matelas derrière, les lignes droites de la toile rayée qui le recouvrait, les taches sombres en forme de nuages. Sous lui, les lames irrégulières du plancher se dessinaient dans la poussière soulevée par l'air chaud de la pièce, qui s'insinuait dans ses narines.

Alors qu'il sombrait progressivement dans le sommeil, il pensa au corps entrevu de sous un lit dans la chambre de ses parents, le corps sec et ingrat de la maîtresse de son père, la rivale de sa mère. Il n'arrivait plus à se souvenir pourquoi il était allé se fourrer là où il n'était pas censé se trouver, comme sa terrible expérience le lui avait appris. Il se rappelait seulement qu'il avait cru être seul dans l'appartement jusqu'à ce qu'il entende son père : la toux et le pas appesanti par l'alcool approchant depuis le salon, progressant dans le petit couloir comme un orage au ralenti. Art s'était pelotonné pour se cacher le plus loin possible sous la voûte protectrice du lit, et quand les bruits avaient pénétré dans la chambre et qu'ensuite on avait tourné le verrou il avait enfoui son visage dans ses mains, comme si celles-ci étaient des portes à l'abri desquelles il ne pouvait être découvert. Des bruits indistincts et des murmures étouffés lui parvenaient comme une sirène dans le lointain, par-delà la peur qui palpitait et crépitait dans ses oreilles. Quand il osa finalement jeter un coup d'œil, il eut cette vision, passant un bref instant devant le rideau de draps et de couvertures à peine soulevé : une paire de jambes et des hanches maigres là où sa mère était pleine de rondeur et de douceur, le premier corps nu qu'il ait jamais vu et pour cette raison d'autant plus troublant, excitant, alors même qu'il lui inspirait de la crainte et du mépris. C'était la preuve de la trahison de son père, et cette vision ne pouvait être effacée, même si aussitôt Art se cacha de nouveau les yeux, se concentra dans l'espoir de parvenir à disparaître, puis resta recroquevillé là un temps indéfini jusqu'à reconnaître enfin le bruit de la porte de la chambre qu'on déverrouillait. Même alors il garda les yeux clos pendant l'éternité qui s'ensuivit, jusqu'au moment où il lui sembla entendre les chaussures de son père et le claquement de la porte d'entrée. Il se passa un moment encore avant que son cœur affolé ne ralentisse suffisamment pour qu'il puisse entendre si c'était bien le silence qui s'installait désormais.

Et déjà, alors qu'il détalait anxieusement dans le couloir jusqu'à sa propre chambre, c'était là, inexorable : une image qu'il n'avait jamais voulue mais qu'il emportait avec lui, tout comme il emportait avec lui le rictus de son bec-de-lièvre et le son de sa propre voix, une image qui s'inviterait dans ses rêves, s'immiscerait au milieu des visages et des corps imaginés des autres qu'il désirait, flotterait comme un reflet projeté sur ses fantasmes de Dion et de Bets. Elle s'insinua dans le souvenir de la fois où il les avait espionnés à travers le trou du mur sans porte de leur chambre, Bets chevauchant Dion, ses seins illuminés par une mince lame de soleil matinal. Cette nuit-là sous le lit de camp, son rêve prit une teinte plus sombre encore de savoir que Dion avait reçu son numéro au tirage au sort, et soudain les trois corps à la dérive furent rejoints dans l'esprit à moitié endormi d'Art par les images terrifiantes et sanglantes de la guerre à la télévision.

*

* *

Dion était devenu différent. C'était le tirage au sort qui l'avait changé. Ça n'avait rien de surprenant, et pourtant Art était surpris. Il avait cru, quelque part en son for intérieur, que Dion était aussi imperturbable, aussi absolu et aussi distant que le temps qu'il faisait. Il avait toujours paru inébranlable, précisément dans les situations qui mettaient Art au supplice, et qu'il trouvait même presque impossibles à supporter.

Cette sérénité était envolée à présent. Le changement était advenu lentement – si lentement qu'il aurait bien du mal à identifier le moment où ça avait commencé, à dire si c'était des jours ou même des semaines avant le tirage au sort que Dion avait commencé à montrer des signes d'inquiétude, comme si l'avenir lui adressait des avertissements qu'il décodait, heure par heure. Même Bets n'avait pas encore compris que c'était à la conscription qu'il pensait le soir brûlant et oppressant où il avait arraché les portes, s'activant avec férocité, sans chercher à comprendre et sans explications, pour finir couvert d'égratignures et de coupures sur ses bras et sa poitrine nus, de petites touches de rouge sur sa peau olivâtre. Bets tenta seulement de protester brièvement au sujet de la porte de la salle de bains, mais celle-ci tomba quand même. Tandis que Dion se déchaînait dans l'appartement, elle et Art restèrent couchés par terre dans la cuisine, juste tous les deux, à se passer un joint en contemplant les motifs dessinés par les éclats de lumière que les réverbères projetaient sur la jungle de fougères de Bets. Art dit que cela lui rappelait une fois où il s'était glissé dans la chambre de ses parents en pleine nuit et avait été induit en erreur par un enchevêtrement déroutant de rais de lumière provenant de la rue, si ténus qu'ils étaient totalement dépourvus de profondeur, mais qui semblaient pourtant dessiner en creux l'entrée d'un tunnel. Cette forme se reflétait dans un grand miroir au mur, de sorte que la chambre paraissait se refermer sur elle-même, et il s'était retrouvé totalement désorienté. Soudain il prit peur, ses gestes se firent précipités, et il finit par trébucher sur quelque chose dans le noir. Son père avait été furieux qu'il l'ait réveillé.

Bets dit quelque chose, mais Art ne l'entendit pas ; dans la fumée de l'herbe et cette lumière en filigrane il avait eu une vision de l'étrangère, la femme à la poitrine sèche, le corps qui hantait ses rêves. Il entendit de nouveau ces bruits, le pas de son père et sa respiration sifflante qui l'avaient poussé à se réfugier sous le lit vide de la chambre de ses parents, dans l'obscurité pour que le vieux ne le trouve pas en train de fouiner dans l'appartement en quête de sa mère pour le consoler. Art n'était pas censé entrer dans cette pièce, il avait été puni pour cela à maintes reprises, mais il voulait sa mère malgré tout et longea donc à pas de loup le couloir plongé dans le noir, prenant garde de ne pas se cogner les orteils, les deux mains tendues devant lui pour se guider le long du mur jusqu'à ce que ses doigts rencontrent le chambranle de la porte de ses parents. Sa propre respiration sifflait comme du vent dans ses oreilles, et s'étant mis à quatre pattes il poussa la porte pour entrer. Les gonds gémirent doucement. Un afflux de sang et de terreur inonda son crâne et il attendit, le cœur saisi de spasmes si violents qu'il eut l'impression que tout son corps allait faire un bond. Il n'osa pas bouger d'un pouce jusqu'au reflux de son sang bouillonnant.

Il dut attendre avant de demander à Bets de répéter ce qu'elle avait dit.

– J'ai dit : je trouve ça beau, lui répondit-elle. La lumière qui passe à travers, comme ça.

Art aspira une longue bouffée et explora les arêtes de son bec-de-lièvre du bout de la langue, avant de souffler la fumée. Plus jeune, il détestait le miroir dans la chambre de ses parents : c'était le seul de l'appartement qui était placé assez bas pour lui montrer ce qu'il n'avait surtout pas envie de voir, la déchirure, le nez de travers au-dessus du tortillon de la bouche. Il n'y avait guère que dans le noir que ce miroir pouvait lui offrir la moindre illusion.

– Oui, finit-il par répondre. Je trouve aussi.

– Tu vas retourner en cours, à l'automne ? demanda brusquement Bets.

Il prit une minute pour réfléchir avant d'admettre :

– J'en sais foutrement rien.

– Je trouve que tu devrais, Art. Je le pense, vraiment.

– Dion dit que le lycée c'est du lavage de cerveau.

– Il dit aussi que ce qui compte avant tout c'est de la jouer stratégique. Et si la guerre n'est pas terminée quand tu auras fini le lycée ? T'as de meilleures chances d'obtenir un sursis si t'es à l'université. Surtout que t'es fils unique, tu pourrais dire que t'as besoin de ces études pour aider ta famille.

Au mot *famille*, il émit un grognement. Elle roula alors sur elle-même pour le serrer dans ses bras, et lui dit à l'oreille :

– Bébé, je m'inquiète déjà tellement pour Dion. Ne m'oblige pas à m'inquiéter pour toi aussi. Pas déjà – Art se dégagea pour qu'elle ne remarque pas son érection.

Après le tirage au sort, Dion et Bets s'étaient disputés. Art ne les avaient jamais entendus comme ça auparavant : Bets hurlant qu'elle allait le conduire immédiatement au Canada, Dion qui refusait, des éclats tellement différents des bruits qu'ils produisaient habituellement quand ils étaient seuls : chuchotements, sexe et parfois le son rauque du rire de Bets, le bruit d'un homme traversant une étendue de feuilles mortes en traînant des pieds. Quand la dispute fut terminée, Dion ne fit aucun commentaire et se contenta de prendre Art par le bras et de le traîner jusqu'au toit par l'escalier de secours, sous la lumière déclinante du soleil couchant. Puis, là-haut, Art contempla avec impuissance Dion qui faisait les cent pas en fumant tout un paquet de cigarettes et un pochon d'herbe à dix dollars. C'était comme si sa nature même avait été déformée par la fébrilité de ses pensées, qui fusaient pour explorer toutes les issues possibles, les prisons et les champs de bataille, la douleur et l'horreur, l'enfermement et la répression. Art fut saisi d'un tel effroi qu'il battit en retraite en redescendant dès qu'il le put l'échelle branlante jusqu'à la cuisine, laissant Dion hurler dans la nuit.

– Tu sais qu'il ne faut pas qu'il y aille, lui dit Bets – elle était à table, fixant une tasse de thé à laquelle elle n'avait pas touché, le visage gonflé d'avoir pleuré. Ils ne peuvent pas mobiliser Dion. Ils vont le détruire. La personne qu'on connaît n'existera plus – elle regarda Art et il acquiesça d'un signe de tête. Et il ne faut pas qu'il aille en prison pour avoir tenté d'y échapper. C'est presque aussi grave. Dans les deux cas, s'ils lui mettent la main dessus, ils vont vouloir lui rectifier le cerveau. Enfin merde, écoute-le. Ils sont déjà en train de lui faire du mal alors qu'ils ne lui ont même pas encore mis la main dessus.

Dans la pénombre de la cuisine, Bets raconta à Art quelque chose qu'elle n'avait jamais dit à personne, précisa-t-elle, sauf à Dion : son père s'était suicidé avec un pistolet de fabrication chinoise, qu'il avait pris sur le cadavre encore tremblant d'un gamin en uniforme, au fond d'un bois, en Corée. Sa patrouille avait été surprise par une attaque au mortier qui avait forcé les soldats à s'égailler entre les arbres. Commotionné et à moitié sourd à cause de l'explosion, son père était tombé sur le garçon, un soldat chinois, et ils s'étaient battus en roulant dans les feuilles et la boue. Il avait fini par poignarder le gamin à la gorge avec un bout de bois. Ayant perdu son propre colt quelque part, et les oreilles bourdonnantes, il avait brandi l'arme du garçon devant lui, bras tendu, coude en extension, et il l'avait pointée tour à tour vers tous les bruits qu'il croyait entendre, avait tiré un ou deux coups dans la direction des arbres tandis qu'il rejoignait son bataillon en titubant. Des groupes d'hommes se dispersèrent à sa vue quand il traversa le camp réduit en charpie en tanguant dangereusement, le pistolet braqué devant lui comme si l'orifice étroit du canon était la seule chose qui lui permettait de voir. Il refusa de le lâcher, même quand deux hommes qu'il ne connaissait pas – un opérateur radio et un mécanicien d'artillerie – avaient fini par l'attraper par-derrière et le plaquer dans la boue. C'était peu avant ou peu après ça – ou peut-être même était-ce exactement au moment où il enfonçait un morceau de bois dans la gorge du garçon chinois sous les arbres, il ne savait pas – que sa fille était née, même s'il se passerait plusieurs jours avant qu'il ne l'apprenne. La nouvelle dut le suivre au nord depuis Séoul, puis revenir à l'hôpital où on l'envoya pour être évalué. Il lui avait écrit tout cela dans une lettre, qu'il avait laissée derrière lui.

– C'était dans un endroit qu'ils appelaient Triangle Hill. C'est en Corée du Nord, maintenant, expliqua-t-elle. Des milliers de gens sont morts en combattant pour prendre le contrôle de cet endroit, et parce que ç'a été un échec personne en Amérique n'en a jamais entendu parler. Toi, t'en as jamais entendu parler, pas vrai ? Cet endroit, je ne sais même pas comment il s'appelle en vrai.

Art se demandait avec impuissance ce qu'il pourrait bien répondre, voulant désespérément dire quelque chose même s'il savait qu'aucune parole ne pourrait rien y faire. Même avant leur rencontre, Art avait désiré être comme Dion, comme tous ces autres Dion qu'il avait pu imaginer dans sa solitude enfantine, ceux qu'il observait de loin, de l'autre bout des salles de classe ou des terrains de jeu, ou sur les écrans de télévision, et qu'il rêvait d'habiter comme un esprit possède un homme : éloquents, sûrs d'eux, cools. Au lieu de cela, il ressemblait à ce pauvre Jacks, complètement déconcerté par les mots et pourtant si désespérément avide de s'en servir.

Plus tard, couché sur le toit avec Bets, défoncés, Art fut également incapable de répondre à Dion quand ce dernier, toujours en boucle dans sa déambulation sans but et saturée d'herbe, les interpella avec toute l'éloquence bizarre que pouvait générer un crâne rempli de fumée. Il hurla quelque chose au sujet de la majesté des ténèbres, de l'impossibilité que quoi que ce soit puisse exister sans son contraire. Ils regardèrent vers le sud, là où l'immense panneau sur le pont scintillait sous l'horizon bas, illuminant les nuages de rouge, et même si Art ne pouvait pas distinguer les mots il les connaissait, comme une prière : THE WORLD TAKES[1], « le monde prend ».

Il semblait désormais que le monde allait prendre Dion. Pendant un instant magnifique et terrifiant, Art vit Dion et le dieu orgiaque comme un seul et même être puissant, touché par la mort, dépouillé de son immortalité par les transgressions humaines. Il eut l'impression de se tenir au sommet d'un arbre, regardant la ville à ses pieds qui clignotait dans le noir par-delà un vaste horizon de ténèbres en expansion, et que Dion, par sa seule volonté, avait courbé cet arbre jusqu'à

1. TRENTON MAKES, THE WORLD TAKES (« Trenton fabrique, le monde prend ») est un slogan géant en lettres de néon, installé sur le Lower Trenton Bridge et emblématique de l'ère de gloire des industries de la ville. Les lettres lumineuses installées en 1935 (les premières dataient de 1917) n'étaient plus entretenues en 1971. *(N.d.T.)*

un sol dont il ignorait l'existence. Puis la réalité fit de nouveau irruption, et Art prit son visage entre ses mains, comme pour enfermer le désir de parler qu'il sentait monter en lui. Il pensa de nouveau à Jacks, essayant si désespérément le jour de l'accident de fabriquer du réconfort avec un matériau qu'il ne maîtriserait jamais, s'adressant à la mère d'Art qui ne l'écoutait même pas :

– Ils voulaient que quelqu'un te le dise, et j'ai dit que je le ferais, et j'ai demandé à Butler de me conduire ici, et il était ravi de le faire. Enfin non, pas ravi. Pas ravi, tu comprends, – avant de finir par sombrer avec un soulagement pitoyable dans le mutisme, affichant résolument une expression complètement vide.

Art se dit qu'il devait avoir la même tête alors que Dion le fixait, dans la nuit moite et triste : honteux de trouver un tel réconfort dans le silence, horrifié par sa propre impuissance. Il était limité, il était insignifiant, minuscule, et pire que tout : il ressentit de la gratitude quand Dion finit par se retourner rageusement pour admirer et admonester de nouveau le ciel.

*

* *

Le lendemain matin, Dion était sorti. Ils ne l'avaient pas entendu partir, mais ils le retrouvèrent dans le parc, aussi sûrement que s'ils l'avaient pisté dans les rues luisantes de soleil à son odeur, si familière aux narines d'Art : la férule, la sueur et le denim sale. C'était au parc que se trouvait la Tortue. Dion et un groupe de gens qu'Art ne connaissait pas très bien étaient assis en cercle en train de faire tourner des joints, et parmi eux se tenait l'homme qu'on appelait la Tortue, accroupi sur ses talons avec son énorme barbe et sa couche de crasse impénétrable, toujours vêtu du treillis et des bottes qu'il portait quand on lui avait signifié sa démobilisation à Da Nang. La rumeur prétendait qu'il avait juré de ne pas les ôter tant que tous les Américains ne seraient pas rentrés du Vietnam, et que toute cette crasse était en réalité pour partie, voire presque entièrement, du sang.

La Tortue vivait dans le parc depuis six mois, et pendant tout ce temps, avait constaté Art, il n'avait jamais cessé de parler de la conscription et de la guerre, à part de temps en temps pour dormir ou pour chier, ou pour échapper aux flics pendant une heure ou deux. En tout cas aujourd'hui il ne s'interrompait même pas pour manger : au contraire, il parlait à chaque bouchée, comme s'il n'y avait pas assez d'espace en lui pour que la nourriture et l'histoire de sa guerre puissent coexister, et que l'une devait céder de la place à l'autre. Art avait désespérément envie de manger.

Tandis que la Tortue parlait et mastiquait, les filles regardaient Dion, les sarments noueux de ses bras, ses lèvres lie-de-vin, ses yeux bruns de renard affleurant dans la roche de son visage aux pommettes hautes, et leur expression témoignait qu'elles n'avaient pas encore remarqué que son aisance physique habituelle s'était brisée sur la fébrilité de son esprit, qu'il en était réduit à se débattre comme un animal contre l'étreinte lente et inflexible de la laisse du temps.

– Tout au long du processus, il y a de l'espoir, vous voyez, disait la Tortue. Et ils vous font miroiter cet espoir, et les alternatives, franchement… Merde, ça ne ressemble pas du tout à des alternatives, vu comment ils en parlent. Du genre ils te disent : « Tu peux suivre l'entraînement de base ou tu peux aller en prison, c'est à toi de voir. T'es déjà allé en prison ? T'as déjà essayé de vivre avec un casier judiciaire ? » Et ils continuent de te faire miroiter cette petite lueur d'espoir, tu vois. Peut-être que tu vas te faire recaler, ou peut-être qu'on t'enverra au Japon, en Allemagne ou en Corée. Alors tu montes dans le bus et tu espères que tout ira bien. Et puis tu apprends que, félicitations ! ils t'envoient au Vietnam.

La Tortue tâta ses nombreuses poches et produisit une dosette de ketchup, qu'il déchira avec ses dents pour en faire gicler le contenu sur des tranches de pain blanc, tirées d'un sac en papier brun. Il jeta un regard à la ronde, les dévisageant tous à travers la couche de saleté sur son visage occupé à mastiquer, avant de reprendre la parole.

– Donc, maintenant voilà les options : prendre l'avion ou aller dans une prison militaire, à côté de quoi la vraie prison ressemble à une partie de plaisir.

Une brise effleura presque sans les troubler les petits arbres taillés en boule qui cernaient le coin de pelouse où ils étaient assis. La Tortue choisissait toujours un endroit d'où il pouvait garder un œil sur la grille métallique et la rue au-dehors, au cas où les flics se pointeraient, et il s'arrêta un moment comme s'il fixait quelque chose à cent kilomètres de là. Art jeta un œil par-dessus son épaule, mais ne vit rien.

– Donc, reprit la Tortue, le regard toujours perdu au-delà de la pelouse moribonde, tu montes dans ce putain d'avion et tu chies dans ton froc, mais t'espères toujours que tout ira bien. Et quand tu finis par te retrouver au front, et que les gens te tirent dessus, ils ne s'emmerdent même plus à te menacer de t'envoyer en prison ou devant une cour martiale. Ils n'ont pas besoin de le faire : putain, y a des balles ! T'as deux options : agir en soldat ou te faire tuer, alors tu te contentes de faire ce que ton corps te dicte : tu te mets à tirer et à courir, et t'espères que tu ne vas pas te faire tuer. Au début t'espères que tu ne vas pas faire tuer d'autres types non plus, jusqu'au jour terrible où tu réalises que vraiment, honnêtement, si tu regardes la putain de vérité en face juste une fois dans ta vie, bon Dieu de merde, s'il faut que quelqu'un y passe, tu préférerais que ce soit n'importe qui d'autre que toi. Et ça les mecs, c'est vraiment ce qu'il y a de pire dans tout ça.

Il s'arrêta de parler et changea de position pour s'appuyer sur son autre cuisse, toujours accroupi. Il se gratta la barbe un moment avec ses articulations, et Art pensa qu'il avait peut-être terminé, mais il reprit :

– Ils n'arrêtent pas de dire que l'armée et la guerre, ça fait de vous un homme, mais à aucun moment je n'ai été un homme là-bas, si par homme on veut dire humain. J'aurais éventré n'importe lequel d'entre vous pour sauver ma propre peau, voilà la vérité. Ça a peut-être l'air dingue, mais pendant que j'étais là-bas à espérer qu'un autre pauvre type y passe à ma place j'ai fait une promesse à Dieu. J'ai promis que si je rentrais vivant je raconterais à tous les gens que je croiserais quel enfer vain et stérile on est en train de bâtir là-bas. Et que je dirais : « Quoi que tu fasses, peu importe ce que te disent les gros bonnets, peu importe leurs menaces, n'y va pas. » Et si tu dois enfreindre la loi, fais-le. C'est juste de la légitime défense, pas vrai ? La loi essaie de te tuer, littéralement te tuer, en t'expédiant à la mort.

Subitement, il eut l'air complètement épuisé. Son visage se referma, bouche entrouverte sur la boulette de pain qu'il avait cessé de mâchonner.

– Le gouverneur Reagan a dit qu'on pourrait couvrir le Vietnam du Nord de parkings et ramener tout le monde à la maison pour Noël, dit l'une des filles.

La Tortue ne leva pas tout de suite les yeux. Il dessinait quelque chose dans la poussière avec son doigt.

– Et il a dit ça quand, putain ? demanda-t-il finalement, un ton plus bas.

– En 1965.

– Merde. Eh ben, faut croire qu'il s'est planté d'un jour ou deux. J'aimerais être capable d'en rire, mais je connais des types qui sont probablement en train de crever à cet instant même pour réaliser le rêve à la con de cet enculé.

Dion n'écoutait manifestement pas. Art le regarda, en face de lui dans le cercle des jeunes. Il adorait la peau olivâtre et les cheveux bouclés de Dion, l'étrange puissance qui émanait de son corps androgyne, la force et la vulnérabilité, l'empathie et la dureté, l'étroitesse de ses hanches et la plénitude de sa bouche. L'inquiétude envahissait progressivement le beau visage de Dion, comme un orage, et Art observa sa triste progression. Plus tard, Dion discuta seul à seul avec la Tortue, faisant quelques pas avec lui à l'écart, et Art savait – comme tout le monde d'ailleurs – qu'ils parlaient des moyens d'échapper à la conscription, parce qu'au bout du compte c'était de ça que tous les gamins de dix-huit ans qui avait leur carte d'appelé venait parler à la Tortue. C'était une consultation auprès de l'oracle des pacifistes, le seul homme de Trenton à qui tous savaient pouvoir s'adresser. Même dans le parc, l'atmosphère était chargée de peur et de paranoïa, il y avait des histoires de jeunes qui s'étaient fait griller par des types qu'ils croyaient être en train de les aider à obtenir un sursis, et on racontait aussi qu'ils se moquaient bien que vous vous soyez fait piéger, pour la conscription, puisque si vous ne finissiez pas en prison pour avoir tenté d'y échapper ils vous tenaient pour l'armée. Et puis merde, quelle différence, avait dit Dion une fois, à part que l'armée était sans doute pire ?

– Qu'est-ce qu'il a, Dion ? demanda un des jeunes.

– Mercredi soir, répondit une fille maigrichonne. Le tirage au sort. Il s'est bien fait niquer.

– Oh, merde. Petit numéro[1] ?

Tous regardaient Bets, mais elle ne dit rien.

– Très petit, je crois, répondit la maigrichonne, qui se balançait nerveusement en parlant.

Elle jeta un nouveau coup d'œil à Bets.

– Six. Je crois que c'est ce qu'il a dit à la Tortue tout à l'heure. Et pas de porte de sortie. J'veux dire, il n'a pas de personnes à charge, hein ? Et soyons honnêtes, pas moyen qu'il aille à l'université ou quoi, et avec les nouvelles règles, putain… J'veux dire, même si une nana enceinte disait que c'est Dion qui l'a mise en cloque, ça changerait rien du tout, donc c'est pour sa gueule, tu vois. L'authentique catégorie 1-A[2].

– Je pige pas, répondit un garçon à l'aspect huileux. Il n'a qu'à prendre une bagnole et filer au Canada, tu vois ? Y a plein de gens qui y vont.

---

1. De 1969 à 1972, l'armée américaine recourut dans le cadre de la guerre du Vietnam à un recrutement sélectif de conscrits, par tirage au sort. Les hommes d'une classe d'âge donnée (le tirage du 5 août 1971 concernait les natifs de 1952) enregistrés comme appelés potentiels se voyaient alors attribuer un numéro d'ordre en fonction de leur jour et mois de naissance, sélectionnés au hasard. Les plus petits numéros étaient mobilisés en premier. *(N.d.T.)*

2. Dans le cadre du système de recrutement sélectif, les hommes en âge de se battre étaient classés en catégories suivant les conditions de sursis et d'exemption possibles, et l'ordre de priorité pour leur incorporation. La catégorie 1-A correspond aux hommes mobilisables immédiatement pour le service armé, sans aucune possibilité d'exemption. *(N.d.T.)*

C'est à ce moment-là que Bets se leva brusquement avec son gros sac en cuir frangé et s'en alla, suivie par Art. La fille causait toujours alors qu'ils s'éloignaient, elle disait que la guerre était un génocide perpétré contre les Noirs d'Amérique.

– Les jeunes Blancs de la classe moyenne sont les bienvenus partout, disait-elle. C'est pas si facile de trouver un nouveau pays quand t'es noir.

Bets et Art attendirent Dion ensemble au nord du parc, où la ville miroitait dans la chaleur accumulée. Autour d'eux tout n'était que touffeur et lumière : le soleil dégoulinait le long des murs et des fenêtres des immeubles, étincelait soudain sur le pare-brise d'une voiture ou d'un bus, recouvrait le trottoir d'une matière en fusion. Bets fouilla dans son sac à la recherche de son herbe, et ils fumèrent tout en continuant à piétiner en rond. Art écouta son estomac vide gronder et gémir, encore plus affamé à cause de la marijuana. Dion arriva enfin. Il escalada la clôture et expliqua, comme s'il se parlait à lui-même :

– Ce que dit la Tortue, c'est que le seul moyen sûr c'est d'échouer aux tests physiques avant même de mettre un pied au centre d'incorporation, parce qu'on ne peut pas vaincre le système en suivant ses règles.

Au cœur du plan lui-même, il y avait un interne de première année à l'hôpital, connu sous le nom de Dr Réforme. Il connaissait son affaire, affirma Dion, ce n'était pas la première fois qu'il faisait ça.

Et pourtant, Dion n'avait pas l'air tout à fait à l'aise avec l'idée. Il tournait autour du pot, comme s'il y avait quelque chose qu'il avait du mal à accepter, et il parla ainsi un moment avant qu'Art ne réalise soudain où il voulait en venir, si lentement et avec tant de réticences : Dion, qui vivait de partage, prenant ce dont personne ne voulait et refusant de désirer ce qui ne pouvait lui appartenir, Dion avait un plan en tête, mais aucune idée de la façon dont il allait pouvoir le financer. C'est avec la voix d'un homme confessant un péché qu'il finit par lâcher :

– Je vais avoir besoin d'argent, les mecs.

Art ne l'avait même jamais entendu utiliser le mot *argent* auparavant, mais toujours d'autres termes, des termes qui amoindrissaient, qui dénigraient la chose d'une façon ou d'une autre : le fric, les ronds, le pognon, les « billets verts ». *Faut qu'on se dégote un peu de cette saleté de blé, mec.*

Art avait la tête qui tournait, désorienté par l'herbe et par la faim, mais surtout, il le sentait, par l'admiration que lui inspirait Dion. Dans une sorte de rêve élaboré à partir de ce que ce dernier avait raconté, il pensa à une histoire dont lui avait parlé un de ses professeurs, une histoire de gens qui avaient protégé des statues contre les bombardements en Europe, pendant la guerre. Selon le professeur – un de ces types qui se plantent devant la classe comme si elle était vide, et qui donnent l'impression de parler tout seuls, comme s'ils venaient tout juste de saisir quelque chose –, si ces gens avaient fait une telle chose, ce n'était pas qu'une statue ait jamais nourri son homme, ni même parce qu'ils se souvenaient avoir jamais vu quiconque s'arrêter devant une œuvre pour la regarder, sans parler de gens touchés, inspirés, ou qui aient simplement remarqué sa beauté. C'était juste pour pouvoir se dire qu'ils avaient fait quelque chose, qu'ils avaient protégé quelque chose, n'importe quoi, en ces circonstances accablantes, qu'ils avaient opposé une résistance, si modeste soit-elle, à l'irrésistible marée de l'histoire.

– Est-ce que vous comprenez ? avait demandé le professeur à la classe silencieuse.

Et ce fut à cet instant seulement que soudain Art sut : cette tentative était un monument en soi, et lui aussi pouvait en ériger un, maintenant, par un simple acte de volonté. Ce serait magnifique, pensa Art avec une sorte d'exaltation, magnifique exactement pour les mêmes raisons de garder en vie quelque chose d'aussi beau que Dion dans les ténèbres de cette époque, et avant même d'y avoir vraiment réfléchi il était en train de leur dire :

– J'ai peut-être de l'argent.

Les deux autres s'interrompirent et le dévisagèrent avec de telles mines qu'Art faillit éclater de rire. Il reprit :

– Enfin bon, pas moi, hein, les mecs. Mais je sais peut-être où on peut en trouver. Du genre pour une urgence. Et ça c'est… ben… Enfin merde, vous voyez.

Dion sembla reprendre espoir à cette nouvelle, et ce n'est donc qu'à Bets qu'il put avouer qu'en réalité il n'était vraiment sûr de rien : son père soupçonnait depuis toujours sa mère de planquer du liquide. Art était comme les autres, il ne possédait rien.

– La vérité, pour tout te dire, confessa-t-il, c'est que j'ai piqué quarante cents dans ton porte-monnaie pour pouvoir me payer un café au resto et utiliser des toilettes avec une porte.

Et pourtant, il était certain que l'argent était là, quelque part, parce que s'il y avait bien une chose que son père savait, c'était combien chacun gagnait et dépensait, et donc combien il restait pour l'alcool. Le jour de leur grande dispute, Art avait trouvé le vieux en train de démolir méthodiquement l'appartement, à la recherche de ce qu'il avait toujours estimé lui revenir de droit. Art était certain également que s'il demandait à sa mère, s'il lui expliquait l'urgence de la situation, s'il parvenait d'une façon ou d'une autre à expliciter ce qu'il venait de ressentir, elle lui donnerait ce dont ils avaient besoin, ou du moins ce qu'elle pourrait. Cela suffirait peut-être, et sinon ça s'en rapprocherait sans doute assez pour qu'ils soient en mesure de soutirer ce qui manquait à des amis, ou à des inconnus. Tout ce qu'ils devaient faire, se dit-il, c'était éviter son père.

Cela signifiait qu'il ne pouvait pas les amener à l'appartement pour attendre sa mère. Il ne savait jamais quand son père serait à la maison. Le vieux était toujours en train de se faire porter pâle, ce qui signifiait en réalité qu'il était saoul, et Art n'était pas prêt à l'affronter de nouveau, pas encore. Il n'était pas sûr de l'être un jour. Il sentait confusément que c'était ce que Bets attendait de lui, ou du moins qu'elle attendait de lui qu'il en ait le désir. Il savait qu'elle était du genre à guetter l'épreuve de force avec ce qui ressemblait à une impatience d'athlète : la confrontation, courageuse et franche. Mais il avait essayé et avait constaté que la peur – de son père, bien sûr, de sa rage inextinguible, mais aussi de sa propre franchise, soudaine et inhabituelle – était trop forte pour lui, qu'elle l'avait submergé. En prenant leur essor les mots avaient vidé ses poumons de tout leur air et il s'était retrouvé le souffle coupé, ses jambes prêtes à lui faire défaut quand le moment était venu de fuir.

Art ne raconta à Bets que la moitié de l'histoire : son père et lui s'étaient disputés une fois de plus au sujet de la conscription et de sa tenue vestimentaire, deux sujets qui bizarrement semblaient toujours liés dans la tête du vieux. Ils avaient tous deux le plus grand mal à se trouver dans la même pièce sans se quereller. Ils étaient en désaccord sur Nixon, la ségrégation et la conscription : ils suivaient ce scénario, aussi prévisibles qu'un lampadaire qui s'allume au crépuscule, et le père d'Art discourait sur tout ça en évoquant ce qu'il appelait le devoir d'un homme, l'amour du pays et de la patrie, tous ces trucs habituels et creux. Art savait, tout en étant incapable d'exprimer pourquoi tout cela n'avait rien à voir avec la question, qu'il y avait quelque chose de plus profond, de plus essentiel, quelque chose qui avait à voir avec les règles, le système, mais l'idée qu'il cherchait restait si vague dans son esprit, si abstraite, distante et intangible, qu'il ne parvenait pas à former les mots avec cette bouche qui l'entravait. Sans munitions à lui, Art se retrouvait comme toujours obligé de se rabattre sur des choses qu'il avait entendu dire par d'autres, des choses qu'il croyait vraies mais qui n'étaient pas ce qu'il voulait ou ce qu'il avait besoin d'exprimer, comme cette fois où il déclara :

– Et donc un tas de villageois doivent mourir brûlés dans leurs champs parce que tu penses que ça va aider un pauvre type de l'Iowa à devenir un homme ? C'est ça qui prouve qu'on aime notre pays ?

Abe s'était agenouillé, tout en déroulant mécaniquement sa liste de griefs à l'égard d'une génération qui se moquait des responsabilités, qui n'avait aucune idée de ce qu'était le sacrifice, une génération de gamins qui avaient besoin de devenir des hommes. Il était en train de fouiller le meuble indéfinissable de troisième ou quatrième main placé derrière le canapé du salon, celui où étaient rangées toutes les choses inutilisées que la mère d'Art conservait néanmoins aussi précieusement que des reliques : les tasses à thé bon marché achetées en grand magasin, les minuscules verres à vin, les petits ronds de dentelle jaunie.

– Et comment tu saurais ce que c'est qu'être un homme, bordel, avec tes cheveux longs et tes fringues de gonzesse ? Tout ça c'est rien qu'une blague pour toi. T'as jamais dû assumer la moindre responsabilité. Je vais t'apprendre un truc : c'est pas comme ça que ça marche. Tu crois que j'aurais pu faire ce que j'ai fait si je m'étais baladé habillé comme ça, avec les cheveux longs et sans col, affublé de tout un tas de colliers vaudous comme une pédale ? Travailler à l'usine ? Entretenir une famille ?

– Tu te fiches de moi ? Tu ne bosses plus à l'usine depuis que je suis tout petit. C'est maman qui paye tout ici, tout le monde le sait. C'est pour ça que t'es en train de ramper par terre, hein ? T'essaies de trouver son argent parce que t'as claqué tout le tien en picole ?

Était-ce à ce moment-là que son père s'était relevé ? Il ne raconta pas le reste à Bets : son affreuse révélation, l'impact sans précédent que cela avait eu sur son père.

– Ma mère est sans doute au travail de toute façon, reprit-il en s'adressant à elle.

Il se fit la réflexion qu'ils marchaient comme des objets flottent sur une flaque, tantôt repoussés, tantôt attirés, et il n'avait jamais compris la nature de la force qui expliquait cette variation.

– Alors, allons là où elle bosse, dit Bets.

– Ça change tout le temps. Elle est, tu vois… – il s'interrompit pour prendre une inspiration. C'est pas le genre de femme de ménage normale, le genre qui travaille tout le temps au même endroit. Elle bosse pour une entreprise qui fait tout un tas de gros immeubles de bureaux dans le centre, et puis sans doute quelques autres en banlieue. On ne sait jamais où ils vont l'envoyer. Elle pourrait être n'importe où.

– Bon, fit Dion. Dans ce cas, on attend.

– Non, on n'attend pas, dit Bets. On n'a pas beaucoup de temps avant que t'ailles au centre d'incorporation ou que tu deviennes un criminel, au choix. On ne peut pas attendre. C'est quoi le nom de l'entreprise ? On peut regarder dans l'annuaire. S'ils ont des clients partout, ils doivent y être.

– Je ne sais pas vraiment, enfin on ne parle jamais vraiment de son boulot, en fait. Je sais seulement que son chef s'appelle M. Helms. Mon oncle Jacks saura peut-être où la trouver, c'est possible. Ils travaillent pour les mêmes gens, je crois, sauf que…

– Sauf que quoi ? demanda Bets d'une voix dans laquelle ne transparaissaient ni colère, ni exigence, ni même inquiétude, mais qui simplement sonnait étrangement creux, comme évidée en prévision de la colère, de l'exigence ou de l'inquiétude qui devrait peut-être venir.

Art pensa à Jacks, énorme en tout à part en esprit, à sa voix assourdissante, à sa démarche lourde et pataude, et surtout à son immense et irrésistible simplicité.

– Je ne le vois pas très souvent. Enfin je ne sais pas non plus s'il travaille aujourd'hui, quoi. Et franchement, vous savez, il est un peu bizarre, finit-il par dire.

Dion fit de son mieux pour se réjouir de cette lueur d'espoir.

– Ah, dit-il sans grande conviction. On dirait qu'il va me plaire.

– On n'a rien à perdre à essayer, dit Bets. D'accord ?

– Ouais, d'accord, répéta Art. Bon ben, allons-y alors.

*
* *

Art s'était bien souvent retrouvé sur ces mêmes marches derrière sa mère, face à la même porte de la même pension, à écouter Mme Lakatos, chemise boutonnée jusqu'au menton et surmontée d'un nœud, proposer d'un ton aigre d'appeler Douglas. Alors que l'on avait nommé et demandé cet autre homme, c'était Jacks qui faisait son apparition, ce qui avait suscité chez Art un sentiment de trahison intense et plein d'amertume impossible à museler, même quand Jacks avait expliqué pour le réconforter, sur un ton de plaisanterie mais non sans une pointe de fierté :

– C'est exact : je suis monsieur Douglas Jackson. Mais tu peux quand même m'appeler Jacks, parce que mes amis m'appellent comme ça, et qu'on sera toujours amis, pas vrai ?

Quand sa mère lui rappela que lui-même portait un autre nom, et lui demanda : « Tu t'appelles Art, ou Arthur ? ou les deux ? », la crainte que ce soit une façon de se moquer de lui n'avait fait que renforcer sa bouderie.

Pour lui Arthur était un étranger, une menace. C'était un nom appartenant à quelqu'un qui rôdait dans l'escalier derrière la porte de l'appartement, attendant le jour où il s'emparerait de son corps.

À l'intérieur du petit immeuble stuqué se trouvait la chambre où Art et sa mère passaient la nuit quand son père était trop saoul, trop en colère, trop violent. Dans la petite chambre de location, sa mère et Jacks s'asseyaient avec raideur, conscients en permanence de la présence de Mme Lakatos qui fouinait sur le palier, ou s'arrêtait au milieu de l'escalier, semblant toujours tendre une oreille scandalisée d'avance. Art jouait par terre, tandis que les deux adultes échangeaient des banalités et finissaient toujours par l'inévitable discussion pour savoir qui prendrait le lit. La mère d'Art perdait à tous les coups, bien sûr, car la galanterie était un pilier inamovible des principes simples de Jacks. Art et sa mère finissaient par dormir là, tout habillés, n'enlevant que leurs chaussures qu'ils plaçaient avec soin près de la porte de façon à ne pas se prendre les pieds dedans pendant la nuit si Art avait besoin d'aller aux toilettes, et oncle Jacks faisait de son mieux pour s'endormir sur ses deux chaises accolées, comme les types dans les films, même s'il était manifestement trop grand et finissait toujours par terre, comme cette fois où il chuta dans un fracas qui les réveilla tous.

Ce quartier avait été celui d'Art pendant des années, mais il ne l'avait jamais si bien connu que ça, au-delà de l'épicerie et de la laverie automatique, du chemin pour aller à l'école, de l'appartement de ses parents et de la pension de Mme Lakatos, dont la pancarte peinte à la main et à moitié effacée promettait toujours des loyers modérés et le chauffage central. À l'époque, sa mère n'aimait guère qu'il joue avec les petites brutes du pâté de maisons, des garçons tous plus grands et plus âgés que lui car ils étaient nés l'année de la fin de la guerre. Son père quant à lui n'avait jamais vraiment aimé l'idée qu'aucun d'eux, mère, père ou fils, quitte l'appartement sans nécessité. En tout cas il ne voulait pas qu'Art se lie avec les familles d'immigrés, ceux qu'il appelait « ces saletés de Hongrois » : les gamins polonais baraqués et rougeauds dont les grands-mères grassouillettes et courtes sur pattes se dandinaient comme des pingouins en fichu entre leurs paniers à provisions brimbalants, des gars costauds qui embêtaient Art, forçant sa mère à descendre dans la rue pour crier contre eux et leurs parents. « Chaque fois que tu sors, tu t'attires des ennuis, lui avait dit un jour son père dans un sifflement chaud aux effluves de gin. Je préférerais encore te voir mort que de te laisser tout foutre en l'air avec tes conneries. » C'était le regard fixe, tranchant et sans équivoque qu'il darda sur lui en prononçant ces mots qui avait terrorisé Art. Après cela, il rampa sous son lit et y demeura toute la journée.

Il jeta un nouveau coup d'œil à Dion et Bets, puis appuya sur la sonnette, un bouton qui ressemblait à un jouet placé au milieu de la porte, et qui ne sonnait pas vraiment, mais produisait juste un clic-clac. Il appuya deux fois.

– Jacks n'est pas vraiment mon oncle, vous savez, dit-il tandis qu'ils attendaient. C'est l'ami de mon père, de l'époque où ils travaillaient ensemble à l'usine.

– Hé, ça fait rien, lui répondit Dion. On s'en fiche de son arbre généalogique.

– Je voulais juste dire…

– Je sais ce que tu voulais dire. Flippe pas. Tout est cool.

Mme Lakatos vint ouvrir, pâle, diminuée bien sûr, aussi usée de visage que ses vêtements râpés, mais toujours pleine d'une désapprobation copieuse et sèche que le temps et la fréquentation de ce monde incorrigible ne semblaient pas avoir émoussée, et la chemise toujours serrée au cou par un nœud, malgré la chaleur. Il y avait de la poudre de talc incrustée dans la peau ridée au-dessus de son col, avachie et flasque comme l'immeuble mitoyen qui s'avachissait autour d'elle : en vieillissant, elle s'était mise à avoir peur de prendre de nouvelles personnes. Quand les anciens locataires déménageaient ou mouraient, leurs chambres restaient vides. Art n'était même pas sûr de savoir combien il en restait, après tout ce temps. Si ça se trouve il n'y avait plus que Jacks et elle. Elle reconnut Art immédiatement. Il supposa que c'était à cause de son bec-de-lièvre.

Art demanda M. Jackson et fut autorisé à attendre dans le hall d'entrée propret si familier, tandis que Mme Lakatos gravissait lentement l'escalier, sa bonne jambe, la gauche, toujours en premier, puis redescendait aussi lentement pour lui dire qu'il n'avait qu'à monter directement. Dion et Bets le suivirent, et Mme Lakatos les toisa froidement, en particulier Bets avec ses longs cheveux sales, ses joues non poudrées et son front luisant, sa tenue juste un tantinet provocante, en ce sens qu'elle semblait se soucier aussi peu de dissimuler son corps que de le rendre désirable, et dévoilait ses omoplates constellées de taches de rousseur et les poils qu'elle se laissait pousser sous les bras. Jacks, immense et chauve, vêtu d'un maillot de corps taché, vint à leur rencontre sur le palier.

– Ça fait un moment que t'es pas venu, dit-il de sa voix colossale. Normalement je devrais être à l'usine à cette heure-ci, tu sais.

– Oncle Jacks, t'as arrêté de travailler là-bas quand j'étais encore au collège. Ils ont fermé, non ?

– C'est vrai, acquiesça le géant avec gravité. Sinon j'y serais en ce moment, vu l'heure qu'il est.

Le seul changement visible dans la chambre où vivait Jacks, c'était la décrépitude. Le ventre affaissé du lit ployait encore davantage. Les deux coussins qui en journée le transformaient en canapé – que personne ne voyait jamais et sur lequel on s'asseyait encore moins, mais qu'il édifiait néanmoins chaque matin avec soin – étaient plus défraîchis, les bosses qui les déformaient plus prononcées. Les quelques endroits que Jacks utilisait apparemment à l'exclusion de tous les autres étaient lustrés par l'usure, des oasis dans une plaine où s'accumulait la poussière, qui par ailleurs recouvrait tout : les chaises sur lesquelles il avait jadis essayé de dormir, l'appui de fenêtre, le dessus de sa petite commode. Ses quelques étagères étaient restées vides, hormis les souvenirs familiers du temps où il était à l'armée – la médaille de bonne conduite épinglée au calot vert, la photo gondolée d'hommes souriant autour d'un camion bâché – posés à côté des petits objets que des collègues de l'usine lui avaient parfois offerts pour Noël, et des rares cadeaux qu'il avait occasionnellement reçus des filles du dancing, à défaut de leur affection. Jacks désigna un petit caniche en porcelaine turquoise, figé au garde-à-vous dans une posture caricaturale, avec une énorme moustache tombante et un collier vert, une figurine avec laquelle Art avait parfois joué les nuits passées là à se cacher de son père. Jacks souffla sur le halo couleur de suie qui le recouvrait.

– Tu l'aimais beaucoup, hein, Art ?

– C'est vrai.

– Hé, ça te dit de l'emmener ?

– Non, oncle Jacks, merci. Garde-le pour moi. Je ne voudrais pas le casser.

Jacks ponctua ces propos d'un hochement de tête approbateur. Art s'assit sur le lit aux côtés de Dion et Bets et l'observa, dans cette pièce où les changements que le monde avait connus semblaient totalement absents, ignorés, où même la guerre était lointaine, assez secondaire au fond. Art sentit sa famille sourdre en lui, le besoin désespéré qu'elle avait d'être exprimée. Jacks était la seule personne qu'il ait vue depuis la dispute qui connaissait son père, qui savait ce que cela représentait de subir ses intimidations et d'espérer pourtant, pour une raison obscure, la bénédiction mystique et inconnue : son approbation. En cela, il le réalisait à présent, ils étaient davantage comme des frères, et pendant un instant il ressentit une envie presque désespérée de parler de ce qu'ils partageaient, surtout quand Jacks lui dit soudain, s'efforçant d'affecter une fausse indifférence qui était ce qui se rapprochait le plus de la malice chez lui :

– Alors, comment va ton papa ? Ça y est, il est chauve comme moi ?

Art eut l'impression d'avoir réussi une épreuve quand, au lieu de répondre, il parvint à dire qu'en réalité il était là parce qu'il avait besoin de parler à sa mère, et demanda s'il pourrait avoir le numéro de téléphone de M. Helms. Il s'apprêtait à offrir une explication, et prit une inspiration avant de se lancer, sans savoir encore s'il allait dire la vérité ou non, mais Jacks était déjà en train d'opiner du chef, de se lever et de montrer une inscription au crayon près de la porte, en criant :

– Ouais, bien sûr que j'ai le numéro de Helms. C'est mon chef, tu sais, donc je l'ai.

Jacks trouva une vieille enveloppe et le lui nota. Art répugnait à rompre le charme de ce moment de soulagement. Il tint le bout de papier entre ses doigts comme un talisman, tellement ensorcelé qu'il était incapable d'accomplir les gestes nécessaires pour s'en aller. Il y avait quelque chose de tellement réconfortant à se retrouver dans un endroit si familier, et même, d'une certaine façon, à la raison si familière qui l'y amenait : échapper à son père. La même pièce, les mêmes couleurs ; il retrouvait jusqu'aux bruits, exactement les mêmes qu'autrefois quand il se cachait là, enfant, se glissant avec ses jouets sous le lit maquillé sans succès en canapé, avec la voix de stentor de Jacks qui l'enveloppait, rassurante et solide. Il s'immergea un instant dans la douce familiarité de tout cela. Dion avait trouvé un vieux magazine de cinéma sur la table de chevet, et, comme pour combler le silence d'Art, Jacks et lui étaient en train de commenter les photos des stars en noir et blanc, des gens dont les noms lui disaient seulement vaguement quelque chose, Claudette Colbert et Jean Harlow. Il les écouta comme il aurait pu écouter une chanson en langue étrangère, jusqu'à ce qu'il réalise que Bets lui faisait des grimaces qui signifiaient qu'il était temps pour eux de s'en aller.

Jacks n'avait pas le téléphone dans sa chambre, et Art n'avait pas la force de demander à Mme Lakatos la permission d'utiliser celui du hall. Il refusa de nouveau poliment d'emmener le caniche turquoise, mais serra le géant dans ses bras avant qu'ils ne se mettent en route, pressant son visage contre son large sternum semblable à la proue d'un bateau. Dion serra la main de Jacks et lui dit : « C'était un plaisir de vous rencontrer », faisant preuve d'une courtoisie rare chez lui, et allant même jusqu'à l'appeler monsieur.

Quand ils furent dehors, Dion alluma une clope et dit :

– La vache, mec, Jacks est magnifique. Ça se voit tellement qu'il tient vraiment à toi, à ta famille. Et il a cette innocence naturelle, hein ?

– Il paraît, répondit Art – mais comme toujours Dion vit clair en lui et reprit :

– Non, t'as tort, Art, faut pas bloquer comme ça. Je me doute que les gens doivent le prendre de haut parce qu'il n'est pas très malin, et d'accord, enfin bon, c'est évident que c'est vrai, mais parler avec quelqu'un comme Jacks… c'est comme une ligne directe avec la réalité. Tu crois vraiment que ton oncle Jacks, là, serait capable de raconter des salades à quelqu'un ? Avec un type comme ça, y a pas de petits jeux, pas de faux-semblants, pas d'arnaques. Juste la vérité, du mieux qu'il peut la comprendre, tu vois. Rien d'autre.

Quand Dion se mit à marcher devant eux, Bets dit doucement :

– Dion a un frère – un demi-frère, en fait. Il est comme ton oncle Jacks, mais encore plus, si tu vois ce que je veux dire. Quand on se disputait l'autre soir, Dion et moi, c'est parce que j'essayais de le convaincre d'aller au Canada ou au Mexique. Enfin n'importe où, en fait, ailleurs qu'en prison ou au Vietnam. Mais il refuse de se tirer parce qu'il y a son frère. Parce qu'il a peur de ne jamais pouvoir revenir, je veux dire, et donc de ne jamais revoir son frère.

– Je ne savais pas.

– Il n'en parle pas beaucoup.

Art eut soudain envie de s'excuser d'avoir fait si peu d'efforts pour mieux connaître Dion, ou même Bets, d'ailleurs. Au fond, il ne les avait jamais imaginés exister autrement que maintenant, aujourd'hui, sans passé, dans une sorte d'éternel présent qui les laissait libres des chaînes de la famille ou de l'histoire, toutes ces choses qui pesaient si lourdement sur Art qu'il s'imaginait que les autres pouvaient tout simplement les sentir, qu'elles faisaient partie intégrante de son corps et s'incarnaient dans son palais fendu, sa peau pâle qui brûlait au soleil, ses membres qu'il avait tant de mal à contrôler et qui ne réagissaient jamais avec la force dont il avait besoin. *Un chiot ne pose pas de questions, il se contente de vous suivre jusque chez vous*, pensa-t-il. Tout ce qui comptait, c'était que Dion et Bets étaient tout le contraire de lui : ils étaient ces gens courageux et pleins d'assurance qui occupaient le parc, qui connaissaient des gens, des endroits, et qui l'avaient accueilli au moment où il avait eu besoin d'échapper à son père. En réalisant son erreur, il éprouva le même genre de sentiment où se mêlaient la déception, le soulagement et l'illumination que lorsqu'il avait compris pour la première fois, dans un moment qui semblait dilaté, indéfini, et en même temps assez fulgurant, que les familles des autres prenaient des photos, les regardaient, les partageaient et les mettaient dans des albums. On ne trouverait jamais ce genre d'albums dans sa maison, parce que tout ce que ses parents possédaient de passé – la guerre de son père, la famille de sa mère – était oublié, par un décret paternel dont le poids terrible resterait à jamais inébranlable.

– Est-ce qu'il vit avec quelqu'un, genre des cousins ou autres ? demanda-t-il à Bets. Je veux dire, le frère.

– C'est ça le pire dans cette histoire, répondit Bets. Dion n'a pas pu s'occuper de lui, et ça le tue. Je pense que c'est pour ça qu'il n'aime pas parler de lui. Il a vraiment essayé, tu sais, mais c'est le genre de personne avec qui on ne peut pas discuter rationnellement quand il se met en rogne. Dion dit qu'il est aussi fort qu'Hercule. Il s'en est pris à leur appartement pas mal de fois. Ils n'arrêtaient pas de devoir déménager, à cause des proprios, tu vois. Puis je crois qu'il a fini par s'en prendre un peu à Dion, un soir. Ce n'était pas volontaire, mais c'est comme ça. Des fois, l'intention ne compte pas, c'est tout. Maintenant il est dans un endroit, un genre d'hôpital, dans le Maryland. Dion, ça lui brise le cœur, tu sais, de penser que son frère vit là-bas tout seul. Enfin bref, je pense que Jacks lui a un peu rappelé son frère.

Dion leur faisait signe de la main, les appelait. Il avait trouvé un téléphone public.

Art ne se souvenait pas d'être tombé dans les vapes. Il se souvenait avoir parlé avec M. Helms et avoir essayé de paraître sûr de lui, même s'il se rendait compte que l'homme s'en fichait, qu'il voulait juste en venir au fait et raccrocher. Ensuite Bets, Dion et lui avaient tenté de couper à travers des terrains vagues décolorés par l'été, où le soleil lui avait sauté au visage, réfléchi par la couche de tessons de verre et les languettes de canettes de bière qui jonchaient le sol. Il se trouvait à présent quelque part à l'intérieur, au frais, allongé sur un truc garni d'un revêtement en vinyle qui collait à son visage en sueur. Des gens discutaient non loin.

– Il y a le docteur lui-même, évidemment, disait Dion, et des médicaments, peut-être un type des ECG, je ne sais pas. Dr Réforme veut tout d'avance parce qu'il y a eu des gars qui ont obtenu leur 4-F et qui ont gardé le pognon. Que veux-tu qu'il fasse, aller voir les poulets et dire : « Putain, j'ai enfreint la loi pour ces gus et ils m'ont même pas payé » ?

– Et t'es sûr que ça va marcher ? dit une voix qu'Art ne reconnaissait pas.

– Je suis sûr qu'il y a une bonne chance pour que ce type empoche le blé et me dise d'aller en enfer.

– Ou au Vietnam.

– C'est ça, l'un ou l'autre pour commencer, ou les deux tant qu'à faire. Bon, c'est pas comme si j'allais courir chez les flics non plus. La Tortue dit qu'il est réglo, donc je vais tenter le coup, mais très franchement il pourrait aussi bien avoir prévu de prendre le fric et de filer au Mexique.

– C'est une destination populaire en ce moment, fit Bets, non sans une légère amertume.

Art essaya de s'asseoir mais eut en fait l'impression de n'être parvenu qu'à cligner des yeux. Quand il les rouvrit, il découvrit une grappe de visages penchés sur lui, Bets, Dion et quelqu'un d'autre. Dion lui souriait.

– Dis donc, frangin, c'était presque cool la façon dont t'es parti, tu sais ? On aurait dit que t'étais en train de danser – il aida Art à s'asseoir.

Ils étaient dans le box en demi-cercle d'un resto, avec une table au rebord en métal.

– T'as mangé quelque chose aujourd'hui ?

– Quel genre de danse ? demanda Art – et Dion éclata de rire, pas ce son furtif qui lui servait d'habitude à manifester qu'il appréciait, mais un vrai rire, le genre qui vient du corps.

Art se réjouit à l'idée d'avoir provoqué cela parce que Dion, qui était toujours en train d'amuser les autres, ne riait pratiquement jamais lui-même, et ce même avant le tirage au sort, le mauvais numéro et l'inquiétude qui le rongeait. Dion reprit :

– On va te trouver quelque chose, un toast et du café, par exemple, hein ?

– On est où ?

– Chez la Mère Supérieure, répondit froidement Bets.

– C'est quoi ça ?

– Mec, la Mère Sup', c'est comme un rite de passage sacré, déclara Dion. Je pensais que c'était ton ancien quartier.

– C'est une soupe populaire, fit Bets, pour des gens qui pour la plupart ont les moyens de se payer leur soupe tout seuls.

– Je ne veux pas de soupe, dit Art en secouant la tête – et Dion éclata de nouveau de rire.

– Je ne voulais pas venir ici, expliqua Bets quand ce dernier partit en quête de nourriture. Mais c'était Dion qui te portait, et on était tout près, alors nous y voici. Tu devrais faire plus attention à manger, bébé – elle lui caressa le visage.

Dion revint, suivi par une petite femme aux pieds nus. Elle portait une robe vaporeuse, ses poignets et ses chevilles ensevelis sous les bracelets, ses longs cheveux se balançant presque jusqu'à sa taille. Tout en se frayant un chemin au milieu du groupe d'hommes assis par terre, elle discourait d'une voix stridente, déterminée et autoritaire. À un moment, toujours en pleine tirade, elle posa un plateau devant Art. Quand elle se pencha, sa robe découvrit ses seins nus, et il essaya de ne pas regarder, mais eut l'impression que toutes ses forces l'avaient quitté. Quand elle s'éloigna, elle parlait encore. Sur le plateau il y avait du café dans une tasse ébréchée, et une assiette avec deux toasts beurrés, un peu de confiture dans une petite tasse en plastique et une cuillère pleine de beurre de cacahuète.

Art commença à manger. Dès la première bouchée il se sentit mieux, mais il fut immédiatement submergé par l'angoisse soudaine d'avoir rêvé de Bets et Dion pendant qu'il était évanoui, et d'avoir à son insu laissé ses désirs percer à la surface. C'était comme cette sensation qu'il avait parfois après avoir fumé beaucoup d'herbe, l'impression que ceux qui l'entouraient pouvaient connaître ses pensées, mais en bien pire cette fois parce que, pendant ce moment d'absence, il avait très bien pu leur dire tout haut ce à quoi il pensait ou ce qu'il imaginait, tout seul, pas besoin de télépathie, un grand coup d'autodénonciation – et comment pourrait-il savoir, après coup ? Avait-il remonté le cours de son inconscient jusqu'au matin précédant le tirage au sort, au moment où il s'était retrouvé à regarder dans leur chambre par le trou sans porte, alors que Bets était assise sur Dion, le bout de ses seins baignant dans la mince lame de lumière que l'aurore projetait entre eux ?

Art avait été totalement incapable de détourner le regard, empli de désir mais aussi de terreur à l'idée du bruit qu'il risquerait de faire s'il essayait de reculer, et il était donc resté là en suspens, le souffle coupé, fasciné, inquiet à l'idée que l'un d'eux se tourne vers lui, mais captivé. Leur souvenir envahit ses rêves, rejoignant le corps nu entraperçu dans la chambre de ses parents, la maîtresse de son père, sommet de l'hypocrisie du vieux : cette femme à la poitrine sèche qui occupait tous ses rêves contre son gré depuis si longtemps déjà. Il aurait pu marmonner ou crier ou gémir tout cela tandis qu'il gisait inconscient dans les bras de Dion : il n'avait aucun moyen d'en être sûr.

Dion voulut pousser le sac en cuir de Bets qui occupait le siège à côté d'elle, dans le petit box, mais elle le lui ôta des mains pour le glisser plutôt dans son dos et lui faire de la place.

– T'as toujours les idées claires ? demanda-t-il en s'asseyant. Ou est-ce qu'il faut qu'on rappelle ce Helms ?

Art lui donna le papier qui était dans la poche de son jean, avec d'un côté l'information que Jacks leur avait donnée, sous forme de chiffres qui ressemblaient à des cubes dessinés par un enfant, et de l'autre deux adresses, de sa propre écriture timide et minuscule. Art désigna la première.

– C'est ici qu'elle se trouvait quand j'ai appelé, mais sa prochaine mission est à cette adresse-là. Elle va quitter le premier endroit pour midi et demi, il a dit, donc je suppose que pour savoir où aller, ça va dépendre de l'heure qu'il est.

Dion jeta un coup d'œil à son poignet nu.

– Il est une tache de rousseur et demie, mon pote. Allons nous renseigner – il s'adressa à quelqu'un assis non loin d'eux : Hé mec, il est quelle heure ?

– Y a pas d'horloges chez la Mère Supérieure, répondit l'homme en haussant les épaules.

– C'est vrai, bien sûr. Quelqu'un d'autre ? demanda Dion à la ronde. Quelqu'un sait l'heure qu'il est ? ajouta-t-il en regardant les hommes assis en tailleur, ou étendus sur le sol. Personne parmi vous, les gars ?

Un type en chemise blanche tachée à col Mao et jean coupé était assis en position du lotus, le dos très droit, les yeux clos. Sans les ouvrir, il dit :

– Je suis en retard, tu es en retard. Encore une stratégie de division pour mieux régner, et je refuse de jouer à leur jeu. C'est exactement comme l'argent, mec.

Et puis ils s'y mirent tous.

– C'est vrai, dit quelqu'un. Je préférerais encore avoir un bout de papier avec un poème dessus ou quoi, plutôt que le portrait d'un ancien propriétaire d'esclaves. Ça a plus de valeur à mes yeux.

– Du genre, hé, frangin, tu me filerais un Byron ?

– Qui a de la monnaie sur un Walt Whitman ?

– Voilà pourquoi je n'aime pas aller chez la Mère Sup', dit Bets à Art à voix basse. Tous ces gamins blancs de la classe moyenne qui se croient dans un parc d'attraction pour hippies – elle se pencha pour fouiller dans son sac à main.

– Et toi, mec, demanda Dion à l'un des autres. T'as une montre ?

– J'en avais une, frangin, mais je l'ai jetée. Je ne pouvais vraiment plus supporter ce genre de pression.

Bets se redressa dans le box en levant une main bien haut au-dessus de sa tête, et dit d'une voix forte, avec un sérieux qui frisait la colère et néanmoins toujours cette pointe de dérision douce et triomphante qui la caractérisait :

– J'offre toutes les miettes d'herbe qui restent dans ce pochon de dix à celui qui pourra me dire quelle heure il est, bordel.

À 12 h 57 ils se mirent en route pour l'endroit où la mère d'Art entamait sa deuxième mission de la journée.

*

* *

Bets dit que c'était plus simple de reprendre le même chemin qu'à l'aller. Il y avait un bus qui s'arrêtait près de la pension : il les emmènerait dans la bonne direction. Ils reprirent leur marche à travers l'ancien quartier d'Art. Ce dernier restait à la traîne, encore tourmenté par la crainte d'avoir pu dire quelque chose qu'il n'aurait pas dû au cours de ces occasions manquées, alors que Dion le portait dans ses bras, cette étreinte tant attendue qu'il n'avait ni vue ni sentie. Chez lui, il savait qu'il parlait dans son sommeil, qu'on pouvait entendre gargouiller dans sa gorge le filet d'eau vive de ses idées, et il s'était parfois réveillé face à son père ivre qui lui ordonnait de répéter ce qu'il avait dit. Bien sûr, Art n'avait en réalité jamais conscience d'avoir parlé, et pour contenter son père il inventait ce qu'il aurait pu raconter, évoquait l'école ou quelque chose que les voisins avaient dit à sa mère, jusqu'à ce que le vieux se lasse et s'en aille trouver consolation dans le cliquetis que produisaient les glaçons dans l'alcool tiède.

Pendant la dizaine de minutes que dura leur marche, l'angoisse qu'Art ressentait à l'idée d'avoir pu dire quelque chose se propagea à tout ce qui lui passait par la tête, de sorte qu'il fut envahi par une terreur diffuse quand quelqu'un devant la boucherie italienne le reconnut et leva la main pour le saluer. Tandis qu'ils traversaient la rue où se trouvait la pension, Art espéra qu'ils ne tomberaient pas sur Jacks : c'était comme si une seconde visite était susceptible de déclencher un problème encore non identifié qu'ils avaient par magie réussi à esquiver la première fois, et risquait d'une façon ou d'une autre de ruiner la parfaite bienveillance de leurs précédents adieux, de faire remonter à la surface tous les mots tapis dans son esprit endormi. Il se demanda s'il pourrait revoir Jacks et parvenir à garder le silence sur son père.

Non qu'une dispute avec ce dernier soit une chose inhabituelle, un changement soudain. De ce point de vue, ce n'était même pas un événement à proprement parler, rien de différent de leur relation coutumière, hormis l'ampleur que cela avait pris – une version plus bruyante, plus virulente d'une conversation qu'ils entretenaient en permanence, estimait Art, qu'ils soient ensemble ou non. La vraie différence était qu'Art, peut-être encouragé par l'assurance que Bets et Dion l'attendraient, qu'il jouirait d'une espèce de foyer auprès d'eux si on le privait du sien, ou que lui l'abandonnait, peu importait, avait enfin fini par se défendre. Il avait retourné la question de la culpabilité et de la vertu pour la renvoyer à son père, pour une fois, afin que pour une fois elle ne reflète pas sa propre faiblesse et son insuffisance, mais les prétentions indues d'Abe, sa dépendance financière vis-à-vis de sa femme, et par-dessus tout sa duplicité. Combien de temps Art avait-il attendu de mettre son père face à cela, sa connaissance de l'existence de l'autre femme, celle qui les avait privés de son affection, qui s'était mise nue dans leur maison ? Pour combattre sa peur, Dion et Bets avaient semé la graine de cette impulsion naissante, un élan fondé sur leur conviction que la franchise le mènerait à la liberté, qu'il lui fallait accepter cette nécessité, qu'il lui fallait affronter son père.

L'arrêt de bus était situé dans un quartier animé. Il y avait des boutiques avec des enseignes délavées de part et d'autre de la rue, sur toute la longueur, et des perrons du haut desquels des vieillards assis en maillot de corps contemplaient la circulation. Dion convainquit deux filles vêtues de tenues pratiquement identiques, débardeurs moulants et pantalons pattes d'ef, de lui refiler leurs tickets. Un bus s'arrêta, et elles montèrent. L'une des filles tendit les tickets à Dion par la fenêtre, les papiers claquant comme de petits drapeaux entre ses doigts minuscules tandis qu'il courait à sa hauteur pour les saisir au vol. C'était toujours un émerveillement pour Art de voir les gens accorder ainsi leur confiance à Dion, cette attention qui semblait lui revenir par un droit naturel, cette acceptation sincère et dénuée de jalousie que même des inconnus lui témoignaient comme s'ils déposaient sur sa tête une couronne de feuillages. Art fut de nouveau rempli d'admiration et de désir ardent, ce sentiment étrange qu'il avait de ne pas rêver seulement que Dion le remarque, que Dion l'aime, mais aussi d'avoir Dion en lui, d'être cet autre si différent de la personne à l'intérieur de laquelle il s'était retrouvé piégé.

Dion revint vers eux en dansant et courant à moitié, agitant les longues feuilles de papier jaune et blanc, une dans chaque main. Il s'adressa à Art :

– T'as l'air d'aller mieux. T'étais devenu tout blanc, tout à l'heure.

– Je suis de quelle couleur maintenant ?

Dion lui donna une tape sur l'épaule.

– Comme d'hab, mec, répondit-il. Couleur Art, quoi, tu vois – il alluma une cigarette et reprit : Bets t'a parlé de mon frère, elle m'a dit.

Art acquiesça. Dion hocha la tête à son tour, et Art essaya de trouver une question à lui poser, mais il vit alors au visage de son ami que celui-ci était de nouveau ailleurs, distrait par ses angoisses lancées au galop. Suivant le fil de ses pensées, Dion s'engagea sur la chaussée et se mit à contempler le tube de macadam chaud qui s'étalait vers le lointain, dans leur dos, guettant leur bus.

Art regarda son reflet dans le verre de l'abribus : planant tel un fantôme au-dessus des gens qui se trouvaient de l'autre côté de la cloison, il vit les cheveux filasse et pas lavés, les bras flasques qui tombaient de ses manches courtes comme des chapelets de saucisses, le triangle de sa poitrine plate, imberbe et légèrement rougie par le soleil, et, par-dessus, le collier de bois et de cuir tressé que Bets lui avait confectionné. Il y avait des taches humides autour de ses aisselles et sous sa ceinture, et son visage luisait de sueur, des perles qui s'engageaient l'une après l'autre dans la lente descente jusqu'à son cou. Au milieu de tout cela, à peine visible dans cette apparition spectrale mais aussi flagrante pour lui qu'un gyrophare, trônait la rupture : la bouche et le nez tordus, la narine droite dilatée au-dessus de la lèvre retroussée, les emblèmes de la traîtrise de son corps.

Bets apparut par-dessus son épaule et lui sourit, visage de la bienveillance et de la compassion. Il se décida à lui poser la question.

– Est-ce que j'ai dit quelque chose pendant que j'étais dans les vapes ou inconscient ou je ne sais quoi ?

– T'étais tellement silencieux que pendant une seconde j'ai eu peur que tu ne respires plus.

– Tant mieux, répondit Art.

Bets faillit éclater de rire.

– Bébé, y a vraiment que toi pour penser que c'est tant mieux, lui répondit-elle – puis Dion les rejoignit : Attention les enfants, c'est le nôtre.

Le bus arriva.

Tandis qu'ils escaladaient les marches raides, Bets dit à Art :

– Ils n'ont pas tort, tu sais, ces mecs chez la Mère Sup'. Au sujet de l'argent, du temps et tout ça. Mais bon, et alors ? C'est pas en disant ça qu'on va empêcher Dion d'aller à l'armée, en restant assis sans rien faire à répéter que le système ne devrait pas être ce qu'il est. Les gens qui gueulent en disant qu'ils ne reconnaissent pas l'autorité du tribunal finissent quand même en prison, tu vois ce que je veux dire ?

Mais soudain Art n'écoutait plus parce que, de l'autre côté de la fenêtre du bus, il se retrouva nez à nez avec son père, et le vieux lui rendait son regard depuis le siège conducteur d'un camion qui allait dans la direction opposée. Art se serait enfui s'il avait pu, mais il n'y avait nulle part où aller, et donc il se contenta de rester où il était, complètement immobile. Ils se fixèrent d'un air ahuri pendant un moment, jusqu'à ce que le bus redémarre. Il prit soudain conscience de son cœur, de la façon dont celui-ci tremblait et cognait contre ses côtes.

*

* *

Leur dispute était arrivée d'un seul coup, impossible à contenir : le vieux était là en train de farfouiller à la recherche de petite monnaie égarée et des économies planquées par quelqu'un d'autre. Drapé dans la bonne conscience d'un propriétaire inspectant son domaine, il parvenait Dieu sait comment à conserver une attitude impérieuse, même alors qu'il se mettait à genoux pour balayer d'un bras l'intérieur du placard poussiéreux. Il avait injurié Art, puis injurié la mère absente du garçon, la femme qu'il avait utilisée et trompée, la femme qui en ce moment même était en train de trimer pour permettre au vieux de ne jamais manquer de gin. Au fond d'Art se mit à remuer la pensée qui piaffait depuis longtemps dans l'attente de sa délivrance, cette chose qu'il avait toujours refoulée quel que fût son désir de l'exprimer, de l'expulser, parce qu'il ne pouvait l'envisager qu'à travers le prisme de sa propre complicité : car lui aussi avait convoité le corps ingrat, sec et étranger entraperçu depuis les périlleux abysses de sous le lit, désirs qui le terrifiaient d'autant plus qu'ils étaient partagés, même si son complice n'en avait pas conscience.

À cet instant, Art eut l'impression d'avoir attendu des années en portant en lui les mots exacts, emmagasinés en train de macérer quelque part juste sous son ventre, et une fois qu'il eut enfin accepté de les libérer ils débordèrent brutalement, prononcés d'une voix hachée et tremblante, et s'élancèrent en échappant largement au contrôle de celui auquel appartenait cette voix :

– Ne parle pas d'elle comme ça.

– T'as pas à me dire ce que je dois faire, pas sous mon toit.

Son père s'exprimait d'un ton presque indifférent, occupé à dégager les petits objets fragiles que sa mère conservait à l'abri comme des trésors, les tasses et les soucoupes, les verres, qui s'entrechoquèrent faiblement.

– Ton toit ? Où tu vas chercher des trucs pareils ?

Art prit conscience au moment où il parlait qu'il était en train de hurler, la voix tendue, au bord de la rupture. Il essaya de s'exprimer comme une personne raisonnable, mais c'était impossible : sa voix ne lui appartenait plus. Elle était tout entière à l'hystérie de son émotion, et il bêla donc comme un animal de ferme :

– C'est comme s'il y avait un manuel bourré de phrases ridicules de ce genre pour… pour les pères de merde.

Abe leva les yeux à ces mots, et Art fut saisi par un sentiment inconcevable qui alliait la terreur au plaisir, mêlait la satisfaction d'avoir percé la carapace métallique de l'indifférence de son père et l'inquiétude face à ce qu'il pourrait découvrir à l'intérieur. Il voulait s'arrêter, mais aussi continuer, et il semblait impossible de s'arrêter maintenant, alors il se jeta la tête la première dans ses propres paroles.

– Et puis de toute façon, bêla-t-il, de toute façon, de qui tu te moques ? Comment tu peux prétendre que le moindre truc ici t'appartient, hein ? C'est maman qui paye tout. C'est maman qui fait tout le boulot.

Était-ce à ce moment-là que son père s'était levé, petit, compact et plein d'une menace sourde ? Était-ce à ce moment-là qu'Art avait remarqué que le canapé se dressait entre eux, un obstacle qui le protégeait ? Son père répondit :

– Je vais t'apprendre un truc que tu ignores. Sans moi, ta mère ne serait rien. Les hommes payaient pour se frotter à elle et prétendre que c'était de la danse. Pour un nickel, elle faisait ça, avec des inconnus, pour un nickel seulement. Ces filles-là, bon Dieu. Tu crois qu'on les aime, ces filles-là ? Sans moi, ta mère ne serait rien, et toi tu ne serais rien. C'est moi qui ai fait cette famille. Tu me dois tout.

– Et qu'est-ce que tu fous ici, putain, à part boire et… et… – Art se retrouva à pleurer, effrayé par sa soudaine envie de blesser, mais incapable de retenir ce qui était en train d'émerger jusqu'à ce que la simplicité même de la chose finisse par s'échapper de sa bouche, comme un jaune s'échappe d'un œuf qu'on casse : Et mentir.

La tête d'Abe tressaillit brutalement. De toute sa vie, Art n'avait pas souvenir d'avoir déjà vu la gangue épaisse qui figeait son expression s'altérer aussi radicalement ni aussi vite. Comme Art ne répondait pas, le vieux fit un geste de la main comme s'il écartait un rideau invisible, et le somma de nouveau, plus fort cette fois :

– De quoi tu parles, bon sang ?

L'esprit envahi par la femme, la maîtresse secrète de son père, celle qui s'était promenée nue dans la maison de ses parents, Art lui répondit enfin dans un hurlement, le visage crispé, la gorge étranglée par l'effort comme dans un garrot :

– Parfaitement, mentir. Et tu crois que personne ne sait, tu crois que tout le monde n'y voit que du feu, continua-t-il. Mais pas moi. Parce que je ne suis pas aveugle. Je ne suis pas aveugle, putain.

– De quoi est-ce que tu parles ? demanda son père. Espèce de petit salopard, dis-moi de quoi tu parles, bon sang, espèce de petit menteur de merde.

– Tu sais que je t'ai vu, une fois ? hurla Art. Tu sais que j'étais là, une fois, dans ta chambre ? J'étais là, et j'ai vu.

Ses paroles n'étaient plus qu'un croassement étranglé à présent, tant son corps débordait de terreur, de rage et du soulagement douloureux du silence volant enfin en éclats. Les mots tremblaient et frissonnaient en quittant sa bouche, mais il les répéta, ne serait-ce que parce qu'il ne pouvait pas endiguer ce déferlement une fois les vannes ouvertes. Il hurla encore et encore :

– J'ai vu, et je sais – et il était sûr que son père l'avait compris parce que le visage du vieux devint brutalement d'un blanc exsangue, ses lèvres pressées si fort qu'elles en disparaissaient presque.

Pendant un instant, ils restèrent tous deux muets et immobiles, le silence seulement perturbé par le souffle lourd et entrecoupé de sanglots qui sortait de la bouche béante d'Art, alors que le visage brisé du vieux s'affaissait silencieusement sur sa tête agitée de mouvements convulsifs. Puis Art s'enfuit tandis que son père hurlait après lui. S'il y avait des mots parmi les bruits émis par le vieux, Art ne les entendit pas.

Jimmy s'était remis à causer. Kunstler aurait préféré qu'il retourne à la lecture de son livre, mais désormais il ne quittait pas la carte des yeux plus d'une minute, cherchant toujours l'itinéraire le plus court jusqu'à la prochaine livraison. Kunstler allait avoir du mal à faire un détour par l'appartement pour regarder dans les affaires du garçon avec Jimmy qui jouait le guide du cru, et cela le rendait nerveux, à cran.

– Est-ce que t'as une idée de ce qu'il y a dans ces cartons, au moins ? demanda Jimmy. Je veux dire, est-ce que ça t'arrive de lire le bon de livraison, ou même juste ce qu'il y a de marqué dessus ? Juste là, sur les cartons, en gros caractères ? Les noms des entreprises et tout ça. Ma question c'est : est-ce que t'as la moindre idée de ce que tu fais pour gagner ta vie, en vrai ? Les jours où tu te donnes la peine de te pointer, je veux dire. Simple curiosité, hein, tu vois. Tiens-toi prêt à prendre la deuxième à droite.

– Quoi ? demanda Kunstler.

Sa main lui faisait mal, et son pied aussi. Jimmy lui avait trouvé une aspirine, mais ça ne lui faisait aucun effet, et les glaçons du minable gobelet à moitié rempli que le type de l'épicerie leur avait cédé de mauvaise grâce avaient fondu presque immédiatement. La douleur qui faisait son retour après le bref engourdissement était pire qu'avant. Il n'avait plus besoin de ce genre de rappel, il avait besoin de boire un coup – mais il avait vidé la flasque de gin en plastique pour prendre l'aspirine pendant que Jimmy regardait ailleurs. Tout ça le fatiguait : la douleur, la chaleur et le bavardage incessant de Jimmy. Peut-être, s'était-il demandé, à défaut de pouvoir boire un coup, pourrait-il trouver un moment pour dormir. Il avait besoin d'avoir les idées claires pour réfléchir au sujet du garçon, et voilà qu'à présent cette fatigue soudaine avait submergé son corps, l'avait pris au piège comme dans une nasse. Il se sentait sombrer, et alors qu'ils attendaient au feu il eut même l'impression d'avoir peut-être piqué du nez.

C'est pour cela qu'il ne comprit pas tout de suite que ce n'était pas un rêve, que c'était vraiment le garçon qu'il voyait là, dans le ciel, juste en face de lui. Son visage flottait dans le soleil à quelque chose comme un mètre à peine, et une cascade de reflets les séparait, des couches et des couches de verre qui se réverbéraient, le rétroviseur d'Abe, son pare-brise et sa vitre à demi baissée réfléchis sur la fenêtre d'un bus à l'arrêt, un va-et-vient d'images : la ville autour d'eux, des voitures qui avançaient et des gens qui marchaient, le propre visage de Kunstler. Et au beau milieu, regardant dehors à travers la giclée de soleil blanc prise dans cet enchevêtrement, se trouvait le visage figé et ahuri du garçon debout dans un bus, un bras mollement levé pour tenir la poignée. Kunstler le contempla fixement, et le visage le fixa en retour. La voix de Jimmy était un brouhaha en arrière-plan, la file de voitures s'allongeait dans son rétroviseur, toutes choses dénuées d'importance quand il comprit qu'il avait réussi :

il avait trouvé le garçon. Kunstler faillit sourire. Ébahi, il regarda, et le garçon lui rendit son regard, plongea ses yeux droit dans les siens, jusqu'à ce qu'avec un léger roulis le bus redémarre.

– Abe, mec, c'est toi qu'ils klaxonnent. Allons-y. Le feu ne sera jamais plus vert que ça.

– Non, non, répondit Kunstler. Merde.

Il ouvrit sa portière d'un coup. Sa manche s'accrocha à la manivelle de la vitre et se déchira, et il faillit tomber de la cabine et s'étaler sur la route en se tordant le cou pour apercevoir l'arrière du bus qui s'en allait. Il n'y avait pas d'autre moyen de le suivre que de courir en trébuchant sur le macadam rapiécé semblable à un paysage lunaire entre les deux voies de circulation, et le bus s'éloignait davantage à chacun de ses pas. Les voitures filaient sur sa droite tandis qu'à gauche les conducteurs coincés derrière le camion hurlaient des insultes, mais il continua à courir. La portière d'une cabine s'ouvrit brutalement et Kunstler dut esquiver le conducteur en colère. Il courut aussi longtemps qu'il le put, martelant le sol, un pied devant l'autre, jusqu'à ce qu'il soit à court d'énergie, hors d'haleine, plié en deux par un point de côté qui déchirait son abdomen. Le bus poursuivit sa route sans se presser, ses feux arrière clignotant en rouge pendant une seconde trompeuse avant qu'il ne prenne de la vitesse. Il resta là et le regarda partir, se recroquevilla, son pouce lancinant niché sous son aisselle, haletant pour reprendre son souffle entre les gouttes de sueur qui s'accumulaient au-dessus de sa lèvre. Il se remémora spontanément le fourneau en sous-sol, enveloppé dans son linceul de chaleur.

Kunstler cligna fort des yeux, puis remonta lentement la route en boitillant, toujours au milieu. Il avait couru plus loin qu'il ne pensait, et l'arrêt de bus était à bonne distance. Jimmy avait garé le camion de l'autre côté de la route, et Abe dut attendre que la longue file de voiture le dépasse, certains des conducteurs lui adressant un doigt d'honneur au passage. Quand il finit par le rejoindre, Jimmy était toujours sur le siège conducteur.

– Tu t'es foulé la cheville ? l'interpella-t-il du haut de la fenêtre. Bien fait pour toi, à courir sur la route comme un taré. Putain, mais qu'est-ce qui te prend ? Fais le tour.

Abe ne bougea pas.

– Qu'est-ce que tu veux dire ?

– Je veux dire que t'es *pazzo*, t'es pas bien dans ta tête. Quoi, t'as vu une jolie nana ? Crois-moi, elles n'en valent pas la peine. Alors maintenant, fais le tour, mec. On y va.

– Le tour ? Non.

– Oh que si, fit Jimmy. C'est moi qui conduis. Comme t'as dit, t'es trop fatigué ou je sais pas quoi. Plus je sais pas quoi que fatigué, à mon avis, tu vois ce que je veux dire ? – il sortit la bouteille de gin vide du rangement de la portière du conducteur et la balança à Abe, qui l'attrapa et la garda dans sa main valide, sans la regarder. Maintenant, fais le tour, monte. Faut qu'on y aille. J'essaie de sauver ce que je peux de notre tournée pour que ces connards de la direction ne nous collent pas un jour de paie d'amende.

– Non, répondit Abe. Faut que je conduise. Faut qu'on fasse demi-tour, qu'on aille dans cette direction.

Il fit mine d'ouvrir la portière de la cabine. Jimmy tira dessus pour la refermer et reprit d'une voix tendue :

– Abe, il faut que tu fasses le tour et que tu montes de l'autre côté. Ensuite je vais conduire ce putain de camion dans cette putain de direction, vers notre putain de prochaine livraison. Tu peux venir ou pas. Dernière chance.

Jimmy essaya de se préparer à partir. Il fit hurler l'embrayage et détourna les yeux une seconde vers le levier de vitesse. C'est à ce moment-là que Kunstler ouvrit la portière, lui attrapa la jambe et l'extirpa de son siège. Ils tombèrent l'un sur l'autre sur le bitume. Plusieurs voitures se mirent à klaxonner et quelqu'un cria. Aucun des deux ne voulait lâcher l'autre, alors ils restèrent par terre à rouler sur la chaussée en se cognant les coudes et les genoux. Jimmy finit par réussir à se libérer et à se relever. Il repoussa Kunstler, mais quand il lui tourna le dos pour remonter dans le camion celui-ci se redressa à son tour et le frappa brutalement à l'arrière du crâne avec un objet qu'il découvrit dans sa main : la bouteille en plastique vide, trois coups qui produisirent chacun un minuscule bruit sec. Jimmy se retourna et lui donna un coup de poing dans le ventre, et Kunstler tomba sur un genou.

Jimmy le contempla un instant, le visage plein de surprise et de confusion, caressant d'une main l'arrière de son crâne. Puis il grimpa dans la cabine. « C'est mon boulot, putain, cria-t-il, massacrant de nouveau l'embrayage. C'est là que je bosse. Enfoiré de pauvre con. » Il finit par trouver la première, le camion fit une embardée sur la chaussée et le moteur cala. Jimmy se débattit avec le contact jusqu'à ce que le camion reprenne vie en vibrant. Il cria :

– Tu vas trop loin, Abe. Vraiment trop loin, bordel. Tu peux aller te faire foutre.

Le camion s'éloigna. Kunstler finit par réussir à se tenir droit et se tourna vers les gens de l'autre côté de la rue, à l'arrêt de bus.

– Où va ce bus ? tenta-t-il de demander, celui qui est parti ? J'ai besoin de savoir quel numéro c'était – mais il était à bout de souffle et c'était à peine s'il s'entendait lui-même, alors personne ne répondit.

Un homme tout près de Kunstler s'adressa à lui :

– Oh, mon Dieu. Oui, je me suis dit que c'était vous. Qu'est-ce qui vous arrive ?

Kunstler sursauta et recula d'un pas, manquant trébucher sur la bordure du trottoir, derrière eux. L'homme lui tendit la main pour l'aider à se remettre d'aplomb, et alors qu'ils étaient bras dessus bras dessous il reprit :

– Est-ce que ça va ? Cet homme, le camion... vous voulez que j'appelle la police ?

– Quoi ? Non.

Kunstler fouilla de nouveau la route du regard, dans l'autre direction, celle où le bus était parti, puis revint sur l'homme. Il avait encore du mal à respirer et sa voix n'était qu'un faible sifflement.

– Non. Qui êtes-vous ?

– Je suis Arnie. Vous savez, le teinturier ? Là-bas. Je m'occupais de vos costumes autrefois.

– Autrefois ? demanda Kunstler.

– C'est ça, répondit l'homme sans le lâcher.

– Mes costumes ? demanda Kunstler.

– C'est ça.

L'homme sourit et acquiesça, et Kunstler hocha donc la tête à son tour, avec précaution. Il jeta un coup d'œil à l'homme qui se présentait sous le nom d'Arnie. C'était un type maigrichon, âgé, avec une calvitie en forme de couronne ouverte derrière un tentacule de cheveux gris plaqués à la gomina, et des taches de vieillesse, comme une poignée de piécettes balancées sur son crâne. Il portait des lunettes. Kunstler pensa : *Qui que soit cet homme, je peux le battre si nécessaire.* Il s'adressa à lui :

– Vous savez quel bus c'était, quel numéro ? – le type dut se pencher tout près pour l'entendre.

– Celui qui est parti ? Eh bien, il y a trois ou quatre bus qui s'arrêtent ici. Vous vous souvenez ?

– Non, reconnut faiblement Kunstler. En fait, non – il regarda pour la première fois les bâtiments qui l'entouraient.

L'homme reprit :

– Oui, ça fait un moment que je ne vous ai pas vu dans le quartier, des années peut-être. Et bien sûr ça a une autre allure aujourd'hui. Est-ce que ça va ?

Kunstler savait qu'il y avait une idée à laquelle il voulait penser, quelque chose au sujet du garçon, et de l'apparition ici de quelqu'un qui semblait savoir qui il était, mais avec la bagarre, la chaleur, le manque de gin et le bavardage de l'homme, il avait l'impression d'avoir des difficultés à réfléchir. Ses genoux étaient mous, liquides. Il devait avoir l'air mal assuré car l'homme demanda :

– Voulez-vous vous asseoir ?

– Non, répondit Kunstler. Ça va.

Mais il laissa quand même l'homme le conduire jusqu'à une devanture, à quelques mètres de là. Une clochette suspendue à la porte sonna quand ils entrèrent.

Il faisait plus frais à l'intérieur. Un ventilateur balançait lentement sa tête en plastique bleu qui bourdonnait, d'un côté puis de l'autre. Il y avait un tabouret rembourré et une grosse machine à coudre sur une table de travail dans la vitrine, et Arnie l'invita à s'y asseoir. Un pantalon était sur la table, et Kunstler comprit sans l'avoir voulu qu'on reprenait la taille, pour l'élargir. Un garçon avec un petit alligator sur son polo se tenait derrière le comptoir.

– Voici un de nos vieux clients, dit Arnie. Pardonnez-moi, je ne me souviens pas de votre nom.

Kunstler était encore en train d'essayer de penser à quelque chose, mais ça ne venait pas. Il demanda :

– Vous avez un truc à boire ?

– Oh, bien sûr. Dennis, M... euh... a eu un accident dehors. Veux-tu bien aller lui chercher un verre d'eau ?

– Quoi ? fit Kunstler. Non, pas de l'eau. Un truc à boire.

Avec sa main, il fit le geste de trinquer. Il s'aperçut qu'il tenait toujours la flasque en plastique. Il la fit passer dans son autre main, sa pince.

– Un verre.

– Oh, vous voulez dire un... ? Eh bien, pas ici, non. Je suppose qu'ils auront peut-être une bière à l'épicerie – il hésita puis tendit au gamin un billet sorti de sa poche. Dennis, va vite chercher pour M... euh... va vite chercher une bière chez M. Mileski. Le fils de ma sœur, glissa-t-il à Kunstler quand le gamin se fut faufilé sous le comptoir et eut passé la porte au son de la clochette.

Kunstler glissa la bouteille vide entre le tabouret et sa cuisse.

– Il me donne un coup de main ce week-end. Ou bien c'est moi qui donne un coup de main à ma sœur, en m'occupant de lui. Quand les gens font des enfants, toutes les personnes qu'ils connaissent de près ou de loin se transforment en baby-sitters, mais bien sûr vous savez ce que c'est. Et j'aime bien l'avoir avec moi, c'est un bon gamin – il attendit un moment, mais voyant que Kunstler gardait le silence il poursuivit. Le vôtre doit être encore plus grand maintenant, j'imagine. Je ne me souviens pas de son nom, pardonnez-moi, mais je me souviens de lui, ou tout au moins je me souviens d'une chose.

Il retira ses lunettes et produisit un chiffon de sa poche. Il essuya la sueur sur son nez et à l'intérieur du pont de l'épaisse monture en plastique noir, avant de s'attaquer aux verres. *C'est une bonne chose qu'il les ait enlevées*, pensa Kunstler, *comme ça elles ne vont pas se casser quand il évoquera le visage du garçon et que je lui mettrai mon poing dans la figure.*

Mais Arnie reprit :

– Il était toujours tellement sérieux quand il faisait des commissions pour sa mère. Vous saviez qu'il comptait vos vêtements quand je les lui rendais ? Ça m'a vraiment marqué. C'était tellement… – il chercha le mot autour de lui avec ses yeux aveugles, et finit par le produire avec un grand geste des mains, comme un magicien : Méticuleux. Enfin bon, pour quelqu'un d'aussi jeune, être aussi consciencieux – à ces mots, il remit ses lunettes en place. Tellement vigilant. Je me souviens très bien de ça.

– Il était là à l'instant, dit Kunstler, avec un geste vague. Il est parti dans ce bus.

– Ah oui ? Ah bon. Est-ce qu'il va bien ? Il va à l'école ? Oh, voilà Dennis.

La sonnette retentit de nouveau et le gamin revint. Il remit avec précaution une canette et un peu de monnaie à Arnie, et celui-ci tendit la bière à Kunstler. Le gamin retourna à sa place derrière le comptoir.

– Vous rendiez tous les deux visite à de vieux amis du quartier ? Et puis-je vous demander ce qui s'est passé avec cet homme ? demanda Arnie – et Kunstler sut une nouvelle fois qu'il fallait qu'il se concentre sur ce truc dont il essayait de se souvenir.

Le gamin devait être en train de fixer sa main estropiée, parce que quand il jeta un coup d'œil dans sa direction le petit détourna promptement les yeux.

Kunstler ouvrit la canette et but sa bière, l'engloutit tout entière aussi vite qu'il put. Immédiatement les bulles se mirent à le brûler et il s'étrangla, mais pas question de ralentir. La bière dégoulinait le long de son menton et sur sa chemise, imprégnait son bandage, mais il ne s'arrêta toujours pas, basculant la tête encore plus loin en arrière, et en retenant son souffle il laissa sa gorge s'ouvrir et se contracter, et lutta contre la panique en pensant : *Ça fait toujours ça, fie-toi au mécanisme pour faire son boulot.* Même s'il avait mal, il savoura ce moment qui le ramenait en lui-même, seul avec son corps pendant un instant seulement, saisi par sa propre chair. Il savait que le vieil homme et le gamin le contemplaient avec ce qui ressemblait à de la consternation, mais il avait besoin d'avoir les idées claires, et une bière sirotée à petites gorgées ne lui en donnerait jamais la force.

La bière tout entière l'aida, en revanche, puisque quand il l'eut finie il fut soudain en mesure de voir. L'homme avait raison : il était venu ici, il connaissait cet endroit d'avant l'accident et la fin de l'usine, il était passé devant ces immeubles tous les jours en voiture sur le chemin du travail, s'était promené juste là, à pied, avec sa petite amie le dimanche pour aller au parc, ou dans les bars la nuit, avant l'arrivée du garçon, à l'époque où tout allait bien. C'était presque comme s'il pouvait regarder par la vitrine du teinturier et se voir lui-même en train de descendre la rue au volant de sa voiture, longeant les mêmes perrons et les mêmes devantures, tandis que défilaient devant lui les enseignes des boutiques et qu'on remontait les volets roulants pour la journée qui commençait. Il tenait le volant à deux doigts, décontracté, le pied gauche reposant souplement sur l'embrayage. Tôt le matin, la route dégagée semblait une invitation, et l'usine attendait au bout du trajet, tel un joyau. Pendant ce temps-là, à côté de lui sur le siège passager, les genoux collés au tableau de bord, la respiration audible même par-dessus le ronronnement régulier et majestueux du moteur, bienheureux inconscient de sa propre imbécillité, immense, massif et aussi remuant qu'un animal, il y avait Jacks.

À cette pensée, Kunstler se leva. Jacks vivait ici. Il pouvait avoir vu le garçon. Qu'est-ce que le garçon avait pu lui raconter ?

– Oui, dit-il à l'homme qui affichait un air perplexe et passait sa main sur la vaste surface vide de son crâne. De vieux amis du quartier.

C'était la seule chose qui pût avoir du sens – et si le garçon avait dit quelque chose à Jacks, eh bien, ce grand nigaud pourrait raconter n'importe quoi à n'importe qui. Il devait en avoir le cœur net.

La sonnette retentit quand Kunstler sortit sur le trottoir brûlant, et il fut immédiatement saisi à la gorge par l'air moite et l'odeur de poubelles. Les bâtiments mettaient du temps à se préciser, mais il les reconnaissait suffisamment maintenant. Il avait la canette de bière dans une main, réalisa-t-il, la languette pendue à un doigt de l'autre – ce qui signifiait que la bouteille vide était restée sur le tabouret chez le teinturier. Kunstler laissa tomber la canette et sa languette sur le trottoir, et tourna en direction de la pension où Jacks vivait autrefois. Il avait à peine fait quelques pas qu'il se mit à courir.

*

* *

La petite dame collet monté vêtue comme une maîtresse d'école prétendit d'abord ne pas savoir qui il était. Kunstler voyait bien à sa moue revêche qu'elle le reconnaissait, pourtant. « Elle conserve ses meilleurs crus de fiel à la cave, pour les jours où ses pensionnaires ont des invités », avait-il coutume de dire à son sujet, et il n'avait aucun mal à imaginer qu'il n'y avait guère d'invité qu'elle détestât davantage qu'Abe Kunstler, qui n'allait pas à l'église et ne s'essuyait pas les pieds, gardait son chapeau à l'intérieur et était mal élevé : un invité qui, quand il se présentait à sa porte – ce qu'il avait aussi peu envie de faire qu'elle de le voir là –, n'était généralement même pas fichu d'être sobre. Elle lui mentait en prétendant que le garçon et sa mère n'étaient pas là, alors qu'il savait foutrement bien que si, car où d'autre auraient-ils bien pu être, mais il laissait tomber, ne serait-ce que parce qu'il voyait bien qu'elle brûlait d'envie de trouver une excuse pour appeler la police, le doigt pratiquement déjà sur le cadran chaque fois qu'elle s'adressait à lui : car même complètement ivre, il savait qu'il y avait des choses qu'il valait mieux éviter.

Cette fois, elle fit mine pendant une seconde de ne pas comprendre quand il demanda Jacks, mais peut-être avait-elle senti son désespoir, ou même quelque chose d'autre en lui, quelque chose dont témoignaient la poussière et son souffle coupé, des signes qui parvinrent à percer même cette rigueur morale qu'elle affectait, car elle ne fit pas semblant bien longtemps. Elle mit tout de même un point d'honneur à l'informer que *M. Jackson* était sorti, que *M. Jackson* était parti quelques minutes auparavant, peut-être, qu'il se pouvait qu'il ait pris cette direction, tourné l'angle et remonté le pâté de maisons, mais franchement comment aurait-elle pu savoir où *M. Jackson* se rendait ? Cette fois elle lui dit la vérité, au moins : une fois qu'il eut tourné l'angle, Kunstler aperçut Jacks qui marchait de son pas pesant à environ un pâté de maisons devant lui. Il poursuivit sa course au ralenti, en boitant, pour finir tellement hors d'haleine qu'il ne dit pas un mot en rattrapant le géant, se contentant de l'agripper par le coude.

– Hé, Abe, fit Jacks. Hé, je pensais justement à toi tout à l'heure. Ça fait longtemps. Hé, dis donc, regarde-moi ça, t'as encore tous tes cheveux. Y a plus aucun mec qui a tous ses cheveux à part toi. Blackie disait toujours que tu vieillissais deux fois moins vite que nous autres, tu te souviens ? Tu lui as dit que c'était parce que t'avais « une vie saine ». Ça m'avait fait rigoler. T'étais en train de boire, et on était tous bien partis, c'est pour ça que c'était tellement drôle. On était à ce bar.

– Mais oui, fit Kunstler.

Il était essoufflé, et dut se pencher en avant pour respirer plus facilement. Il s'essuya le visage de sa mauvaise main.

– Dis donc, t'as eu un accident ?

Kunstler fixa sa pince avant de lever les yeux vers Jacks, interdit. Ce dernier se mit à tenter vainement d'épousseter ses vêtements.

– Regarde-toi, t'as du sang, on dirait, et t'es tout sale, et t'as un accroc là. T'as toujours été le type le mieux habillé de l'usine, j'crois bien, mais te voilà maintenant, et on dirait que t'es tombé dans un puits. C'est ça que ma mère me disait quand je me salissais, quand j'étais petit. Même si j'étais pas mouillé, comme toi, t'es pas mouillé – Jacks éclata de rire. Mais vraiment, est-ce que ça va ?

Kunstler agita la main pour que Jacks cesse de le frotter, avec de petits gestes crispés, comme quelqu'un qui chasse une abeille.

– À ton avis ? haleta-t-il. Tu crois que je me suis coupé en me rasant ?

Jacks le regarda, la tête penchée, puis gloussa.

– Tu racontes toujours de bonnes blagues.

– C'est ça, oui, fit Kunstler. Jacks, le garçon. Tu l'as vu ?

– Qui ?

Kunstler lutta pour garder son calme.

– Le garçon, espèce de… Est-ce que t'as vu le garçon, est-ce qu'il est venu te parler ?

– Art, tu veux dire ?

– Oui, lui, le… Art, oui. Est-ce que tu l'as vu ?

– Ouais, je l'ai vu. Il est venu à la maison, et lui et ses amis sont passés me voir dans ma chambre un petit moment. Son ami connaissait un tas de trucs sur les grandes actrices, tu sais, celles des vieux films parlants.

– Il t'a dit quelque chose ? Qu'est-ce qu'il a dit ?

– Il a dit que Jean Harlow aurait dû devenir une plus grande star, si seulement elle n'était pas morte.

– Quoi ?

– Je le pense aussi.

– Non, Jacks, pas son ami. Qu'est-ce que le garçon… qu'est-ce qu'Art a dit ? Il est venu te voir. Pourquoi est-ce qu'il est venu te voir ?

– Oh. Il cherchait sa maman.

Kunstler émit un long gémissement.

– Il la cherche ? Merde. Est-ce qu'elle était dans le coin ?

– Non, mais j'avais le numéro de Helms.

Kunstler pensa : *S'il y avait un bouton sur lequel je pouvais appuyer pour l'expédier instantanément dans le cosmos, je crois que je le presserais*, mais il se contenta de dire :

– Qu'est-ce que ça veut dire ça, Jacks, le numéro de Helms ?

– Art avait besoin de trouver sa mère, alors il a demandé le numéro de téléphone de M. Helms. Et j'ai son numéro parce que c'est notre responsable, alors je l'ai donné à Art pour qu'il puisse demander où elle travaille aujourd'hui.

– Le numéro de téléphone de l'entreprise de nettoyage ? O.K., il me le faut. Il me faut ce numéro. Tout ce que tu lui as donné, il me le faut. T'as le numéro sur toi ? Non ? Il est chez toi ?

– Tu cherches Inez, toi aussi ?

– Oui. Je les cherche tous les deux. C'est important. Tu sais où elle est ?

– Non, mais M. Helms le sait. Est-ce que tout va bien ? T'as pas son numéro chez toi ?

– T'occupe, allez, on se magne.

Ils retournèrent à la pension, le petit homme boiteux et le géant au pas lourd. Jacks causa tout le long du chemin, tandis que Kunstler essayait de hâter l'allure. Il attendit au coin de la maison en briques, pour grappiller le peu d'ombre amassée au pied de ses murs, et espéra que la vieille dame n'allait pas le repérer et venir lui causer encore du souci pendant que Jacks entrait pour chercher le numéro. Kunstler entendait le ronron régulier des voitures qui passaient au loin, et, tout près, des oiseaux qui faisaient du raffut. Il lui restait cette question importante qu'il devait poser à Jacks, et il aurait voulu pouvoir boire un coup avant de se lancer. Il ne savait pas ce qu'il ferait de la réponse. Il s'aperçut qu'il pensait au couteau aiguisé de la cuisine ; il chassa ces idées, et se dit que la chaleur oppressante s'était infiltrée dans son cerveau.

L'ongle de son pouce enflé et lancinant était devenu tout noir. Appuyer sur l'articulation avec son autre main semblait permettre de soulager un peu la pression, et c'est donc ce qu'il fit en marchant de long en large dans un petit périmètre derrière la pension, se demandant où il avait perdu ses cigarettes. Ses bandages avaient glissé pendant qu'il courait, et il avait vraiment besoin de les remettre en place, mais il n'allait pas demander à utiliser les toilettes chez Jacks. Quand celui-ci revint enfin, il l'apostropha :

– Bon Dieu, tu t'es perdu ou quoi ?

– Désolé, Abe, il a fallu que je parle avec Mme Lakatos.

– Évidemment. J'aurais dû me douter qu'elle t'inviterait à déjeuner, sachant que je t'attendais.

– C'était pas pour le déjeuner.

– Ça va, je sais.

Jacks jouait avec une feuille de papier, et Kunstler la lui arracha des mains. Il se pencha sur le papier, mais ne le regarda pas vraiment. Au lieu de ça, il se raidit, tout son corps brusquement crispé, bandé comme un ressort.

– O.K. Maintenant écoute, Jacks. C'est important. Laisse-moi te poser une question. Qu'est-ce qu'il a dit d'autre, qu'est-ce que le garçon a dit d'autre ? Art ?

– Qu'est-ce que tu veux dire ?

– Putain de merde, Jacks. Tu sais que discuter avec toi, parfois, c'est un sacré argument en faveur du contrôle des armes ? Je veux dire quels autres foutus mots sont sortis de sa bouche, voilà ce que je veux dire. Je veux dire : il a parlé de moi ? il t'a dit un truc à mon sujet ?

– Non, répondit simplement Jacks de son beuglement monocorde.

– T'es sûr ? Il n'a rien dit à mon sujet quand il parlait d'essayer de trouver sa mère ?

– Non. Il n'a rien dit du tout à ton sujet.

Kunstler se détendit un peu, et baissa de nouveau les yeux sur la feuille de papier.

– C'est un quatre ou un neuf ? réclama-t-il.

– C'est un quatre. Dis donc, Abe, tu veux une chemise propre ? Je pourrais t'en apporter une à moi.

Kunstler contempla ses vêtements en piteux état, mais quand il s'imagina traverser la ville en flottant dans un des énormes machins de Jacks, comme si c'était une chemise de nuit ou pire, il répondit :

– Vaut mieux pas. Au moins je sais à quoi je ressemble avec la mienne. Qui sait avec quoi on pourrait me confondre si je mettais une de tes chemises. Par où il y a un téléphone public ?

Kunstler s'élança au petit trot, en boitant, et Jacks cria derrière lui :

– À bientôt, Abe !

Puis il lança encore : « À bientôt ! À bientôt dans le coin ! », de sorte que Kunstler finit par se retourner et lui faire signe de la main. Il décida que, dès qu'il le pourrait, il lui faudrait trouver quelque chose à boire.

Ce n'était pas que le vigile se sentît seul. Quand il travaillait le week-end, en règle générale, il adressait rarement plus de trois mots à quelqu'un, et c'était précisément pour cette raison qu'il prenait autant d'heures le week-end que possible – c'est-à-dire beaucoup, puisque personne d'autre n'en voulait. Le bâtiment était pour ainsi dire une coquille vide du vendredi soir au lundi matin, parmi la série de coquilles vides qui constituaient le petit quartier de bureaux, plein d'échos et délaissé par les visiteurs, une sorte de cimetière où étaient ensevelies toutes les heures de travail humain qui y avaient péri pendant la semaine. Après ses études il avait travaillé dans un bureau pendant une courte période qui avait quand même duré bien trop longtemps, et il voyait cela, en toute franchise, comme une sorte de mort. Mieux encore peut-être, il aurait fallu appeler cela une sorte de meurtre qui était en même temps, d'une certaine manière, un suicide : des gens qui s'entretuaient et se tuaient eux-mêmes pour être celui qui resterait le plus tard et accomplirait la plus grande part d'une tâche qui n'avait d'importance pour aucun d'entre eux à la base, ou du moins qui n'en avait jamais eu à ses yeux à lui. Il comprenait que dans leur tête, s'ils se tuaient à la tâche, c'était surtout pour obtenir des promotions, mais il lui était difficile de voir à quoi cela servait, puisque, pour autant qu'il pouvait en juger, son chef et l'homme au-dessus de ce dernier étaient encore plus angoissés et malheureux que n'importe qui d'autre. *Il doit y avoir quelqu'un quelque part qui est foutrement gagnant dans tout ça*, se disait-il, *mais je ne le rencontrerai jamais, et si je le rencontre il ne va pas me plaire.*

Il avait pris ce boulot exactement pour la même raison qu'il était entré à l'université : parce que les gens lui avaient dit que c'était une excellente opportunité, le genre de chose qu'il fallait faire quand on était un jeune homme appartenant résolument à la classe moyenne pour « réussir dans le monde », c'est-à-dire l'autre chose que faisaient les jeunes hommes appartenant résolument à la classe moyenne. Dès la première seconde où il s'installa à son bureau le premier jour, il eut envie de se tirer de là. Pas juste se tirer de l'entreprise où il travaillait, mais de toutes les entreprises, tous les bureaux, avec leurs cadres de sang quasi royal qui bâtissaient des seigneuries à base de papier carbone et d'encre à ronéo. Il voulait tellement se tirer de là qu'il fut assez stupide pour entrer dans l'armée afin d'y parvenir.

À présent, une fois par mois environ, il racontait à sa sœur par téléphone à quel point il trouvait toujours bizarre que ce soit l'armée et le temps qu'il avait passé en Corée, dont il avait détesté chaque minute, qui lui aient fait comprendre à quel point il détestait également tout ce qui avait précédé, alors qu'on aurait pu s'attendre à ce qu'il garde un doux souvenir de tout ce qui n'était pas la guerre.

Bien sûr sa sœur n'avait pas envie d'entendre des choses pareilles, parce que son mari, qui n'avait jamais fait l'armée, pensait qu'aller en Corée avait été une entreprise géniale et patriotique pour les gens comme lui, pas trop occupés à se faire un paquet de fric, et qu'apparemment ce genre de stupidité était contagieuse. Même si le vigile n'aimait pas l'admettre, c'était en fait l'une des raisons pour lesquelles il s'obstinait à en parler, à répéter à sa sœur combien l'idée de survivre à l'enfer uniquement pour se retrouver de nouveau au boulot dans un bureau, eh bien… cette idée lui donnait la nausée. Cela semblait dingue – et même immoral, en un sens.

Un soir, lors d'une cuite particulièrement mémorable au cours d'une permission à Tokyo, il confessa ce péché à un gros caporal qui lui demanda ce qu'il préférerait faire, s'il détestait tellement travailler dans un bureau. Il ne posa pas la question sur le ton sarcastique adopté, semblait-il, par la plupart des gens, ce ton qui partait du principe que sa réaction serait un visage ahuri et un haussement d'épaules parce qu'il n'y avait rien qu'on puisse répondre à ça. Le caporal avait manifesté une curiosité sincère, l'interrogeant avec cet intérêt véritable et presque tendre que le vigile n'avait jamais rencontré que chez des gens qui avaient plutôt bien mariné dans l'alcool.

Le vigile fut choqué et vaguement contrarié quand il réalisa qu'il n'était pas certain de la réponse. Personne ne lui avait jamais posé la question auparavant. Pire, il ne se l'était jamais posée à lui-même, et il réalisa soudain, avec cette lucidité excessive que favorise l'alcool, qu'il aurait pu s'écouler des années avant qu'il parvienne enfin à regarder ainsi les choses en face, s'il n'y avait pas eu la Corée. Il fut presque furieux à l'idée qu'il allait peut-être retirer quelque chose de bon de cette guerre après tout, mais il mit ça de côté pour le moment et essaya d'aborder consciencieusement la question, avec une considération et une minutie que la tournée suivante ne fit d'ailleurs qu'amplifier, raison pour laquelle il lui fallut un long moment pour répondre. Au final, et même si le caporal n'était plus éveillé pour entendre la réponse, le vigile avait décidé qu'il aimait le jazz be-bop, les livres qu'on lui avait fait lire en cours de littérature à l'université, et bricoler dans son garage. De temps en temps il aimait camper, ou randonner (mais pas pêcher). Par-dessus tout, il aimait avoir de la compagnie quand il en avait envie, et qu'on le laisse tranquille le reste du temps, et il voulait un travail dans lequel personne n'attendrait de lui qu'il s'enthousiasme pour un savon à barbe, un élastique ou peu importe d'ailleurs ce qu'on vendait, ni qu'il sourie à des gens qu'il n'aimait pas.

Quand ils eurent l'intelligence de mettre fin à la guerre sans que personne ne prenne la peine de la gagner d'abord, il rentra et se mit à chercher quelque chose qui lui conviendrait mieux que la vie de bureau. Le Service des forêts était trop isolé, et il réalisa qu'il préférait être quelque part où il pourrait s'asseoir sur un tabouret de bar et parler à quelqu'un si ça lui chantait, mais conduire un taxi impliquait d'avoir affaire à trop d'inconnus qu'il fallait s'efforcer de satisfaire. Un soir dans un club de jazz, son voisin de bar lui apprit qu'avoir tiré au fusil dans la panique et à l'aveuglette quinze ans plus tôt lui donnait droit presque automatiquement à un boulot où il n'aurait pas besoin de faire grand-chose, et où le peu qu'il aurait à fournir pourrait se faire le week-end et la nuit quand il n'y avait personne, un boulot dans lequel il n'y avait pas de promotions pour vous causer du souci, et où personne n'avait envie de vous parler de quoi que ce soit. Il se dit que ça ressemblait à une bonne affaire, et il devint donc agent de sécurité. Parce que c'était le week-end, le bâtiment et le quartier étaient déserts. Aux yeux du vigile, il aurait été plus que normal que la ville tout entière se vide un jour aussi chaud que celui-là, où tous ceux qui avaient ne serait-ce qu'un peu de cervelle feraient mieux de rallier la côte. Tout ce qu'il vous fallait c'étaient quelques dollars et une serviette, et vous pouviez trouver un peu de soulagement. Pour lui c'était même encore mieux : il irait mardi, quand il n'y aurait que des touristes et quelques écoliers, alors que les travailleurs acharnés du coin seraient retournés se tuer à la tâche pour quelqu'un d'autre. Même si là maintenant il était coincé dans un uniforme infroissable qui le faisait ruisseler de sueur, il supposa qu'il pourrait en fin de compte s'avérer le seul homme de Trenton doté d'un emploi rémunéré et susceptible pourtant de trouver réellement assez de place sur la plage cette semaine-là pour s'étendre, sans avoir le pied dans la salade de choux de quelqu'un d'autre.

Mais même les week-ends, cependant, des gens qui passaient par là en allant ailleurs entraient parfois dans l'immeuble, parce qu'ils cherchaient leur chemin, ou des toilettes. Si c'était leur chemin, il le leur indiquait du mieux qu'il pouvait. S'ils voulaient aller aux toilettes, il répondait : « Et moi aussi, mon pote », et en général ça s'arrêtait là, parce qu'il avait certes accès à celles du cabinet du dentiste au rez-de-chaussée, mais il n'était pas autorisé à y laisser pénétrer d'autres gens et n'avait pas l'intention de leur expliquer tout ça. Il ne fut donc pas étonné quand ils entrèrent, parce qu'ils auraient pu chercher leur chemin, ou des W.-C. Ce qui surprit le vigile, c'est qu'en dépit de leur intrusion dans sa solitude il avait été content de les voir. C'est-à-dire pas l'homme : les jeunes. Il se dit que c'était un peu comme les gens de la ville qui se réjouissaient quand, partant faire un tour en voiture, ils tombaient sur un cerf en train de brouter, ou qu'un papillon se pointait sur le rebord de la fenêtre : un bref aperçu d'un monde qu'on n'a pas l'occasion de voir d'habitude. Ces jeunes n'étaient pas près de prendre un boulot dans un bureau pour faire des trucs qui ne les intéressaient pas, et ils n'allaient certainement pas entrer dans l'armée pour tuer des gens qu'ils ne connaissaient pas, au nom de je ne sais quelle raison inventée par je ne sais qui, ce qui signifiait qu'ils savaient déjà ce qu'il n'avait fini par comprendre qu'au bout de trois ans dans un bureau et tout un service en Asie.

Quand ils poussèrent les portes, il laissa doucement tomber dans le tiroir ouvert le livre qu'il était en train de lire et posa les mains sur son comptoir en tentant de se donner une allure officielle, ce qui était à peu près tout ce en quoi consistait ce boulot. Il faisait assez chaud pour qu'il ne se donne pas la peine de mettre sa casquette, même s'il aurait dû. Il avait déjà les épaulettes et le badge tape-à-l'œil en alliage, et il portait sa cravate d'uniforme à clip, malgré le temps. Les jeunes restèrent là un moment, l'air incertain. Il vint à l'esprit du vigile qu'ils avaient leur propre uniforme : diverses déclinaisons du tee-shirt sur jean taille basse serré jusqu'au genou puis évasé comme la jambe d'un cheval de trait. Il pouvait presque les imaginer tous avec des sabots en dessous, comme des créatures espiègles et perfides sorties d'un mythe. Ils avaient l'air nerveux, aussi, à la manière des animaux, timides en s'approchant de lui comme peuvent l'être même les bêtes les plus familières quand elles sont confrontées à l'inconnu. Il y avait trois ventilateurs en marche : deux petits machins avec des pales en plastique bleu qui se balançaient d'un côté à l'autre près de la porte, et dont le claquement sonore résonnait sur les murs en pierre et les miroirs, et puis un gros, le genre d'appareil inclinable en métal, posé près du comptoir et soufflant directement sur la poitrine et la tête du vigile. Ils furent donc obligés de s'approcher jusqu'à lui pour pouvoir parler sans avoir à crier. Il réalisa quand ils parvinrent à sa hauteur qu'ils n'étaient cependant pas vraiment du genre à crier. Ils s'adressèrent à lui avec politesse, et à aucun moment ils ne discutèrent le fait qu'il ne pouvait pas les laisser pénétrer dans l'immeuble, même pour chercher quelqu'un. « Si c'est une vraie urgence, proposa-t-il, vous pouvez appeler les flics. Je peux les laisser entrer. » Ils ne pensaient pas que cela serait nécessaire.

Il leur donna donc plutôt le stylo du registre utilisé pour les visiteurs en semaine et déchira le coin de l'une des dernières pages pour écrire dessus. Le plus petit des garçons rédigea un mot, le plia, mit le nom de la dame qu'ils cherchaient dessus, puis ils s'en allèrent. Le vigile jeta un œil au petit mot plié. En petits caractères, le genre d'écriture qu'il associait Dieu sait pourquoi aux hommes portant des lunettes en cul de bouteille, il était inscrit : *Inez Kunstler*. Il le cala sous le coin de sa gamelle, pour que le ventilateur ne le fasse pas s'envoler. Ils dirent au revoir aussi poliment qu'ils avaient dit bonjour, et laissèrent le vigile retourner à son livre.

Le petit homme était nerveux, lui aussi, quand il entra, mais ça le rendait agressif, comme un mécanisme d'horlogerie remonté à fond et totalement incapable de rester immobile tant que le ressort n'est pas arrivé en bout de course. La porte s'était ouverte brusquement, précipitamment, et il était planté là, la rumeur venue de la rue l'enveloppant comme un tourbillon, les yeux rivés sur le vigile, le visage rouge, la respiration bruyante. Il avait la chemise à moitié débraillée, couverte de sueur et de poussière et de quelque chose qui était probablement du sang. Le vigile laissa le petit homme planté là une minute, l'air perdu. Puis, criant pour être entendu par-dessus le bruit, il l'interpella :

– T'es seulement là pour les ventilos, mon pote ? Ou bien je peux t'aider ?

– J'ai besoin d'entrer, cria en retour le petit homme d'une voix haut perchée et râpeuse. Il faut que je voie quelqu'un.

Le vigile s'attendit à ce que le petit homme s'approche, mais celui-ci n'en fit rien, et il lui répondit donc sur le même ton à travers le hall, par-dessus le brouhaha des ventilos.

– Il y a plein d'entreprises différentes dans cet immeuble, l'ami. Il va falloir être plus précis.

Il attendit tandis que le petit homme fouillait dans ses poches, pour finir par y trouver un petit morceau de papier ou un truc comme ça, après quoi il brailla un nom.

– C'est le bon immeuble, répondit le vigile – et le petit homme fit un pas en avant, mais il s'arrêta de nouveau tout net quand il poursuivit : Mais ces bureaux sont fermés.

On aurait dit à l'expression du petit homme qu'il ne connaissait pas ce mot.

– Fermé ? cria-t-il.

– C'est ça, cria le vigile. C'est le week-end. Tout le monde sera de retour lundi.

– Je cherche quelqu'un qui travaille là aujourd'hui. Au nettoyage, je veux dire. Elle est ici en ce moment même. Elle commence une fois que les gens ont fermé. C'est à ce moment-là qu'elle travaille.

– Écoute. Pourquoi tu ne viens pas ici, qu'on puisse causer ?

Le petit homme s'approcha, boitant légèrement comme s'il s'était fait mal à la cheville ou au genou, mais s'il souffrait son visage n'en laissait rien paraître. Sa chemise était encore plus sale vue de près, et elle était déchirée d'un côté.

– Merde, l'ami, fit le vigile. T'as l'air d'être passé à l'essoreuse.

Le petit homme ne répondit pas ; il se contentait de fixer les deux ascenseurs au fond du hall, derrière le vigile. Celui-ci reprit :

– T'as appelé l'entreprise de nettoyage ? Ils sauront peut-être comment la joindre.

Le petit homme crasseux était toujours en train de contempler les deux ascenseurs, dans l'étroit corridor juste derrière eux. Puis il reprit :

– J'crois que je sais comment la trouver.

– Pardon ? demanda le vigile, même s'il avait très bien entendu.

C'était seulement qu'il n'aimait pas la façon dont le type avait dit ça – et il y avait quelque chose qui n'allait pas dans sa manière de rester là, comme s'il préparait quelque chose, et puis cette façon d'éviter ses yeux pour regarder dans son dos : cela mettait le vigile mal à l'aise. Sans y penser, il se leva, et se retrouvant debout il réalisa aussi que sa main agrippait sa ceinture, de sorte que son pouce touchait la crosse en bois de son pistolet, dans son holster.

– À quelle heure finit ton amie ? demanda-t-il. Tu peux peut-être l'attendre dehors.

– J'ai besoin de la voir maintenant. Je ne peux pas attendre.

Le petit homme se mit à avancer en direction des ascenseurs. Il ne marchait pas vite, se contentant de boitiller au même rythme qu'il avait traversé le hall, mais le vigile se cogna au tiroir ouvert où était rangé son livre, et soudain il dut se mettre à courir pour s'interposer entre le petit homme et les portes des ascenseurs. Il le heurta en se jetant devant lui, et tous deux se raidirent instantanément. Le vigile dit :

– Hé, je peux pas te laisser entrer.

Le petit homme leva vers lui ses yeux étroits, sans expression. Puis il se rua subitement vers le monte-charge. Le vigile dut l'attraper et le retenir, faire pression de tout son poids pour résister à son impulsion. L'homme s'obstinait à pousser, essayant d'un côté puis de l'autre, comme s'il y avait une chance que le vigile oublie soudain de lui emboîter le pas. Puis il se mit à agripper ce dernier, comme pour le dégager de son chemin en le tirant. Le vigile lui donna une bourrade qui l'expédia en arrière et le fit tomber sur le cul.

Pendant un instant, le type resta simplement assis là sur le sol de granit, le visage rouge mais toujours invariable. Le vigile, prenant garde à bien articuler, dit :

– Monsieur, je n'ai pas tiré sur autre chose qu'une cible depuis 1953, et ça me convient très bien comme ça, mais vous savez qu'ils ne me donnent pas ce truc pour rien.

Sa main reposait tout entière sur la crosse du pistolet à présent. L'homme commença à se lever, le vigile lui dit « doucement », et il alla doucement, pour finir debout dos au mur tapissé de miroirs du petit corridor. Par-dessus l'épaule de l'homme, le vigile pouvait voir leur reflet à tous les deux, répété à l'infini, encore et encore.

Le petit homme entreprit de rentrer sa chemise, et le vigile prit une inspiration.

– C'est une urgence, finit par dire le visiteur, comme s'il lui confiait un secret.

– Mais oui, répondit le vigile. Dans ce cas, c'est facile. Appelez les flics. S'ils sont d'accord pour dire que c'est une urgence, c'est portes ouvertes. Je laisse tout le monde entrer.

Le petit homme répondit simplement : « Non. »

Après quoi ils restèrent comme ça un petit moment. Cela rendait le vigile nerveux que l'homme se soit montré si catégorique au sujet des flics, mais il se dit qu'un type qui n'aimait pas les flics ne serait sûrement pas enclin à faire quoi que ce soit qui puisse inciter à les appeler. Il remarqua aussi que le petit homme ne roulait plus des yeux dans tous les sens pour trouver le moyen de lui échapper, et il se dit que c'était bon signe. Il reprit :

– Écoutez. Faisons les choses dans l'ordre. Pourquoi est-ce que vous ne me dites pas son nom ?

– Kunstler. Son nom c'est Inez Kunstler.

– Encore elle ?

Le vigile avait parlé sans réfléchir. Il le regretta aussitôt cependant, car instantanément le petit homme montra des signes d'agitation.

– Vous la connaissez ? demanda-t-il.

– Je commence à me dire que ça doit être la femme de ménage la plus populaire du New Jersey. J'ai eu une bande de hippies qui sont venus la demander il y a une heure.

– Vous les avez laissés entrer ? demanda anxieusement le petit homme. Est-ce qu'il l'a vue ?

– Non, répondit le vigile avec précaution. Personne ne l'a vue – l'homme opina du chef, et sembla peut-être se détendre un peu. Et ils ont demandé beaucoup plus poliment que vous, je dois dire. Alors, vous savez quoi ? Je vais vous laisser faire la même chose qu'eux : vous pouvez lui écrire un mot. C'est correct, pas vrai ? Mais après ça vous devez partir ou je fais venir les flics. C'est de la violation de propriété, et si quelqu'un doit vous descendre pour ça, j'aimerais autant que ce soit eux.

Il raccompagna le petit homme vers le hall, levant la main pour les séparer, tous les deux face à face comme s'ils partageaient une danse. Le petit homme était encore assez tendu pour que son agitation soit perceptible dans l'air. Quand ils atteignirent le comptoir, le vigile jeta un coup d'œil rapide par-dessus, au registre de la semaine et au tiroir ouvert. Le seul papier qu'il pouvait atteindre sans devoir se pencher trop loin était le mot que les jeunes avaient laissé, coincé sous sa gamelle. Il le dégagea et le tendit à bout de bras. Le petit homme avança une main, et pour la première fois le vigile remarqua les étranges excroissances de peau fondue qui constituaient ses deux premiers doigts.

– Vous pouvez l'écrire ici au dos de l'autre, O.K. ? dit-il.

Le type attrapa le papier, mais au lieu de le retourner il l'ouvrit tout en s'écartant à reculons. Le vigile s'était laissé distraire, se demandant où il avait mis son stylo, et furieux contre lui-même autant que contre le petit homme il aboya : « Hé ! » Il se rua à la poursuite du type qui battait en retraite, sans quitter une seconde des yeux ce qu'il était en train de lire. Il finit par lui arracher le papier, mais celui-ci lui échappa des mains et tomba en voletant. Le petit homme jeta un bref coup d'œil au vigile, avec ce drôle de regard inexpressif, puis au mot par terre. Ses lèvres remuaient comme s'il récitait quelque chose. Le vigile essaya de réfléchir à ce qu'il fallait dire ou faire, mais pendant ce temps-là le petit homme se dirigeait déjà vers la porte. À l'instant où il atteignit le trottoir, il se mit à courir.

Le vigile attendit une minute, toujours à cran, au cas où il reviendrait. Il alla jusqu'aux portes de devant et regarda la rue, de l'autre côté, puis il se pencha, prit un jeu de clés à sa ceinture et tourna le verrou qui s'enfonçait dans le sol. Il n'était pas censé fermer à clé, sauf quand il allait dans le bureau du dentiste pour utiliser les toilettes, mais il en ressentait le besoin, du moins pour un petit moment. Il se dirigea de nouveau vers son fauteuil. Le mot était toujours ouvert, par terre. Il rebiquait légèrement d'avoir été tiré dans tous les sens et frémissait doucement de côté quand le souffle ventru des ventilateurs passait sur lui. En arrivant à sa hauteur, le vigile le ramassa, le défroissa et le lut. Cela disait : « Je suis désolé de ne pas être rentré à la maison hier soir Il faut que je te parle Peux-tu venir me retrouver quand tu termines ? » Il y avait une adresse. Le vigile le replia et le remit à sa place sur le comptoir, sous le même coin de sa gamelle, comme auparavant. Il récupéra son livre et se rassit, mais il s'écoula un moment avant qu'il ne se remette à lire.

Dès l'instant où il ouvrit le bout de papier et vit ce qui était écrit dessus, Kunstler répéta l'adresse comme il s'était jadis répété son propre nom, cet interminable baptême par la répétition incantatoire : *Abe Kunstler, Abe Kunstler, Abe Kunstler.* Elle portait en elle le même abîme de panique sans limites qui avait transpercé sa cage thoracique quand, prélude à sa vie, il avait répondu à l'annonce *On recrute* et avait ainsi été enfin forcé de devenir lui-même. C'était à présent cette adresse qui contenait à la fois la terreur et l'avenir, et il creusa pour elle le même canal dans son esprit et dans son corps, lui donna la même fonction dans sa respiration. Demander son chemin à un chauffeur de taxi l'avait obligé à laisser la litanie remonter momentanément dans sa gorge, jusqu'à ses lèvres, et il craignit un instant de la perdre s'il la partageait, de la laisser filer entre ses dents et qu'elle s'échappe dans le monde. Kunstler écouta et hocha la tête tandis que le chauffeur de taxi agitait les mains et fendait l'air : tant de fois à gauche et à droite, tant de pâtés de maisons tout droit – mais jamais il ne lâcha les mots.

C'est pourquoi, après avoir quitté l'immeuble de bureaux et couru dans les rues, portant ce son enroulé dans sa poitrine haletante et meurtrie par un point de côté, après l'avoir répété en arpentant le trottoir crevassé et accablé de soleil, faisant avancer ses jambes l'une après l'autre dans un torrent de douleur de cheville foulée, il estima qu'il pouvait satisfaire son corps qui lui intimait l'ordre de s'arrêter au bar. Il pouvait rejoindre ce havre tout en longueur, fait de bois, il pouvait se remplir d'alcool, il pouvait boire jusqu'à ce que ses articulations se relâchent : il n'oublierait pas. Les lampes rouge et bleu qui clignotaient dans la vitrine étaient déjà une promesse de guérison. Rien qu'à les voir, rien qu'à passer la porte et entendre leur bourdonnement de néon, il sentait déjà le soulagement arriver.

Il sut alors qu'il n'avait jamais eu le choix. Il avait besoin de recouvrer sa capacité de penser, comprimée dans une bande de gaze sèche qui l'empêchait de discerner clairement quoi que ce soit. Il faillit compter sur ses doigts : l'heure qu'il était moins le temps qu'il faudrait à Inez pour arriver. Peu importait. Il avait besoin de prendre son verre, et espérait que celui-ci parviendrait à démailloter le plan d'attaque pour son salut qu'il devait avoir en lui.

L'endroit était en train de se remplir, mais Kunstler ne fit pratiquement attention à rien, ni aux gens ni aux lieux. Dans une sorte de cécité, il se dirigea vers un alignement de tabourets hauts fixés au sol le long du bar, grimpa sur l'un d'eux, et commanda un whiskey au barman. Quand le verre petit et lourd arriva, il se l'enfila en entier, un long trait de soulagement brûlant. Tandis qu'il agitait la main pour en demander un autre sa vue avait déjà commencé à s'éclaircir, et il se demanda si c'était ce qu'on ressentait la première fois qu'on mettait des lunettes, équipé de neuf pour un monde plus net.

Les pensées dont il avait besoin ne vinrent pas, pourtant. Par le passé, il s'était toujours débrouillé pour savoir quoi faire : le nom et l'histoire qui définissaient la forme et l'image de la personne qu'il allait pouvoir devenir, le travail qui donnerait à cette forme de l'élan, de la solidité, la fille Inez qui était la lumière qu'il braquait dans les yeux de tous ceux qui auraient pu vouloir le regarder à deux fois, pour les aveugler. N'avait-il pas choisi sans faillir la chaudière et le couteau, les cheveux courts et la chemise à col ? Le problème, ç'avait été de vouloir l'enfant. Il avait cédé à l'envie pressante de quelque chose qui n'était pas nécessaire. Il avait sacrifié sa sécurité à son désir.

À présent, dans sa panique, il allait de nouveau y renoncer, cette fois pour un défilé accéléré de verres à l'issue desquels il perdrait tout contrôle, et la pièce se mettrait à tourner autour de lui comme autour d'un axe, le jetterait brutalement au bas de son tabouret et contre un mur de briques nues. À travers ce tournoiement il distingua deux hommes qui le tenaient par les bras tandis que le barman cherchait ses poches à tâtons. Kunstler pensa en son for intérieur : *J'aurais pu leur dire que je n'ai plus un sou*, mais il réalisa alors que bien sûr il l'avait déjà fait. C'est pour cela qu'ils vérifiaient : il avait davantage d'alcool dans le corps que ce qu'il pouvait payer. Il se mit à crier puis à se débattre, mais presque par acquit de conscience, parce que curieusement ses pensées évoluaient au ralenti, presque calmement, et lui disaient : *Bientôt tout ça sera terminé, puisqu'il y a des limites à ce que le sang et la bagarre peuvent rembourser.* Cela ne le surprit pas d'entendre une voix dire tout aussi calmement : « Gaffe » quand son avant-bras se libéra brièvement et jaillit dans le vide comme un piston. *Si on peut appeler ça une bagarre, d'ailleurs*, se corrigea-t-il, en donnant des coups de pied et en agitant vainement son poing. Il fallait qu'il dégage la main du barman de ses poches, et même saoul il était encore capable de calculer qu'il valait mieux être frappé que fouillé. À l'instant où sa main rencontra une cible, quelque chose de mou, peut-être un ventre, Kunstler distingua clairement son propre reflet derrière le bar, un visage usé et sale presque dépourvu d'expression entre deux goulots de bouteilles. Quelqu'un frappa le visage et le reflet s'évanouit.

Puis il se retrouva dehors. Le soleil avait presque disparu, mais la chaleur était toujours lovée dans le bitume. Il était face contre terre et dut se hisser jusqu'à une sorte d'état de conscience à travers les méandres d'une tête bourdonnante et lointaine, d'un esprit qui flottait mollement dans un recoin éloigné de sa propre pensée. Il essaya de regarder autour de lui, mais ses yeux louchaient et divaguaient. Une autre image se surimprimait, superficielle mais indélébile, comme une étincelle de soudeur, de sorte qu'il était impossible d'en détourner le regard. Elle s'attardait jusque derrière ses paupières closes. Même s'il voyait les immeubles, la lumière déclinante de ce jour d'été et les voitures, du tréfonds de sa cage de souffrance il s'aperçut que partout où il regardait il voyait une cuisine dans un sous-sol, une lampe qui se balançait violemment, un lac de sang qui s'étalait. Le couteau aiguisé de la cuisine était si proche qu'il pouvait presque le toucher, comme la porte de la chaudière, et il dut lutter pour s'empêcher de tendre la main vers ce qu'il savait ne pas pouvoir atteindre. Il pouvait cligner des yeux tant qu'il voulait, impossible de dissiper cette vision.

C'est lui, pensa Kunstler, et par là il voulait dire l'homme, un esprit revenu parce qu'après tout ce temps soudain sa mort allait être vaine, trahie par l'échec des années qui s'étaient écoulées depuis, par l'échec de Kunstler à transformer son plan en réalité. Il avait promis et juré de recréer le mari déchu, qui avait déjà été perdu à trois reprises. Il savait que l'homme était perdu de nouveau chaque jour où il n'était pas recréé dans le garçon, cet usurpateur, ce faussaire. Le garçon : c'était par sa naissance que tout avait été perdu. Toutes les nuits, les bars et les verres, tous les hommes aguichés, les espoirs suscités, les plans sur lesquels il avait bâti son avenir, tout cela avait disparu comme l'eau échappe au poing qui tente de la saisir, par la faute du garçon. Il semblait à présent que l'homme allait être perdu une ultime fois, irrémédiablement, alors que Kunstler, le réceptacle dans lequel reposait tout ce qui subsistait de lui, était fendu en deux, vidé par les paroles répugnantes du garçon. *Le couteau aiguisé de la cuisine*, continuait à penser Kunstler, la tête oppressée par la chaleur, la fatigue et la douleur, et que l'appel d'un sommeil bienheureux et délivré de toute pensée faisait tourner – mais dans son esprit lointain il entendait toujours le son de sa propre voix qui répétait silencieusement l'adresse, les mots tatoués sur son souffle. Emporté par ce son, il avança dans la rue et parvint jusqu'à l'endroit, boitant à l'aveuglette, et il prit son courage à deux mains pour affronter cette tâche inconnue, comme il avait pris son courage à deux mains il y a longtemps devant la porte de l'appartement au sous-sol, se préparant comme alors avec une sorte d'horreur soulagée à la léthargie qui suivrait, espérait-il.

Puis il se retrouva devant l'immeuble, les genoux liquéfiés, en train d'escalader le perron tout en pensant : *D'abord à la guerre, quand son esprit a été emporté, sa coquille abandonnée vide, mais vivante, puis quand l'habitude de vivre s'en est allée sur le sol lent et noir de la cuisine, et puis enfin son corps, morceau par morceau, la chaleur et les jets de poussière.* Son œil droit et sa pommette vibraient encore du coup de poing qu'il avait reçu, et son œil était à présent si gonflé qu'il en était presque clos. La sueur le brûlait, mais il n'osa pas y toucher. D'un doigt, il tâta l'énorme bosse, là où la puissance du coup avait fait craquer son crâne contre le mur de briques du bar. Il pensa à une tête heurtant un évier, à une tête qu'un coup de poing faisait brutalement partir en arrière, contre un mur, et en cognant de nouveau cette tête Kunstler fut troublé de s'apercevoir qu'à présent dans sa vision l'homme qu'il frappait, c'était lui. Le soleil avait disparu, et dans l'obscurité l'immeuble semblait mort. Les seules lumières qu'il pouvait voir, faibles, inamicales, venaient du dernier étage.

J'arrive trop tard, pensa-t-il. *Elle sera là et j'arrive trop tard, nom de Dieu.* Il n'imaginait cependant aucune autre voie, et il se trouvait maintenant dans l'étroite entrée non éclairée de l'immeuble, dans une odeur de moisissure et de poubelles d'été. Puis il parvint à l'escalier, lequel craqua sous son poids. Il était soudain si faible qu'il dut se servir de ses mains pour se hisser en haut des marches. *Même mes pas cherchent à me trahir*, se dit-il – même s'il ne voyait soudain aucune raison de vouloir être discret, alors qu'ils le découvriraient bien assez tôt. En grimpant il secoua sa tête qui palpitait, pour chasser de ses yeux la cuisine et la chaudière, l'ampoule qui se balançait et le couteau, mais ils ne voulaient pas partir. C'est à travers ces images qu'il distingua la pâle lumière tout en haut de la cage d'escalier, et à travers elles qu'il franchit le palier du dernier étage jusqu'à une porte qui faillit lui tomber dessus quand il saisit le bouton, parce qu'elle était simplement appuyée contre le mur. Derrière, il y avait une embrasure vide.

Celle-ci s'ouvrait sur un étroit vestibule. L'autre extrémité était plus lumineuse, et il y avait une sorte de musique. Kunstler passa d'autres embrasures béantes, mais il n'y avait de la lumière que derrière l'une d'elle, et il s'y dirigea, à travers la cuisine fantomatique et immobile qui reposait derrière son œil, le couteau aiguisé toujours juste hors de portée de sa main. Puis il parvint à distinguer une fille, une fille hippie. Il voyait ses longs cheveux épais, son débardeur fin teinté de sueur sous les bras, ses pieds nus et sales, mais il voyait aussi la lumière spectrale qui se balançait violemment au-dessus du lointain souvenir d'une table de cuisine, après une dernière tentative pour s'accrocher à la vie, et les ombres en rotation qu'elle projetait dans une pièce disparue. Derrière la fille, un garçon aux cheveux bouclés regardait par une fenêtre sombre la ville sombre au-dehors, et par-dessus lui se répandait le lac lent, le combustible libéré par un moteur qui tournait dans le vide. La fille hippie était assise à une table au-dessus de laquelle aucune ampoule nue ne se balançait, et Kunstler savait que cela ne collait pas. Assis là auprès d'elle se trouvaient sa femme et son enfant. Autour d'eux tous la pièce ondulait comme si elle était sous l'eau. L'un après l'autre, tous se tournèrent vers lui, les inconnus d'abord – elle, le regard calme ; lui, des yeux sombres et furtifs –, puis le garçon avec son visage tordu, et enfin Inez.

– Est-ce qu'il t'a dit ? demanda Kunstler – sa voix sonnait comme une boîte de conserve écrasée.

Inez le fixa et commença à se lever de sa chaise. Elle dit :

– Abe, de quoi est-ce que tu…

Le garçon parla, lui aussi, mais Kunstler était déjà en train de marcher vers eux, sourd à leurs paroles, un corps totalement hors de contrôle qui gesticulait et hurlait des ordres, tremblait, serrait les poings, levait les bras en déployant toute la gestuelle de la violence, un corps qui se déchaînait tandis qu'il réclamait encore et encore qu'on lui réponde. Et puis ce corps fut tiré en arrière et plaqué au sol par les autres, les deux étrangers, leurs mains autour de lui là où depuis des années nulle main ne s'était posée, seulement des bandages, et il sentit le ruban de la conscience lui échapper, s'y accrocha juste assez longtemps pour lever les yeux sur la fille Inez pour la dernière fois, un bref instant. Il la vit comme si elle était à des kilomètres de distance.

De nouveau elle désormais, et non plus celui qui fut jadis, celui qu'on avait cru solide, qui avait parfois même semblé impénétrable, et qui pourtant avait été éventré comme une porte arrachée de ses gonds pour révéler dessous le squelette traître et sans appel qui le désavouait les parties trop profondes pour que l'altération puisse les atteindre, celles qui ne pourraient jamais être échangées. Le corps qui lui revenait avait été mis à nu par les gens qui prétendaient la sauver, même : ces médecins et ces infirmières ne comprenaient pas qu'il y avait des choses plus importantes à perdre que le simple mécanisme de la vie. Elle avait été trop faible pour les empêcher de la réduire à une chose flottante et sans nom, perdue dans une mer glacée, et malgré toute sa volonté elle n'entrevoyait aucun havre possible, hormis cette chambre sombre et silencieuse où, un demi-siècle plus tôt, son père l'avait appelée « ma fille » avant d'expirer finalement dans un souffle.

Comme cette pièce était différente de celle où elle allait mourir : des tons pastel, du plastique et le bruit sourd des machines, vibrant et incessant. Et pourtant, quand bien même elle ne trouverait jamais en ce lieu la dignité du silence, parce qu'il n'y avait nulle place pour la dignité entre les bavardages des infirmières et des médecins et l'antiseptique dont ils se servaient pour tenir la pestilence à distance, c'était ici qu'elle attendrait. Elle s'était réveillée avec une intuition en pensant au garçon, rien d'autre qu'une certitude palpable dans l'air : où qu'elle se trouve, il viendrait. Au moins, là-dessus, il ne pouvait pas la laisser tomber. Où d'autre auraient-ils pu aller, tous ? Ils n'avaient plus de foyer, car ils connaissaient désormais le secret qui se composait en réalité de nombreux secrets repliés les uns sur les autres, puis fusionnés, et qu'ils sachent anéantissait le non-dit qui avait été rien de moins que sa personne, le fait unique et indivisible de son existence, évanoui à présent comme un flocon de neige qu'on attrape pour l'observer au bout de son doigt, de sorte qu'elle était anéantie, elle aussi, disloquée. Et pourtant, la femme révélée n'était pas la même que celle qui avait disparu il y a bien longtemps, qui désormais était Kunstler et ne l'était pas, ne l'était plus en l'étant pourtant encore : cet homme qui jamais ne s'était autorisé à rêver de réconfort, et avait renoncé à tout espoir d'extirper de son oreille le hurlement de terreur dont il était empli et qui l'isolait depuis tant d'années.

Elle flottait dans une attente incommensurable, sachant que le temps et les bruits de l'hôpital n'étaient rien. Les tubes, le lit et les machines, les arbres de métal chargés de poches de sang en guise de fruits : tout cela n'était rien, d'aussi peu d'importance que le nom évanoui qui avait un jour été le sien mais qui était désormais oublié, irrécupérable. Quand ils se verraient, ce serait comme s'ils se trouvaient dans une pièce vide dans un bâtiment vide, peut-être sur une planète vide, que cette déception dépouillerait de tout le reste pour les rapprocher dans ce néant qu'elle laissait derrière elle et tout comme le passage de l'homme son mari à travers le lac sombre et lent, son propre passage aurait du sens, car d'une certaine façon il donnerait également vie à un homme, suivant cette pensée : ceci est mon corps, mais je suis prête à le donner pour toi.

Comme c'était étrange d'apprendre seulement toutes ces années après que c'était à l'instant de se soumettre que l'homme avait atteint le sommet de sa puissance, qu'il n'avait jamais autant incarné ce qu'elle admirait que lorsque qu'il semblait être le moins lui-même. Bien sûr il avait fallu qu'elle emprunte jusqu'à son ultime étape le chemin terrible de ce qu'il avait vécu pour comprendre le remarquable et grandiose fardeau de la transformation : une force demeurant dans une forme d'assentiment qui est aussi une rébellion, un refus d'accorder de la valeur à ce qui est censé en avoir. C'était cela la véritable puissance : rejeter le sort au potentiel limité d'un homme ordinaire pour prendre le pouvoir sur l'avenir. Elle savait qu'elle s'abandonnerait à la mort et au garçon non pas uniquement pour qu'un autre puisse jouir du don qu'elle avait reçu, mais parce qu'en faisant cela elle démontrerait l'immense pouvoir qui accompagnait son choix.

Soudain l'hôpital était de nouveau autour d'elle. Impossible de dire depuis combien de temps elle était là. Elle s'en éloignait souvent pour plonger dans le sommeil, dans ce vieux rêve diabolique revenu la hanter : l'homme son mari en mille morceaux, attendant d'être assemblés tout en refusant l'assemblage, et elle, réticente à l'accompagner, trop effrayée pour naviguer à sa suite sur le lac de sa mort – jusqu'à ce que subitement, une fois pour toutes et à tout jamais, elle n'ait plus peur. Alors elle eut l'impression de planer au-dessus du corps en ruine de l'homme son mari, et s'éleva enfin jusqu'à l'instant où elle s'éveilla, dans la pénombre du rideau tiré et le ronron et le bourdonnement des machines de l'hôpital.

Quelqu'un était là. C'était déjà arrivé auparavant, mais cette fois elle en était certaine : cette fois, enfin, ce serait le garçon. Il le fallait, ne serait-ce que parce qu'elle savait qu'il viendrait, savait qu'il fallait qu'il vienne avant qu'il ne soit trop tard. Elle se redresserait quand il viendrait, serrerait ses poings de sorte qu'il n'ait pas d'autre choix que de se battre, alors qu'ils savaient tous les deux que dans l'état de faiblesse où elle se trouvait désormais se battre signerait sa fin, sa délivrance. Alors elle commença à lever la main, parce qu'elle croyait encore qu'il y avait de l'espoir, et pleine de cet espoir elle se dit : si je ne suis pas un homme véritable, au moins peut-être que dans cet ultime instant je parviendrai à en créer un en lui, le garçon, à lui offrir la détermination qui n'est pas l'œuvre de son autre père mais la mienne, celle que j'ai fabriquée moi-même avec les outils de ma main, fabriquée comme on usine une machine. De cette façon peut-être sera-t-il enfin mon fils, de mon sang ou pas. Je lèverai la main pour porter ce faible coup qui précipitera ma propre fin, parce que sous les cheveux longs et les vêtements fleuris, les perles et les plumes idiotes, peut-être que là-dessous j'ai construit quelque chose de tellement solide que même cette époque corrompue d'excès et de confusion ne pourra pas me l'enlever.

Il ne comprendra pas, pas tout de suite, ce que je lui offre, et pourtant, parce que ma traîtrise doit paraître si profonde et terrible, elle sera indicible, et je sais donc qu'il ne l'exprimera pas mais se contentera d'agir, et en cela enfin nous partagerons un symptôme, le résultat d'une déception si grande qu'il est impossible de l'ignorer. Alors sa riposte ne tardera pas, un don offert à mains nues qui verra sa chair écraser la mienne : notre ultime contact, le choc de l'os contre l'os, le geste par lequel le pouvoir est transféré, le poing serré qui fera venir mon sang faible et pâle, formant un cortège docile. D'une certaine façon, ce sera notre premier et notre seul véritable contact.

Ce serait l'acte d'un homme, pensa-t-elle, quelqu'un comme l'homme son mari, le premier qu'elle ait jamais vu faire preuve d'une force véritable, et qui en avait montré plus que jamais au moment où il était dépouillé d'absolument tout, au moment où transmettre cette force à quelqu'un d'autre était tout ce qui lui restait. C'était tout ce qui lui restait à elle désormais, et c'est pourquoi quand la silhouette apparut, le garçon peut-être, se découpant sur la lumière fluorescente de l'hôpital dans l'embrasure floue du rideau sombre, elle commença à lever le bras : pas seulement pour porter le coup dont elle espérait qu'il susciterait la réponse fatale, mais aussi parce qu'il y avait quelque chose qu'elle devait lui montrer. Elle devait lui indiquer la direction de l'avenir.

COMPOSITION ET MISE EN PAGES
NORD COMPO À VILLENEUVE-D'ASCQ

ACHEVÉ D'IMPRIMER EN FRANCE
PAR CPI
EN JUILLET 2018

Dépôt légal : août 2018
N° d'impression : 2038084